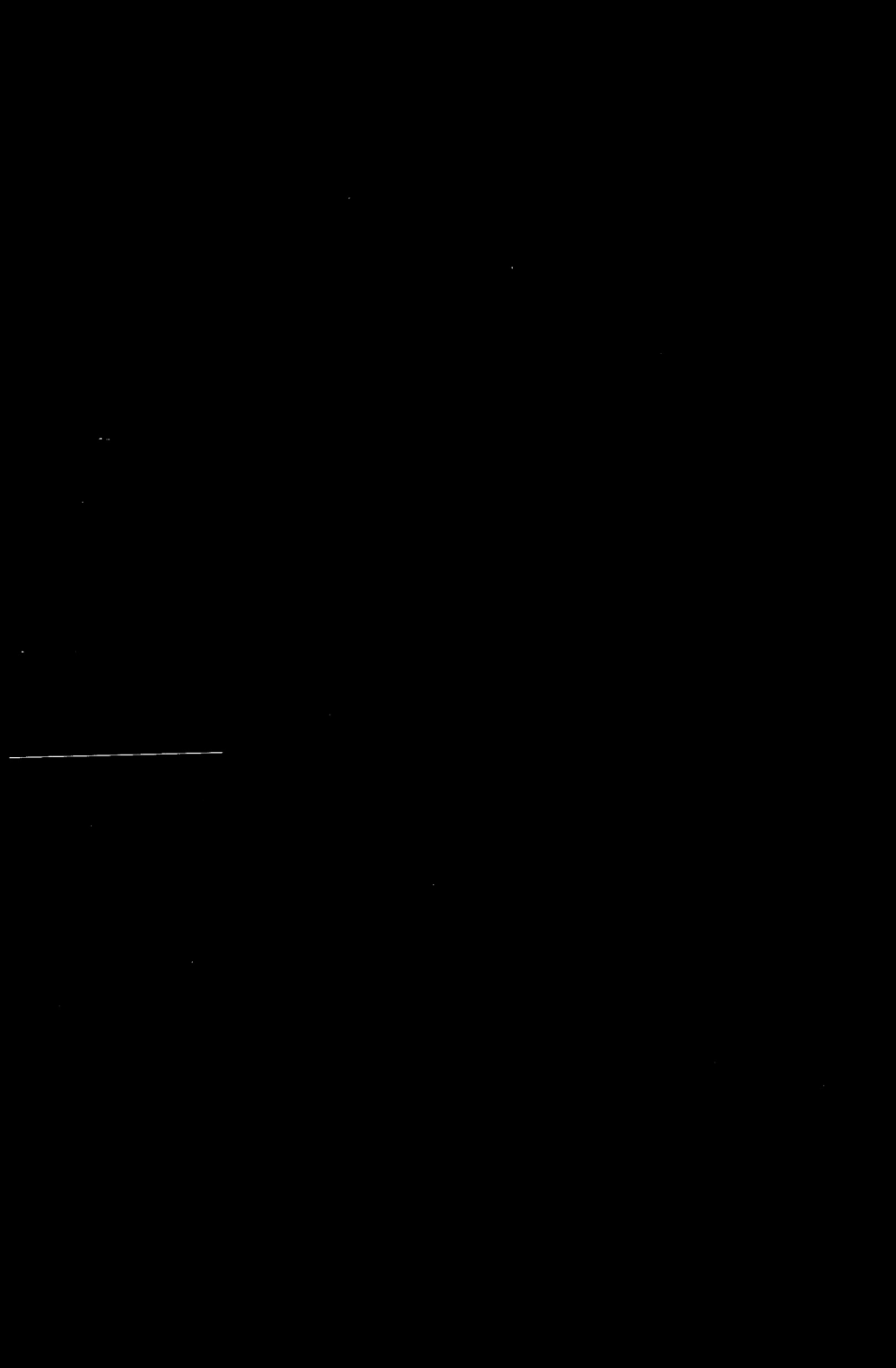

浙江文化艺术发展基金资助项目

酒坊巷

古兰月 著

图书在版编目（CIP）数据

酒坊巷 / 古兰月著 . -- 杭州：浙江文艺出版社，2022.10
　　ISBN 978-7-5339-6983-7

　　Ⅰ . ①酒… Ⅱ . ①古… Ⅲ . ①长篇小说—中国—当代 Ⅳ . ① I247.5

中国版本图书馆 CIP 数据核字（2022）第 172759 号

责任编辑　金荣良
责任校对　萧　燕
文字编辑　汪心怡
责任印制　张丽敏

酒坊巷

古兰月　著

出版发行	浙江文艺出版社
地　　址	杭州市体育场路 347 号
邮　　编	310006
电　　话	0571-85176953（总编办）
	0571-85152727（市场部）
制　　版	杭州立飞图文制作有限公司
印　　刷	浙江新华印刷技术有限公司
开　　本	880 毫米 ×1230 毫米　1/32
字　　数	227 千字
印　　张	9.75
插　　页	1
版　　次	2022 年 10 月第 1 版
印　　次	2022 年 10 月第 1 次印刷
书　　号	ISBN 978-7-5339-6983-7
定　　价	49.00 元

版权所有　违者必究
（如有印装质量问题，影响阅读，请与市场部联系调换）

序

地域文化小说的新呈现

邱华栋

这本书的作者古兰月是一位对多种文体都能驾轻就熟的作家,也是浙江一位辨识度很高的青年作家。她不仅在小说、散文、非虚构文学的创作上颇有收获,还是一位网络文学作家和电影电视剧本编剧,近期有一部电影《龙井》,就是她写的剧本。另外,她的绘画才能也非同一般,举办过油画展。我觉得也许她首先是一个画家,后来才拿起笔来写作的。我曾经收到过她给我寄来的画集,在她的画笔下,那些花卉草木呈现出非常灿烂和神秘的样貌,使我想起北美女画家欧姬芙的绘画世界,但古兰月的绘画要更加热烈和东方一些。

好多年没有见到她了,我记得我认识她还是在某一年鲁迅文学院和浙江省作协联办的作家培训班上。课余时间里,我和班上的一些作家聊天谈文学,其中就有古兰月。印象里,她是一位很清雅干练的女子,眼睛很大,说话简练明快,十分利索。后来,不断收到她的新作,这些作品的题材跨度比较大,风格也很多样,但古兰月都能掌握得很好。比如有一本关于杭州的历史文化随笔类的书,她能抽丝剥茧,将杭州内在的美和杭州历史文脉结合,特别是对杭州历史上的大文人和名作进行更现代的阐释和演绎,使得当代杭州在她笔下有了一种新表达和新呈现,着实不容易。我也为她不断取得文学写作的进展而高兴。

那么,这一次,她带给我们的是一本小说新作。光是看小说的题材就让我吃了一惊。这竟然是一本有关战争的小说,小说的梗概是这样的:

1942年4月18日,美军16架B25中型轰炸机从太平洋上的大黄蜂号航空母舰起飞,无障碍轰炸了日本东京、名古屋、大阪、神户等地后,飞到浙江衢州等地机场降落,日本朝野震惊。为防止中美空军利用浙江一带的机场对日本本土实施"穿梭式轰炸",日本大本营决定摧毁浙赣线上的空军基地和前进机场。

于是,在1942年5月中旬,侵华日军发动"浙赣战役",金华沦陷。作为金华最繁华的街巷,酒坊巷不再平静,而是暗潮涌动,各种人物和势力开始活动起来,而人们的日常生活也骤然变得紧张了起来……古兰月的长篇小说《酒坊巷》,就在这样的宏大历史背景下徐徐展开。

小说讲述了金华沦陷后,党组织独立自主发动当地人民群众,拿起枪杆子,开展游击战争,建立敌后抗日根据地,由此,金华地区掀起了抗日斗争的高潮。为了打击军民的抗战信心,压制金华的抗日力量,侵华日军在金华城乡实施惨绝人寰的细菌战。抗日根据地瘟疫流行,缺医少药,许多抗日战士、老百姓染上了鼠疫、炭疽、霍乱,每天都有人因得不到救治而死去,根据地到处笼罩着死亡的阴影。

金华沦陷前,驻扎在酒坊巷的"台湾义勇队"开设的"台湾医院"匆匆忙忙撤退到福建龙岩。据可靠情报,台湾医院在酒坊巷的某个地窖里存放着一批治疗鼠疫的"血清针",党组织决定不惜一切代价把这批血清针安全运到根据地。于是,地下工作者唐振华与恋人金九妹分别三年后,肩负这一特殊使命潜回酒坊巷,开始了生死线上的舞蹈……

小说中,唐振华的突然出现,打破了金九妹平静的生活。从父亲临死前的遗言和唐振华受伤昏迷时的呓语中,金九妹成功破译了父亲和唐振华的接头暗号,协助唐振华找到了那批"血清针"。在我党地下党员的掩护下,唐振华成功将"血清针"运往浙东抗日根据地,挽救了大批抗日将士和群众的生命,圆满完成了"虞美人"行动。

这是一本很抓人的小说。一旦进入阅读,古兰月能够用她细腻和清爽的叙述,带领我们进入到那个已经消失在时间长河里的历史瞬间和空间中,给我们带来身临其境的感觉。在这部小说中,推动故事情节和人物关系发展的关键词就是"碰撞"和"缠绕"。正是许许多多的碰撞和人物关系的缠绕,强力推动着故事的走向,而古兰月书写的人物也因此变得丰满,对战乱年代里人的美好情感的表达,也因此显得更加动人。

小说给我们描绘了宏大历史背景下,一些小人物命运的碰撞和生成。在战争面前,命如蝼蚁,生灵涂炭,兵荒马乱,小人物的命运最能体现战争的残酷无情,也最能体现出和平的珍贵和难得,因此家国情怀是这部小说的底色。在小说中,生活在酒坊巷的一群小人物被刻画得入木三分。在国恨家仇与个人恩怨的碰撞中,人性的丰富性被古兰月刻画得淋漓尽致。相比国恨家仇,个人恩怨微不足道,金家与钱家一笑泯恩仇,一起携手抗日，表现出高尚的家国情怀。最出彩的是小说中的民族抗日大业与儿女情长的呈现，非常令人动情。为了抗日，唐振华毅然不辞而别，内心却依依不舍，金九妹可以不计前嫌，元魁可以冒着生命危险，协助"情敌"完成任务，他们三人的革命友谊在大时代的家国情怀中，战胜了个人的感情纠结。最浓墨重彩的是小说中战争与人性的碰撞。整个抗日战争过程中，在日寇铁蹄的践踏下，被占领区不仅有不屈的抵抗者，也出现过一些汉奸，有的人会苟且偷生执迷不悟，但有的人会在民族大义面前觉醒，重新散发出人性的光芒和做中国人的尊严与力量。

因此，古兰月的这部《酒坊巷》努力在宏大的历史事件中寻找叙述的切入点、故事的感动点、情感的爆发点、精神的升华点，围绕主人公的家族恩怨、感情纠葛、家国情怀，重现金华的抗战记忆，讴歌了英勇的金华人民，可以说是近年来一部难得的优秀抗战题材小说。它给读者带来的，是关于生命、关于价值、关于爱情、关于理想等方面的深度思考。

我也欣喜地发现，经过多年的积累和历练，古兰月不仅被看作是一个成功的网络作家，她既华丽转身又坚守写作理想，更是一个有情怀、有担当、有格局的纯文学作家。她有自己的艺术追求和品格，有自己所创造的越来越丰富的文学世界，不会去单纯追求流量和网络关注，而是沉下心来，一方面内心里有更高的文学追求，另外一方面怀着对家乡的热爱，更多地关注着金华的地域文化，不断地去挖掘、传承、弘扬地方的优秀传统文化，从而使她的作品更具地域特色，也更有深度，更有温度。

摆在我们面前的小说《酒坊巷》就是这样一部优秀作品。我祝贺古兰月完成了又一次釉变，也希望更多的读者能喜欢这部作品，把它放在你的书架上，因为一个德国作家说得好："一间屋子里没有文学书，就像是这间屋子没有窗户。"

2022年4月

（作者系中国作协书记处书记、著名作家）

目录

第 1 章	/001	第 14 章	/095
第 2 章	/005	第 15 章	/105
第 3 章	/013	第 16 章	/115
第 4 章	/018	第 17 章	/123
第 5 章	/024	第 18 章	/129
第 6 章	/030	第 19 章	/138
第 7 章	/039	第 20 章	/146
第 8 章	/047	第 21 章	/159
第 9 章	/055	第 22 章	/165
第 10 章	/062	第 23 章	/177
第 11 章	/070	第 24 章	/186
第 12 章	/078	第 25 章	/195
第 13 章	/087	第 26 章	/204

第 27 章	/210	第 32 章	/255
第 28 章	/219	第 33 章	/263
第 29 章	/228	第 34 章	/273
第 30 章	/238	第 35 章	/284
第 31 章	/247	后　记	/299

第 1 章

又是一年清明时节，阴雨霏霏。

金华虽属浙中山区，但毕竟地处江南，正是多雨的季节。杜牧那句"清明时节雨纷纷，路上行人欲断魂"，用来形容此刻的金华，最恰当不过了。

一辆宝蓝色的SUV，正行驶在金华市区的道路上。一个身穿黑色短皮夹克、高大帅气的小伙，正一言不发地握着方向盘。他三十岁不到的样子，面部轮廓分明，浓眉大眼，剃着清清爽爽的板寸头，显得精神抖擞，正用那深邃的目光凝视着远方。

车窗外，城市道路宽阔，洁白的交通标线清晰，即使在这样多雨的季节也仍然不失整洁。一幢幢高楼大厦鳞次栉比，巨人般向天空挺立着。行人们衣着光鲜，神采飞扬，或擦肩而过，或结伴而行，一派轻松惬意的氛围。

雨刮器有规律地左右摇摆着，发出轻微的摩擦声。车继续飞速行驶着，茂密的行道树飞一般地向后退去，不知不觉已经出了市区，要不是远处成片成片金黄色的油菜花映入眼帘，一瞬间真给人时空穿越的错觉。

"唐涛，你这是……要带我去哪儿呢？"副驾驶座上一位女子瞪着无辜的大眼睛疑惑地问道。

"小媚,我今天带你去的地方是……墓地。"唐涛一脸的严肃。

那女子是他的女朋友柳媚,人如其名如同柳枝一般性感妩媚。

她瞪大了眼睛惊诧地问道:"墓地?有没有搞错?你不是在和我开玩笑吧?"

唐涛依旧是一脸正经,他重复道:"没有开玩笑!我想,也该带你去见见我家的先人了。"

柳媚见他一点也不像开玩笑的样子,又联想到昨天他特意叮嘱要她穿得庄重点,这才将信将疑。但仍禁不住好奇地问道:"是哪位先人呀?怎么以前从没听你说起过?"

唐涛依然神情凝重,若有所思地望着前方:"是我太奶奶的先生……"语气中竟带着无比的崇敬。

"等等,有点乱,让我捋捋!怎么回事?你太奶奶的先生,难道不是你太爷爷吗?"柳媚显然是想打破有些沉闷的气氛,所以故意学着春晚某小品里的腔调。

"你说得没错,他的确不是我的太爷爷。但我们却一直把他当成我家的先人。他叫元魁……"唐涛转头朝她瞥了一眼,随即又转向前方,并没有说下去。

"哦!"柳媚一脸似懂非懂的样子,但她看唐涛没有主动往下说,也就没有多问。

"到了墓地,他自然会告诉我的。"她心想,她了解他。

汽车继续沿着乡间公路行驶着,满眼的翠绿和金黄,金华的乡村一如既往地美丽,一路花香一路风景。

不久,车就到了墓地门口的停车场。唐涛停好车,拿了一把黑色长柄伞,很绅士地来到副驾驶座门口,替柳媚打开了车门。柳媚款款起身,冲他嫣然一笑:"谢谢!"轻盈地下了车。

唐涛到车后座拿出一个双肩包背在身上，又从座位上小心翼翼地捧出两束鲜花。每束花中有十几枝白菊花，配有为数不多的几枝黄菊花和两枝白百合，再搭配少量的散尾葵叶、栀子叶，外面用白色的花纸包着，显得十分素雅和庄重。

柳媚见状，急忙上前接过一束，唐涛这才得以腾出一只手，又从后座拿出一把黑色长柄伞来。随后，两人一人一把伞一束花，沿着潮湿的墓道拾级而上。

这片墓地，建在一处山谷腹地。一座座墓碑沿着山坡蔓延到半山腰处，仿佛在向人们诉说着一个又一个逝去的故事。连绵的细雨，让远处的山峰隐匿在云雾缭绕之中，平添了几分神秘色彩。

墓道两边和一排排墓碑之间，立着一株株柏树，在雨水的浸润下更加苍翠欲滴，为墓地增添了几分生机。

对于唐涛来说，这里是再熟悉不过的地方了。从记事起，每年的清明节，他都被长辈们领着来这里祭奠。这样的习惯一直被坚守着，已然成为他们唐家雷打不动的传统。

唐涛领着柳媚，在众多的墓碑中熟门熟路地找到了目标。那是一座高高的黑色花岗岩墓碑，有着大理石材质的白色边框，虽简洁却与众不同，给人十分庄严肃穆的感觉。

墓碑的上面，自上而下镌刻着四个遒劲的大字：元魁之墓。

令柳媚奇怪的是：整座墓碑上既没有逝者的照片，也没有生卒日期，更没有立碑人的落款。

唐涛将手中的鲜花轻轻地立在墓碑前，素雅的鲜花和白色的花纸，被黑色的墓碑映衬着，令墓地的气氛更显凝重。

唐涛站在墓碑前，从包里拿出一包纸巾，俯身轻轻地擦拭起墓碑来，他的动作是那么轻柔，神情是那样专注。

清理完毕，唐涛静静地面向墓碑肃立，犹如一棵苍松。随后，他双手合十，向墓碑一鞠躬，再鞠躬，三鞠躬……

他每次鞠躬都把腰弯成了近乎直角，他的神情是那么严肃，态度是那么虔诚，不敢有一丝一毫的怠慢。

柳媚不禁在想：长眠于此的，究竟是个什么样的人？能让平时无拘无束的涛哥，一下子变得如此毕恭毕敬起来？

唐涛祭拜完后，移步一侧将位置腾出，用眼神示意柳媚。柳媚会意，赶忙整了整衣裳恭敬地上前，也学着唐涛的样子，双手合十，深深地鞠了三个躬。

"哎呀，你就别卖关子了，他到底是谁啊？他难道没有后人吗？"祭拜完后，柳媚终于按捺不住心中的好奇。

"他是个孤儿，牺牲的时候也只有二十来岁。如今他要是还健在的话，已经是年逾百岁的老人了。只可惜，他的生命永远定格在了1942年的初夏……"唐涛声音低沉，陷入无限的哀思之中，目光却始终没有离开过墓碑片刻。

"牺牲？！他还是位革命烈士吗？"柳媚更加丈二和尚摸不着头脑了。

"是的，整整八十年了。每年的清明节，我们家都会有人来给他扫墓。先是太奶奶太爷爷，后来是我爷爷奶奶，再后来就是我父母亲，现在轮到我了。我太奶奶在世时曾立下规矩：只要我们唐家还有一个人在，我们就不能忘记他。"唐涛说道。

"他有恩于你家吗？"柳媚问道。

"是啊，我们唐家，永远不会忘记他！我们酒坊巷，也不应该忘记他！我们金华人，更应该永远铭记他！"唐涛若有所思地说。

此时此刻，他的思绪早已经飞回到了1942年的酒坊巷，一段尘封了八十年的记忆，正徐徐开启……

第 2 章

1942 年对于金华而言，注定是不平凡的一年。

故事的发生地，便是那金华古子城的酒坊巷。

在金华 2300 余年的建城史上，古子城是婺州古城的核心，而酒坊巷就地处古子城的中轴线上。悠长而狭窄的小巷里，白墙黛瓦上爬满了弯弯曲曲的藤蔓，古老的青石板小路虽已被磨得乌黑锃亮，但石缝中却顽强地透着丝丝绿意。

置身其中，可以领略金华千百年的历史文化积淀。顾名思义，酒坊巷就是金华各类酿酒作坊和酒肆的集聚之地。小巷两侧，大大小小的酒肆店铺林立，五花八门的店幡迎风飘扬，浓郁的酒香扑面而来。

一间酒肆内，一个外表斯文、读书人模样的中年人正和另一位面容清癯、须发皆白的老者，在角落里一张小方桌前小酌着。

"你听说了没？上个月，美国的多架轰炸机从太平洋的航空母舰上起飞，轰炸了日本的东京、大阪、神户等多个地方！"老者压低嗓子，把头凑向身旁的中年人，带着兴奋的语气问道。

随即，他拎起桌上的小酒壶递到嘴边，轻轻地呷了一口，还用舌头舔了舔嘴角的酒渍，回味着酒的醇香。

"炸得好，炸得太好了！不过这个早就已经在街头巷尾传遍了！您可知道，那些轰炸机最后降落到了什么地方？"中年人拣了几粒花生米放在嘴里嚼着，故作神秘地问道。

"难道不是回到太平洋的航空母舰上吗？"老者好奇了。

"您真是只知其一不知其二啊！我听说……那些轰炸机全都降落在了毗邻我们的衢州等地。"中年人见老者不知，不禁有些得意起来。

"啊？！离我们金华这么近？"那老者果然大吃一惊。

"那些轰炸机在衢州等地补给完后，再次飞到日本上空进行轰炸，然后才飞回到美国人的航空母舰上！有个专业术语，叫什么……哦，对了，叫'穿梭轰炸'，炸得日本本土人心惶惶，整日不得安宁！"中年人越说越得意，也愈加兴奋起来。

"可那日本也不是好惹的啊！接下来他们一定会变本加厉地疯狂报复，只怕我们金华也会因此受到牵连呢！"老者忧心忡忡地说道。

"国难当头，别说受些许牵连，就是让我投笔从戎上阵杀敌，即便是马革裹尸又有何妨？"中年人突然提高了嗓门，豪情满怀地说。

"嘘……你轻点儿，轻点儿！小心隔墙有耳！年轻人啊，就是不懂事！"老者把手指放在嘴边，环顾四周，做了个噤声的手势。

中年人还想说什么，突然一阵大风吹来，店幡被吹得飒飒作响，犹如群魔乱舞般随风摇曳。随即，一道灼亮的闪电刺破天空，紧接着，几声"轰隆隆"的巨响传来，如同一列天神的战车呼啸驶过。

"要变天了！得赶紧回家去！"两人急忙起身挥手告别。店家见状，也急忙收拾着桌上的东西，又匆匆忙忙地将店铺门板一块块上好，做好打烊的准备。

又是一声惊雷在天空中炸响，倏忽间，瓢泼大雨便骤然而至，如同直接从天空中浇落一般，顿时整个大地都陷入了密密麻麻的水网之中。

大雨来得突然，去得也利索，没多久便停歇了。雨过天晴以后，酒坊巷像被彻底清洗过一般，处处透着干净、整洁。

可又有谁知道，这金华城的暴风骤雨远没有到停歇的时候。而作为金华最繁华的街巷——酒坊巷，也将变得暗潮涌动，不复往日的平静。

"我记得曾经在书中读到过，第二次世界大战期间，侵华日军为了彻底摧毁中国东南地区供美军使用的航空基地，避免对日本本土造成'穿梭式轰炸'，曾在浙江和江西两地全面发动了军事行动，我们通常称之为'浙赣战役'。涛哥，你说的就是那时候的事吧？"柳媚静静地听唐涛说了好一会儿，终于忍不住插了嘴。

"你说得没错，就是发生在1942年5月开始的浙赣战役期间的事。而金华的沦陷，也是在那年的5月。"唐涛接着说道。

在酒坊巷的最繁华地段，有间"金记酒坊"，这是酒坊巷历史最悠久的酿酒作坊。

拥有三间店面的酒坊，此时店内的生意似乎并没有受到太大影响，客人仍是络绎不绝。店内，几个戴着毡帽、肩上搭着白毛巾的伙计，正忙前忙后地招呼着。柜台后立着的一排酒柜里，陈列着各式各样的酒。

金记酒坊店面后面，是一个宽敞明亮的小院子。

院子一隅有鱼池假山，用的是以"瘦、皱、漏、透"闻名于世的太湖石，池中有多尾色彩斑斓的小金鱼嬉戏其间。沿着雪白的院墙种着一排翠绿的毛竹，显出主人"宁可食无肉，不可居无竹"的高雅格调。院子的中间，是一片鹅卵石铺就的开阔地，种着一棵枝繁叶茂的石榴树。

再后面，就是酒坊的酿酒房。江南一带传统的手工酿酒作坊，大都保持着这种"前店后厂"的模式，许多还是店铺主人的居所。

对许多人而言，酒是人生不可或缺的东西。无论悲欢合散只要想喝酒，总可以找到无数个理由。这也许就是为什么在如此紧张的战局下，酒坊依然可以门庭若市的缘故吧。

酒坊的院子里，站着一个国字脸、络腮胡，身着灰色长衫的中年男子。也许是因为过于操劳，他的额头已经有了许多皱纹，一缕缕银丝也已爬上了他的鬓角。可此时的他，却神采奕奕，中气十足。

他便是金记酒坊的掌柜——金满堂，此时他正指挥着伙计们热火朝天地忙活着。

"老王，原料粉碎是为了便于蒸煮，颗粒太小不行，太大也不行。"

"东家，跟了您这么多年，每次酿酒的时候您都要念经一样念上一遍。"老王笑着回答。

"老孙，蒸煮的时间，要控制在半个时辰以内，外观蒸透，熟而不黏，内无生心就可以了。还有，冷却的时候，要用扬渣或晾渣的方法让它快速冷却下来！"金满堂还在喋喋不休着。

"东家,我们的耳朵,都被念出老茧来了!"那个姓孙的伙计笑着应答。

"来福,这入窖的温度……"金满堂依旧不厌其烦地唠叨着,忙得不亦乐乎。这么多年来,他早已经养成了对每道工序都进行严格把关的习惯,他可不想自家祖传的金字招牌,有朝一日砸在自己手里。

几箩热气腾腾的米饭,被晾在竹编的席子上。一番忙碌之后,到了开饭时间,随着宋大妈的一声吆喝,伙计们放下了手头的活儿,围在宋大妈边上,等着她摊饭。

大家领了饭菜,便围坐在一起,开始张家长李家短,你一言我一语地闲聊了起来,气氛变得更加活跃了。

远处隐隐约约传来的炮火声,似乎没有太影响到他们的心情。他们的内心简单而纯朴。对于酒坊和酿酒人而言,无论处在哪朝哪代,无论是在乱世盛世,酿好自己的酒,管好自己的生计,才是最重要的事。

一旁的酿酒房内,一个年轻的姑娘丝毫没有受到干扰,正专心致志地蹲在一个酒缸前,耳贴着缸沿,聚精会神地聆听着。

她大约二十出头的样子,扎着一条又粗又长的麻花辫,身穿一件浅蓝底色的对襟衫,上面点缀着白色的碎花,配着一条墨绿色的裤子,脚穿一双黑色绣花布鞋,鞋背上绣着一枝暗红色的梅花。衣衫虽不华丽却非常整洁,大方又不失雅致。

听完了酒缸之后,她才起身,伸了伸自己的纤腰。她长着一张标准的鹅蛋脸,眉毛弯如柳叶,眼睛明亮清澈。精巧的小鼻子下面,是一张红澄澄的小嘴,透着青春的气息。

"魁哥,你什么时候来的?不声不响的,吓了我一跳!"她猛然间一回头，对着身后一个皮肤黝黑的壮实汉子说道。

"小姐，我早来了，应该已经有一炷香的工夫。见你这么专心地靠在酒缸上听声音，怕影响到你，所以一直没吱声。"他不好意思地挠了挠头皮。看上去比她大好几岁的他，此时却腼腆得像个孩子。

"我在听酒发酵的声音。再过几天，就可以开封了。"她的脸上洋溢着开心的笑容，露出一对浅浅的梨涡。

"小姐这么年轻，就已经能用隔缸听音的方法来判断酒的发酵程度。难怪东家经常说，他可以把这酒坊交给他的宝贝女儿，然后归隐江湖了！"那个被称作魁哥的人微笑着，脸上满是爱慕之意。

"别听他瞎说，爹爹还这么年轻，离交班还早得很呢！我才不要当这酒坊的家呢！"她朝他嘟了嘟嘴。

"培养好传承人，也是东家一直以来的心愿！金记酒坊的这摊子事儿，迟早得你来管！"他说道。

"别在这里闲聊了！宋大妈早叫过我们吃饭了吧？我们得赶紧去，要不然又该挨她骂了！"她笑盈盈地说。

"好！"他点头答应着，跟着她往外走。

墓地上，雨依旧淅淅沥沥地下着，像是在诉说对逝者无尽的哀思。

"那个'魁哥'，就是长眠于此的元魁吧？"柳媚问道。

"没错！那个'小姐'，就是我的太奶奶金九妹，而金满堂就是我太奶奶的父亲，也就是我的老太姥爷。"唐涛回答。

"那后来呢？怎么样了？"柳媚饶有兴趣地追问道。

"这样吧,我们先去那边的亭子待会儿,听我慢慢说给你听。"唐涛指了指不远处的亭子说道。

"可是这里还有一束鲜花没献呢!"柳媚指了指另一束鲜花不解地说。

"放心吧!会有用得到它的地方的。"唐涛不紧不慢地说。

金记酒坊院子里的石榴树下,大家吃完午饭后三三两两地聚在一起,有的打着盹儿,有的唠着嗑儿,享受着难得的休闲时光。石榴树上,火红的石榴花在枝头竞相绽放。

这时,一个女人弯着腰、弓着身,小心翼翼地牵着一个小女孩从外面走了进来。

那女人挽着发髻,面容清秀,也就二十四五岁的样子。她身着一件藏青色的粗布对襟衫和一条黑色长裤,衣着朴素、整洁,看上去是那么温柔贤淑。那女孩只有一两岁,正是蹒跚学步的年龄,穿着一件红色小棉袄,扎着两只羊角辫,红扑扑的脸蛋上,一双大大的眼睛充满灵气。在那个女人的搀扶下,女孩摇摇晃晃地走了进来。

来福一见赶紧站了起来,对着女人吼道:"不是让你们待在家里不要出来吗?现在外面这么乱……"

"这不,孩子吵着要出来找爸爸,我想现在刚好是你们午休时间,就带她过来看看……"女人委屈地说道。

"你怎么这么不听话呢……"来福还想再多责怪几句,可那小女孩一见来福,脸上露出了兴奋的神情,胖嘟嘟的手挥舞着一束小野花,用稚嫩的声音一个劲地叫着:"爹,爹,花,花花……"跌跌撞撞地奔向了来福。

就算是钢铁做的汉子，也肯定会被这萌萌的女孩融化。来福这时哪还有心思和老婆斤斤计较，他三步并作两步来到女儿跟前，蹲下身子，咧开嘴笑着，一把将女儿抱在怀里，高高地举起，在空中抛接了几次，随后又紧紧搂在怀里，用自己胡子拉碴的嘴，在女儿稚嫩的脸庞上狠狠地亲了几口。

"爹，爹，胡子，胡子！宝宝痛！宝宝痛！"小女孩扭头躲闪着，嘴里不停地嘟囔，双手却依然搂着父亲的脖子，身体也一直紧紧地依偎在父亲的怀里。

众人见状，都哈哈大笑起来："来福，你咋对闺女这么粗暴呢？""来福，你可真是傻人有傻福啊！""娶了个小娇娘不说，还帮你添了件小棉袄，这是哪辈子修来的福分啊？"

来福听到这话，原本已笑得合不拢的嘴咧得更大了。孩子的母亲也在一旁笑呵呵地看着，露出了满足的笑容。

金九妹此时刚好走到酿酒坊的门口，看着来福一家其乐融融的温馨场景，羡慕之余也隐隐感到有些失落。心灵深处，一个早已刻骨铭心的身影，不自觉地闪现了出来。

她的思绪，回到了几年前的一个秋日……

第3章

那日,风清气爽,天高云淡。

金九妹刚从爷爷奶奶处探望归来,一路欣赏着沿途的秋色。正当她拐到酒坊巷时,突然冲出来一辆自行车,她急忙向一侧躲避。自行车上的人发现了九妹,也本能地向另一侧躲避。两人都这么一躲,反而等于没躲,自行车便径直向九妹撞了过来。

九妹急中生智向边上跳开,两人这才没撞个满怀。但正因如此,她站立不稳,摔倒在了地上。

"哎哟!"九妹看起来摔得不轻。那个骑车人也因为躲闪不及,连人带车摔倒在地,脖子上挂着的照相机也摔在了地上。

那人急忙爬起来,顾不得自己的伤势,更顾不上自行车和相机,就心急火燎地朝九妹奔去。

"怎么样?怎么样?要不要紧?"他一边关切地问道,一边急急忙忙地去搀扶九妹,也不管什么男女授受不亲了。

九妹这才看清楚他的样子:一个看上去二十来岁的帅气小伙,面如冠玉,双眼炯炯有神,留着整整齐齐的中分头,一副文质彬彬的样子。他头戴一顶鸭舌帽,身穿一件白色的衬衣,外面还套着一件马甲背心,背心左胸的口袋里插着一支黑色的钢笔。

九妹呆呆地看着他,心想:这世上怎么会有如此卓尔不群的男子？竟全然忘记了责怪之辞。

而当那男子看到九妹的脸庞时，也不禁惊呆了：眼前是个美若天仙的小姑娘，肤如凝脂，目若秋水，虽然受了惊吓有点小狼狈，却丝毫掩盖不了她姣好的容颜和清丽的气质。不仅如此，她的身材也是那么匀称高挑！

两人四目相对，所有的不快顿时烟消云散，一时间竟忘记了该说些什么。

直到有经过的路人提醒："撞了人怎么还傻愣着！还不去看看人家有没有伤着？"小伙子才回过神来。

"对不起姑娘，有没有伤着你？"小伙子连声道歉，一脸的诚恳和关切之色。

金九妹朝自己浑身上下看了看，又摸了摸膝盖，活动了一下筋骨，觉得应无大碍，就对小伙子说："应该不打紧，倒是你……"

只见他洁白的衬衫被剐开了一个大口子，膝盖处的裤子被撞破了，还隐隐渗出了殷红的血迹。

"嘻！我这点伤算啥？谁让我自己骑车不小心呢！只要小妹妹你没伤着就行了！"小伙子回答道。

"你可别这么说！这也不是你一个人的错！要是我拐出来的时候能多留意点，我们也就不会撞上了。而且，你伤得比我还重……"

小伙子不禁心想：这姑娘不仅人长得漂亮，还很明事理！于是对她的好感又多了几分。

"姑娘，实在抱歉，我赶时间，你看这样好不好？如果你觉得没什么大碍，我就先去现场采访。一旦身体有什么不适，随时来找我！我就在前面的杂志社工作。"小伙子诚恳地说。

"好的！应该问题不大的！"九妹反过来安慰他说。

"这是我的联系方式，请姑娘收好！"小伙子拿出钢笔，在采访记录本上写下了联系方式，把这页撕下来递给九妹。

九妹接过来，看着上面的字，是行云流水般的行书。她轻声读了出来："《浙江潮》唐振华。没想到你还是记者啊？"金九妹羡慕地说。

"是的，我就在《浙江潮》杂志社工作。姑娘，很高兴认识你！"唐振华说完，便拍了拍衣服上的灰尘，又扶起倒在地上的自行车，潇洒地跨了上去。

"对了姑娘，方便留下你的联系方式吗？"唐振华貌似还有些不舍得离开。

"我叫金九妹，我家就在前面的金记酒坊。"金九妹正愁该不该把自己的名字主动告诉他，听到唐振华这么一问，心里顿时乐开了花。

"和这小伙子相处，真是太让人舒服了。"金九妹表面上不动声色，心里却这样想着。

"原来是金记酒坊的小姐啊！怪不得这么漂亮，这么有气质……"唐振华忍不住夸赞了几句，但又觉得初次见面就对女孩子评头论足，似乎不太礼貌，于是就没再往下说。

金九妹听他这么夸赞，不好意思地低下了头。

"金小姐，那我先走了！再会！"唐振华朝九妹挥了挥手，自行车的车铃"丁零"一声，便向巷口骑去。

"我也很高兴认识你！"九妹目送他远去的背影轻声道。

唐涛和柳媚两人，来到了墓地边上的一方休憩亭。

"这应该就是传说中的一见钟情了吧？唐振华，应该就是你的太爷爷吧？"柳媚问道。

"不是我太爷爷还能是谁呢？"唐涛边回答边拿出纸巾帮柳媚擦干净石凳，招呼她坐下。

"小媚，《浙江潮》你听说过没？"唐涛问道。

"我只听说过'八月十八潮，壮观天下无'的诗句，这《浙江潮》嘛，还真是没听说过哎！"柳媚耸了耸肩。

"你说的那是杭州湾的独特风景——壮丽的钱塘江大潮。我说的可是当时颇具影响力的进步刊物。《浙江潮》在当时的金华，可是大名鼎鼎的存在呢。"唐涛微微皱了皱眉。

"'七七事变'后，抗战全面爆发，形势非常严峻，许多大城市都相继沦陷，杭州作为浙江的省城也不例外。1937年12月杭州沦陷前夕，国民党浙江省党政军机关被迫迁移至金华和永康方岩。"唐涛对那段历史如数家珍。

"这么说，金华还成了当时浙江实际意义上的省会了？这我可是第一次听说，可这和《浙江潮》又有什么关系呢？"柳媚一脸诧异。

"《浙江潮》是在中国共产党推动和协助下，由国民党浙江省政府主办的一家颇有影响力的进步刊物，被称为'抗战文化的前哨'。创刊所在地就是金华的酒坊巷。"唐涛继续道。

"原来如此啊！用现在的话来说，它传播的是满满的正能量。这么说来，你太爷爷还是个进步青年喽？"柳媚显然是慢慢进入角色了。

"那是自然。"唐涛深深地点了点头，一脸的自豪。

"那再后来呢？"柳媚问道。

"打那以后,我太爷爷就隔三岔五地去找我太奶奶,两人便开始了频频约会之旅。金华的山山水水、名胜古迹,都留下了他们的身影。"

"他们那个年代可不像我们现在崇尚自由恋爱,那时不都是'父母之命、媒妁之言'吗?他们打得那么火热,你老太姥爷是什么态度?"柳媚问道。

"对待女儿恋爱的开明态度,是我老太姥爷了不起的地方!我太奶奶一出生,她母亲就因难产去世了。我老太姥爷怕她受委屈,一直没有续弦,独自把她拉扯大,视她如掌上明珠。一开始,他还被自己女儿蒙在鼓里,后来我太爷爷来的次数多了,他就渐渐地觉察到了。"唐涛接着说。

"那他对你太爷爷就这么放心啊?"柳媚问。

"虽然我老太姥爷做的是酿酒的行当,但他也读过私塾、受过教育。况且他开酒坊那么久,什么人、什么事没见过?所以,他的思想还是很开明的。加上他就我太奶奶这么一个女儿,自然对她是宠爱有加。发现了苗头后,他就偷偷到杂志社去了解我太爷爷的底细。要说我太爷爷多优秀啊!有知识有文化、人长得帅气不说,还特别上进,大家对我太爷爷的评价和印象,自然是很不错的。所以后来,他也就睁一只眼闭一只眼了!"

"在那个年代,就能有这样的观念,真是非常不容易。既然他们这么要好,而且家里的大人也不反对,怎么元魁后来成了你太奶奶的先生呢?"

"这个就说来话长了,你耐心听我讲。"唐涛说。

第 4 章

金记酒坊的院子里,金九妹回忆着和唐振华的甜蜜过往,正想得入神的时候,思绪被一片赞赏声打断了。

"太棒了!小囡妮太棒了!""这女娃太能干了!""加油!"……

原来,来福刚才将女儿放在地上,并往后退了两步,离开女儿一定距离,双手张开隔空护住女儿,以便能在女儿要摔倒时扶住她。

"乖女儿,来,到爹爹这里来!"来福耐心地鼓励着女儿。

"爹爹,爹爹……宝宝……怕怕!"女儿一边喊着,一边露出惊慌的神情,并不时地冲站在一旁的母亲张望。

"你不许帮忙!"来福一边瞪着眼睛对老婆说,一边和颜悦色地鼓励女儿道:"乖女儿别怕,爹爹会保护你的,你一定可以的!"

"来福,你脸色的变换,我看比川剧的变脸还要来得精彩!"

金满堂不知什么时候也来到了院子里,忍俊不禁地打趣道。

"东家,他娘怕她摔着,不让她自己走路,这样怎么行?我是想让女儿锻炼锻炼!"来福还真是个老实人,居然没有听出金满堂的玩笑语气。

"来福，我爹这是和你开玩笑呢！你继续你的训练吧！"九妹在屋檐下听到他们的对话，忍不住笑着说。

"对，你继续！"金满堂对来福笑眯眯地说道。

"哦哦，我明白了！"来福憨厚地朝他们一笑，转头对女儿说，"宝贝女儿，别怕，快来快来！"

女儿见没人帮她也就死心了，只得努力迈开小步，朝着来福跌跌撞撞地移动。她的脚步虽然有些踉跄，但不至于摔倒。可当她每次快要触碰到来福的手时，来福就顺势往后一退，让她抓住救命稻草的希望破灭。她在父亲的诱导下，竟然不知不觉走出了十几步。

就在大家纷纷为这充满人间温情的一幕拍手鼓掌时，一阵巨大的轰鸣声从空中传来，由远及近，由轻至重，刺得耳膜嗡嗡作响！

九妹脸色突变，强烈的不安感涌上心头。虽然最近枪炮声和飞机的轰鸣声不绝于耳，大家也都有些习以为常了，但九妹觉得这次大不相同，因为这次飞机的轰鸣声，离他们实在是太近了！

金九妹瞪大眼睛，焦急地对着院子里的人大声喊道："快，小日本的飞机来了，大家赶紧躲起来！"

但是，飞机发出的噪声，夹杂着人们的嬉笑声，使九妹的喊声完全被淹没。此时院子里的人们，没有作出任何反应。

九妹朝元魁招了招手，示意元魁和她一起去招呼众人，然后继续扯着嗓子大声地叫喊道："这里不安全，快去躲好！"因太过紧张，她的声音竟有些颤抖。

"大家快去躲好！快去躲好！"此时的元魁也回过神来，扯着大嗓门叫道。

院子里的人们这才开始反应过来，有的人向墙角跑去，有的人朝屋里奔去，有的人则往酒窖方向跑去，还有的人则不知所措，呆呆地愣在原地。

说时迟那时快，只见一架飞机犹如蝗虫一般从空中呼啸而来，一个俯冲之后，投下了一连串黑漆漆的炸弹，其中一枚竟像长了眼睛一般，精准地落在了院子里。

这一切，都来得太突然了！

剧烈的爆炸声响起，现场顿时腾起了一片烟雾和尘土。与此同时，其他炸弹也相继落地，爆炸声此起彼伏，往日繁华热闹的酒坊巷，瞬间一片狼藉……

酒坊巷陷入了一片混乱之中：刺耳的防空警报声，惊魂未定的人群，慌乱逃窜的脚步声，惊慌失措的喊叫声……平日里安宁的酒坊巷，瞬间变成了人间地狱。古老的建筑轰然倒塌，火焰燃烧时发出的噼啪声不绝于耳，断壁残垣中隐约可见鲜血淋漓的躯干和肢体。有些建筑虽侥幸没有倒塌，但也摇摇欲坠，或者被开了"天窗"。

飞机仍有恃无恐地在低空盘旋，发出令人恐惧的轰鸣，抬头望去，近得甚至连机身上的太阳旗也清晰可见。仍有炸弹不停地落下，整个金华城到处充斥着爆炸声，冲天的火光映红了城市的天空。

硝烟散去，金记酒坊店门口，已经有着百年历史、镶着金边、烫着金字的牌匾，被强烈的冲击波震落在地。牌匾在落地的时候，被撞折了一角。幸运的是，金记酒坊的店铺奇迹般地得以幸免。

但是，院子里可就没这么幸运了。

原本工整的白色围墙，有一段已经坍塌，露出参差不齐的断面,墙边原本笔直挺立的毛竹杂乱无章地倒伏着。

院子里到处散落着尘土,一个巨大的弹坑突兀地横在中央,令人触目惊心。鱼池中间的假山山尖已经被弹片整齐地削去,还有一片弹片直插在上面。那棵原本生机盎然的石榴树已倒伏在地,原本繁密的枝叶散落了一地,枝头上缀着星星点点的殷红,已经分不清到底是花蕾还是鲜血。

巨大的冲击波把金九妹掀翻在了地上。震耳欲聋的爆炸声,把她震得短暂失聪。金九妹朝院子里看去,视线被倒伏的石榴树遮挡,她无法看到树后的情景。可是她隐隐看到院子中似乎有人躺着,心情顿时忐忑了起来。

她挣扎着起身,心急火燎地朝院子中央跑去。一旁缓过神来的元魁,也三步并作两步紧跟着冲了过去。

金九妹终于看到了树后的情景,被眼前的惨状惊呆了……

金满堂仰天倒在地上,胸口一片血肉模糊,鲜血从伤口汩汩流出,把浅灰色的长衫染成了暗红色,血顺着他的身躯流淌下来,浸湿了他身下的一大片土地。

离金满堂不远处,来福的妻子和女儿也一动不动地躺在地上。而来福则双膝跪地,神情沮丧地呆在一旁。

"爹……爹……你醒醒,你不要吓我啊!"金九妹冲上前去,声嘶力竭地喊道。

元魁和几个伙计也围了上来,一起焦急地喊着:"东家!东家!"

九妹蹲下身子,将手伸到金满堂的脖子下面,用手臂将他的头部托起搂在怀里,并让他的身躯轻轻靠在自己身上,鲜血顿时将她的衣裳也染红了一片。

"你们还愣着干什么,还不赶紧去找大夫!"元魁对一个呆立在一边的伙计喊道。

"哦哦!"那伙计被他一语点醒,一溜烟地飞奔出去。

金满堂的脸上落满了尘土,惨白的脸上已经没有一丝血色。他紧锁着眉头,双眼紧闭,眼睑不停地跳动着,却久久无法睁开。

九妹的眼泪夺眶而出:"爹,爹,已经去找大夫了,您一定要坚持住!"

九妹拿过元魁递过来的毛巾,将它反复折叠后,轻轻按在金满堂的胸口,雪白的毛巾顷刻间被鲜血染红。

金满堂嘴角流淌着鲜血,用尽力气睁开了眼睛,嘴唇轻微抖动着,喉咙里发出呓语般的声音。

金九妹低下头安慰道:"爹……爹……您先不要急着说话,等身体好了再说!"

金满堂费力地微微摇了摇头,用几乎听不见的声音对金九妹说:"你……把……耳朵……凑过来……"

九妹见他这样坚持,只得将耳朵贴到他嘴边:"爹,有什么事您说,女儿听着!"

金满堂挣扎着抬起手,指了指自家酒窖的方向,断断续续、吃力地念道:"千古……风流……八咏楼,江山……留与……后人愁。水通……南国……三千里,气……压……江……城……十……四……州。"

金满堂一字一顿地念着,念到最后一句时,已是气若游丝。他的嘴唇开合着,似乎还想说些什么,却什么声音也发不出来。刚才那段话,已经让他耗尽了所有的力气。

"……"金满堂嘴唇微微颤动着,头歪向一侧,缓缓闭上了眼睛,长长地呼出了最后一口气。

"爹……您醒醒!醒醒……"金九妹不敢相信这是真的,她使劲地摇着金满堂的身体,撕心裂肺地喊着,眼泪如同断线的珍珠滴落下来。

元魁和一旁的伙计们也伤心欲绝,一起叫喊着:"东家……东家……"

此时此刻,金九妹多么希望能有奇迹发生,多么希望在她的呼唤声中,父亲能够睁开眼睛冲她慈祥地笑,然后起身牵着她的手。可父亲就这样突然走了,甚至没有给她一点思想准备的时间!

"真是奇怪,你老太姥爷去世的时候,没有急着交代后事,反而念了李清照的诗。再说了,这首诗在金华脍炙人口,还需要记吗?"墓地的亭子里,柳媚满腹狐疑地问道。

"你只说对了一半。这首诗的确是李清照的《题八咏楼》,现在在金华是无人不知、无人不晓。但是你要知道,二十世纪四十年代的传播手段和受教育的程度,与今天不可同日而语。至于他为什么要念这首诗,你还得听我慢慢和你讲。"唐涛又故意卖了个关子。

第 5 章

　　一声惊雷过后,大雨从天空扑将下来。金九妹依旧抱着父亲不肯松开。雨肆意地下着,无情地打在金九妹的脸上,分不清是雨水还是泪水。一个伙计见状,回屋里拿了一把油纸伞,蹲下身子给她撑着,却被她一把推开。

　　元魁朝伙计使了个眼色,示意他离开。伙计知趣地点点头,退到了屋檐下,远远地看着他们。

　　金九妹就这样待着,任凭雨水淋湿了全身。而元魁则在一旁,默默地注视着她,眼神中透着无尽的关切和爱怜。

　　金记酒坊遭遇的灾难,还远不止于此。

　　来福妻子的额头被弹片击中,没来得及说一句话就骤然离世,让来福对刚才待她的态度后悔不已。而他的女儿腹部被弹片击中,大夫赶来时为时已晚,来福眼睁睁地看着她闭上了双眼。

　　来福双目无神地搂着女儿。她的双手低垂,几枝野花在她身下凌乱地散落着,凋零的花瓣随着雨水四处流动。他将自己的脸紧紧地贴在女儿的脸蛋上,嘴里喃喃地叫着女儿的乳名。就在刚才,这稚嫩的脸庞还洋溢着灿烂的微笑,小嘴里还发出清脆动听的声音,如今却成了一具毫无生气的尸体。

　　她的身体从温热到冰凉,从柔软逐步变得僵硬。来福实在无法接受自己最心爱的两个亲人在转瞬之间离他而去，只留下他一个人孤苦伶仃地苟活于世。

来福家境贫寒，父母又死得早，所以到了三十岁还娶不起亲。后来在金满堂的张罗下，总算为他寻得了一门亲事。妻子的到来，让他感受到了家的温馨，女儿的到来，更是带给他无比的欢乐。

人生最大的痛苦，并不是一无所有，而是当你拥有又加倍珍惜的时候，却猝不及防地让你失去。这种绝望和锥心刺骨的痛，才是最令人无法承受的！

几个伙计过来，拍了拍来福的肩膀，轻声安慰着他。他神情呆滞，强烈的刺激让他的脸上甚至看不出悲伤的神色。但当大家劝他松开母女俩的遗体好安排后事时，一向与人为善的他，竟然朝他们怒目而视。

"让他多抱一会儿吧……"一位年长的伙计摇着头说。大家理解来福的心情，因为对他而言，放手便意味着永别！

天空中，间或有雷声滚过。雨点密集地落在院子里，夹杂着血水朝着低洼处流淌。

金九妹独自一人呆呆地站在巷口，全然不顾雨打风吹。地上斑驳的青石板不知见证了多少小巷的兴衰，也不知承载了她和父亲的多少记忆。可是如今这条巷口，再也看不见父亲的身影；她的身边，再也没有父亲的音容笑貌；她的耳边，再也听不到父亲关切的叮咛……熟悉的这一切，都一去不复返了……

元魁撑着油纸伞飞奔过来，为她遮风挡雨，却被她一把推开。元魁迟疑了一会儿，又举伞为她撑着，但还是被她执拗地重重推开。元魁一个踉跄，雨伞掉落在地，瞬间被风吹走，在巷子里打转。于是他不再坚持，只是默默地陪在一旁。

不知道过了多久，金九妹才渐渐回过神来。她回过头对身后的元魁说道："魁哥，我们回去吧！"

元魁正愁不知该怎么样劝她，现在听她主动提出，真是求之不得。

"生逢乱世，我们会经历各种苦难。现在我们唯一能做的，就是一起去面对，而不是选择逃避。只有这样，我们才对得起逝去的亲人！"金九妹毅然决然地说。

金记酒坊沉浸在一片悲凉肃穆的气氛中。

酒坊的金字招牌已经被重新悬挂了上去。那招牌上的缺角，元魁也已经让本地一个手艺精湛的木匠连夜进行了修补，不仅恢复如初，还重新上了漆。未干油漆欲滴的色彩，看上去竟比新的还要鲜艳。可九妹心里明白，金记酒坊再也不是从前的那个金记酒坊了。

招牌的正中间，悬挂着一朵大大的白花，黑色的挽纱从两边垂落下来。门口的两只红灯笼已经被换成了白色，里面的烛火跳动着，摇曳着，像是在为逝去的人鸣冤叫屈。

院子的围墙已经用砖头重新砌过了，院子中间的炮弹坑已经被填平，那棵倒伏在地的石榴树也被移除，取而代之的是一株从别处移植过来的桂花树。

穿过院子，正对面就是临时设置的灵堂。灵堂外的走廊两旁已经摆满了各式各样的花圈，上面都贴着白纸黑字的挽联。落款为"女儿金九妹"、贴着"父亲大人千古"挽联的花圈被放在最显眼的位置。正对着灵堂门的是醒目的白色遗像台，上面挂着金满堂的黑白画像，面带微笑地看着每一个人。

九妹看着金满堂的遗像，眼睛又是一红，不禁潸然泪下。

画像前方的高台上，安放着金满堂的灵柩。灵柩的一头正对着门，上面贴着一个白底黑字的"奠"字，格外刺眼。金满堂神色安详地躺在灵柩中，双手交叉在胸前，像是在沉睡。他的头发被整理得清清爽爽，全身上下被擦拭得干干净净，换上了崭新的寿衣寿鞋。灵柩的外侧放着一个供桌，中间放着一只香炉，两边各有一个烛台，插着白色的蜡烛。灵堂内，早已经聚集了许多闻讯前来吊唁的人。

"真想不到啊！""这炮弹长了眼了，这么准！""金记酒坊没了当家的，该怎么办啊？"大家压低声音，七嘴八舌地议论着……

"魁哥，谢谢你！"看到整个灵堂布置得井然有序，吊唁接待忙而不乱，金九妹知道这都是元魁在张罗，故心存感激。

"小姐，这都是我应该做的！"

"魁哥，父亲不在了，家里的事还得仰仗你全力帮助。以后就别叫我小姐了，就叫九妹吧。"

"谢谢小姐抬爱！"元魁给金九妹深深作了一个揖。

金九妹朝他点点头，走到供桌前，拿起三炷清香点燃，又在灵柩前鞠了三个躬，这才将香插入香炉。女眷过来给她披麻戴孝后，她便立在灵柩一侧守灵。

金家虽然只是开酿酒作坊的，但毕竟是酿酒世家，也算得上是当地的名门望族，所以前来吊唁之人不少。好在元魁已将一切都安排妥当，九妹只需对他们点点头，表达一下谢意即可。

金满堂是酒坊协会的会长，他的去世让会长一职成为空缺。来的人当中也不乏酒坊协会会员，有人悄悄提醒金九妹要早做打算，她都一一谢过。

转眼间，三日守灵期满，元魁便安排乐队一路吹吹打打，出殡队伍白旗招展，将金满堂葬入了家族墓地，与亡妻合葬。

经历这样的生离死别，九妹自然又是一番悲痛欲绝，哭得死去活来，几度晕厥。好在元魁早已安排了几个女眷一路陪同照顾，总算没有出什么乱子。

这边元魁在金九妹的授意下，为来福的妻子和女儿购置了上好的棺木，购买了墓地。元魁怕来福做什么傻事，又安排人守在来福身边，直到他妻女平安下葬。

墓地前，来福双膝跪地，悲痛欲绝。

"来福，人死不能复生，请节哀顺变！"处理完父亲的丧事后，金九妹在元魁的陪同下前来吊唁。

"小姐！您自己遭遇了这么大的不幸，还记挂着我们下人……"说完，来福"扑通"一声跪了下来。

金九妹赶忙上前一把扶起了他："一家人不说两家话，何来这'下人'一说？"

"小姐的大恩大德，我只能来生做牛做马再报……"堂堂七尺男儿，眼泪不禁夺眶而出。

"别多想，也别做傻事，酒坊还等着你回来开工呢。"金九妹隐隐听出来福的情绪有点不大对劲。

"小姐，我一时半会儿恐怕是不会回来了……"来福啜嚅道。

"别着急，过阵子再说！金记酒坊永远是你的家！"金九妹态度十分诚恳。

"小姐……"来福又一次掉下了眼泪。

祭拜完返程的路上，九妹对元魁说："魁哥，辛苦你隔三岔五前去探望一下来福。他的情绪不太稳定，我怕他会做傻事。"

元魁点头答应。

金九妹猜得没错。墓地上,来福正咬牙发着毒誓:"从此以后,我来福与日本鬼子不共戴天。鬼子欠下的血海债,总有一天我会要回来!"

第 6 章

太阳落下去了,酒坊巷华灯初上。金记酒坊的门厅和走廊也都亮起了灯。酒坊中堂的供桌上,供奉着金满堂的牌位,边上烛光摇曳,香烟袅袅。

金九妹坐在大厅最前面的一张太师椅上,旁边是元魁和酒坊七八个主要人员。

"今天请大家过来,是想和大家商量下酒坊该何去何从。"她说道。

"小姐,您的意思是……咱们酒坊要歇业?"一个人吞吞吐吐地说。

"大家都是酒坊的老人了,我就是想听听你们的意见。"她接过话茬。

"现在世道这么乱,按理说,关门歇业是比较合适的选择。但是……"另一个人欲言又止。

"有话不妨直说好了。"她说道。

"如果歇业,我们酒坊这么多伙计,拿什么来维持生计?"那人不无担忧地说。

"小姐,以后您就是我们的东家!"另一个人说道。

"对对!我们跟着您干!"其他人也纷纷附和道。

金九妹示意大家安静,转过头问元魁:"魁哥,你是父亲生前最倚重的人,你的意见呢?"

"金记酒坊是百年老字号,我想东家在的话也是决不会放弃的。小姐心里一定已经有主意了吧?无论怎样,我都听您的!"元魁斩钉截铁地说。

"好,既然这样,酒坊明天就开始恢复正常营业,所有的旧例一概不变,希望大家支持我。"

"小姐放心,那是一定的!"大家回答道。

"谢谢大家!我还有一件事要宣布:魁哥以后就是我们金记酒坊的大管家,酒坊的大小事务都可以和他商量。"金九妹说道。

"这是再合适不过的了!东家在世的时候,元魁就是他的得力助手。"大家纷纷点头。

"多谢小姐的信任!"元魁这才拱手示意。

"还有一件事要和大家商量:父亲生前是酒坊协会的会长,现在觊觎这个位子的人应该很多。大家看怎么办才好?"金九妹问道。

"与其让这个位子旁落,倒不如小姐来当!"一个人大声说道。

"我举双手赞成!""我也同意!""我没意见!"大家纷纷表示赞同。

"既然这样,我就去争取下,只是那些叔叔伯伯未必会同意。"金九妹不无担忧地说道。

"我看,大家分分工,分头拜访下会员们,做做工作。不过嘛,那些有当会长想法的,我看还是不拜访为妙,免得打草惊蛇。"元魁说道。

"这个办法好!"大家齐声说道。

"那好，几家大的酒坊，我亲自登门拜访！"一直在父亲庇护下的金九妹，父亲去世后显得十分干练。

几日后，酒坊协会的一班人齐聚在金记酒坊的大厅内，围坐在几张八仙桌边。每张桌上，都摆满了丰盛的菜肴，放着一把酒壶，每个人的面前都有一只小酒杯。

前来参会的众酒坊之中，就数"钱记酒坊""宋家酒坊"还有"李家酒坊"这三家的历史悠久些，酒坊的规模也大些，自然掌柜说话的分量也更重。

金九妹满满地斟了一杯酒，起身并举杯："在座的各位叔叔伯伯、大哥们，家父不幸遇难，承蒙各位相助已经入土为安，小女先敬大家一杯！"

说完，便将杯中酒一饮而尽。

"九妹，你这是说的哪里话！金掌柜在担任酒坊协会会长期间，为协会的大小事务呕心沥血、殚精竭虑，堪称楷模啊！"说话的正是"李家酒坊"的掌柜李天华。

"九妹客气了！金掌柜年轻时就继承祖业，一生勤勉，金记酒坊在他的手上得以发扬光大，是吾辈所不能及也。""宋家酒坊"的掌柜宋青问也大声附和道。

"来来来，我提议，我们大家一起倒个满杯敬敬金掌柜，愿他在九泉之下安息！""钱记酒坊"的掌柜钱大有也不甘落后。

"这个提议好！"众人纷纷将酒倒满酒杯，又举过头顶，再将酒轻轻洒在地下。

"九妹在这里谢过了！"金九妹双手抱拳，给大家深深鞠了一躬。

"国难当头，酒坊也只能粗茶淡饭，聊表谢意，还望大家见谅！

请随意！"她热情地招呼着大家。

不知不觉，已是酒过三巡。众人畅饮之时，有一人却始终心事重重，冷眼注视着大家。此人，便是"钱记酒坊"的掌柜钱大有。

要说这"钱记酒坊"，是唯一一家能在门店规模、产销量等各方面和"金记酒坊"并驾齐驱的酒坊。只是金满堂凭借着极高的个人威望，才众望所归地被推举为会长。每每想到此，钱大有总有种"既生瑜何生亮"的落寞之感。

现在拦路虎终于没有了，机会如此难得，钱大有又岂能错过？

他看准机会站起了身，清了清嗓子，缓缓地说："各位同仁，这现如今啊，金会长不在了，我们酒坊协会可不能群龙无首啊。"

众人听闻，也开始窃窃私语起来。

钱大有察言观色，趁热打铁："各位同仁，国不可一日无君，家不可一日无主。这协会会长，就好比我们的一家之主。今天，我们就在已故金会长的牌位前，推选出一名德高望重的人来主持协会大局，大家意下如何？"

众人都觉得有理，纷纷点头附和。

"我想……"钱大有看时机成熟，正想和盘托出，金九妹突然起身大声说道："钱掌柜，请容侄女先说几句！"

钱大有见金九妹以晚辈自居，只得硬生生地把已经到嘴边的后半句话咽了回去。

金九妹起身："各位叔叔伯伯，爹在世的时候，大家都给予金家不少帮助，九妹时刻铭记在心。"

听金九妹这么说，许多人不禁面露愧色，心里明白，金满堂在世的时候，大家都没有少受他的恩惠。

一人大声说道："九妹，您这话客气了！要说感谢，应该是我们感谢金记酒坊和金掌柜才是!"

"这话说得在理!"现场响起了一片赞同声。

等大家稍稍安静下来,金九妹接着说道:"我虽然年轻,但绝不是对酿酒一无所知之人。我从小扶着酒缸学走路,三岁背酿酒歌,六岁跟着爹爹出入酒坊,闭着眼睛都能分辨出寿生酒、三白酒、白字酒、桑落酒、顶陈酒、花曲酒、甘生酒等各种酒的种类……"

钱大有隐隐察觉到了金九妹的意图,欲上前打断她。

金九妹丝毫不予理会,继续说道:"俗话说,酒香不怕巷子深。爹爹生前一直致力于复兴金华酒业,弘扬金华酒文化。如今爹爹不在了,众叔伯和兄长们要是信得过我,我愿毛遂自荐,继承爹爹的遗志,不知大家意下如何?"

众人一片喧哗,纷纷交头接耳起来。

钱大有干咳了几声,伸出两只肥大的手掌在空中挥舞着,示意大家保持安静:"九妹一腔热血,勇气可嘉,可是……"

"钱掌柜,您如果有意见,那我斗胆下个战书,比试下隔缸听音或者品鉴酒的速度如何?"金九妹不等他说完,就气定神闲地说。

"这……"金九妹有隔缸听音的本事,在酒坊巷早就尽人皆知,她对各种酒的鉴别速度之快、准确率之高,钱大有也是素有耳闻的。他知道自己如果和她一较高下,谁胜谁负还真不好说。况且自己身为长辈,要和一个晚辈同场竞技,这赢了倒还好,要是输了,那岂不是颜面无存?

所以他支支吾吾,无论如何也不敢接受这挑战。

正当钱大有使劲盘算着该如何应对的时候,一位须发皆白、身着黑色长衫的老者起身,"笃笃笃"地敲响了手中的拐杖,示意大家少安毋躁。

看到大家的注意力都集中了过来,他这才字句铿锵地说道:"金记酒坊在众多酒坊中名号最响,规模和影响也最大,金会长生前为协会殚精竭虑,备受敬重,有口皆碑。这会长一职由他后人来担任,又有何不可?"

说话的正是宋青问,酒坊巷影响力数一数二的人物。

钱大有偷偷使了一个眼色,只见一个身材高大、膀大腰圆之人从座位上站起,大声说道:"可这金九妹,说句不中听的话,毕竟……是个女流之辈啊。"说话者正是钱记酒坊的管家丁卯。

宋青问听了,破口大骂道:"都什么年代了,还有这样说话的?会长一职,有德有能者居之,男的可以当,女的为什么就不行?"

丁卯受了训斥,尴尬地坐了下来,闷头自斟自酌,不再言语。

"我赞同宋掌柜的意见!"李家酒坊的李天华也大声附和道。

宋青问清了清嗓子:"感谢李掌柜的支持!我提议就由金九妹继任会长一职,大家如果没有不同意见,我们鼓掌对她表示祝贺,如何?"

说罢,他便带头开始鼓掌,李天华也跟着鼓起了掌。众人见状,也纷纷鼓起掌来。

钱大有、丁卯见大势已去,迟疑片刻之后,也极不情愿地跟着鼓起掌来。

"我这丑话可说在前头啊,大家都是大老爷们儿,要一诺千金,鼎力支持新任会长,可别出尔反尔!如果谁当面一套、背后一套,那就别怪我老头子翻脸不认人了!"宋青问的话铿锵有力、掷地有声。

"我们听宋掌柜的!"众人纷纷点头表示赞同。

"感谢各位前辈的厚爱!我今后定当加倍努力,努力将协会发扬光大,决不辜负大家的信任!"金九妹起身,向大家深深鞠躬表示感谢。

人事商议完毕,众人免不了又一阵推杯换盏、觥筹交错。等金九妹、元魁恭送最后一拨客人离开,已是亥时了。

金九妹稍事休息,便朝酒窖走去。如今爹不在了,千斤重担落在她的肩上,令她丝毫不敢懈怠。

元魁在身后叫道:"九妹……"

金九妹止住脚步,回头看着元魁:"怎么了,魁哥?"

元魁犹豫了会儿开口问道:"九妹,如今你当了这个会长,需要承担更多的责任,付出更多的艰辛,你可有思想准备?"

金九妹微微一笑:"开弓没有回头箭!那天晚上我们商量的时候,我就已经想好了!"

"嗯,那就好!今天要不是提前走访了一批酒坊掌柜,说不定钱大有就得逞了呢!"元魁回想起来,还有些心有余悸。

"这可多亏了魁哥你的好建议!今天要不是宋、李两位资深老掌柜站出来帮我说话,有没有胜算还真的是很难说。"她说道。

"这两位老掌柜,都是九妹亲自去走访的,一来体现了晚辈对长辈的尊重,二来也和他们做了充分的沟通,效果很好!"元魁竖起了大拇指。

"无论是出于对老前辈的尊重,还是有求于别人,都应该是我亲自上门的。其实,我之所以要当会长,除了为金记酒坊,你知道还有什么原因吗?"金九妹问道。

"什么原因？恕魁哥愚钝。"元魁说不上来。

"酒坊协会虽然只是行业协会，却是这个领域的实际管理者。我们酿酒行业，靠的就是行业自律。如果协会会长一职被别有用心的人占据，那对我们金华的酿酒业来说，绝不是件好事！"金九妹回答道。

"原来协会这么重要啊！"元魁恍然大悟。

"要不然我巴巴地去争这个会长位子干吗？我像是那种有官瘾的人吗？"金九妹冲他翻了翻白眼。

"那是，像九妹这样冰清玉洁的女子，怎么会看中这个？"

"哎哟，能干了你，啥时候学会溜须拍马了？"金九妹咯咯笑着。

"我可是发自内心的！九妹一直是最优秀的！"元魁一本正经地说道。

"好了！我得去酒窖了。"她拔腿欲要离开。

"九妹，我听到一些传闻，不知道是真是假……"元魁突然想起了什么，却又犹豫着该不该说出来。

"魁哥，你什么时候变得这么婆婆妈妈了？有话快说！要不然我就走了……"金九妹有些不耐烦了。

"那个钱大有，据说最近和东洋人交往过密……"元魁吞吞吐吐地说道。

"你是怎么知道的？"金九妹并没有表现出太多的惊讶。

"有人在钱记酒坊门口，看见有东洋人模样的人出入！怎么，九妹你也听说了？"看金九妹不动声色的样子，元魁觉得有些奇怪。

"我在走访两位老掌柜的时候听说的，所以他们才不放心把会长交到钱大有手里。但是他们年事已高，又没有合适的继任者，其他人也缺乏与他叫板的实力。所以他们思前想后，还是决定支持我。"金九妹说道。

"原来如此啊！怪不得呢！他们还真是深明大义之人，要是犯了迷糊站错队就糟了！"元魁暗自庆幸。

"嗯！这钱大有也真是的，什么钱都能赚，就是日本人的钱不能赚！"金九妹不屑地说。说完，便转身向酒窖走去。

"九妹，你终于从丧父之痛中走出来了！"元魁目送她离去的背影，露出了欣慰的笑容。

第7章

金九妹来到酒窖门口,拿出钥匙。对于酒坊来说,酒窖是酒坊的"重地",所以这酒窖的钥匙,之前一直是由父亲随身携带的。现在父亲不在了,这钥匙自然到了她的手上。

金九妹打开了门锁,使劲推开了门。厚重的木门发出了"嘎吱嘎吱"的声音,在寂静的夜晚显得格外清晰。

金九妹看着手中的钥匙,又想起了父亲的音容笑貌。可此时的父亲已经长眠在了阴冷的地底。想到这里,九妹心里又一阵难过。

"千古风流八咏楼,江山留与后人愁。水通南国三千里,气压江城十四州。"九妹想起父亲临死前念的这首诗,几天之前她查了典籍,才知道这是著名词人李清照所写的《题八咏楼》。

八咏楼是金华的名胜古迹,就位于古子城内。这八咏楼可不简单,它始建于南朝时期,距今已有1500年的历史。唐代的严维,宋代的李清照、吕祖谦,元代的赵孟𫖯等人都曾慕名前来登临题咏,留下不少诗文名篇,《题八咏楼》就是其中之一。

可令金九妹不解的是,父亲临死前为何对它念念不忘,还手指着酒窖的方向,两者能扯上什么关系?

金九妹苦苦思虑未果,就打开了手中的煤油灯。一缕昏黄的灯光照射开来,照亮了她面前的一小块区域。

她随手关上门,并插上了门闩。沿着石阶缓步下行,一股阴冷的气息扑面而来,她不禁打了一个冷战,下意识地双手交叉抱住自己的手臂。为了保存好酒,金家的祖先们也是煞费苦心。他们将这酒窖建在深深的地底,排水除湿通风等设施一应俱全。

石阶的尽头是一片稍显开阔的地带,只见一只只酒坛整整齐齐地排列着,仅仅在中间留下了一条供人通行的狭窄通道。

九妹走近酒坛,蹲下身子,根据不同的封坛时间,开始检查酒的品质。

酒坊巷的酿酒作坊,通常采用的是传统的封坛方法:用一块布或者一张韧性比较好的纸,先把酒坛口盖好,再用绳子围绕坛颈绕圈,把布或者纸紧紧系牢在坛口,最后再用湿泥糊上一层,等泥干了就基本可以保持不透气了。

她看了看标注的封坛日期,从同一批次中随机挑出一坛,拍开坛口的泥封。

一股浓郁的酒香扑鼻而来,令人有未饮先醉的感觉。她开始仔细检查了起来:拿出酒提,兜起酒凑到鼻子前闻了闻,再拿到眼前仔细看了看色泽,脸上露出了满意的笑容。

"看来父亲酿的这一批酒都是好酒啊!"不需要品尝,她就已经知道了答案。

金九妹又如法炮制,开坛检查了另一个批次的酒。令她欣慰的是,在父亲的严格把关下,这些酒同样是酒味甘醇、酒香四溢,都称得上是酒中的极品。

金九妹检查完酒品,又把酒坛口扎实扎紧,避免酒气外溢,并且在检查过的酒上做了标签。

等她把一切都收拾妥当，起身准备离开时，突然感觉到一阵头晕目眩，随即两眼一黑，竟然失去了知觉，晕倒在地上。

酒窖外，元魁将院子内外都打扫干净之后，见金九妹还没有出来，便来到酒窖门前。他上前推了推门，门从里面锁着，于是就坐在酒窖门口的台阶上，呆呆地看着天空。

经过几天的连绵阴雨，天开始放晴。月光透过桂花树的树梢，在院子里留下了斑驳陆离的影子。元魁看着天上那轮朦胧的弯月，又看了看紧闭的酒窖大门，轻轻地摇了摇头，无可奈何地叹了一口气。

焦急地等待了一刻钟光景，酒窖的大门依然紧闭着，也听不到里面有任何动静，他不禁有些担心起来。金九妹进去到现在，前后算起来已经快一个时辰了，哪怕是把所有批次的酒都抽样检查一遍，也该出来了。想起她进去之前疲惫的身影，一种不祥的预感涌上心头：她不会在里面出了什么意外吧？

元魁不再犹豫，迅速起身冲到了酒窖门前，重重地敲起酒窖的门来。

"嘭嘭嘭，嘭嘭嘭！"元魁生怕酒窖太深金九妹听不到敲门声，故意把门敲得震天响，嘴里还大声叫着："九妹，九妹，你怎么样？"

"魁哥，魁哥，怎么了这是？"结果酒窖里没有回音，反而是准备离开的几个伙计听到砸门声围了过来。

"九妹进去快一个时辰了，到现在还没有出来！"元魁急得满脸通红。

"啊？！不会是出什么事情了吧？呸呸呸！乌鸦嘴！"其中一个伙计意识到自己说错了话，连忙扇了自己一个大嘴巴子。

"得赶快想办法把门撬开！你去工具间把铁锤拿来！"元魁对另一个人说道。

那人急忙跑开去，不一会儿就返了回来。元魁接过铁锤，抡起膀子使劲儿将门砸开。

"东家在世的时候定过规矩：酒窖重地，闲人免入！你们在这里等着，如果有需要，我会叫你们进来帮忙的！"话音刚落，元魁便一脚踹开窖门，一个箭步冲下了楼梯。

元魁三步并作两步冲到了下面，只见金九妹躺在冰冷的地砖上，一动也不动。

元魁焦急地上前察看，只见她脸色惨白，双眼紧闭，已经失去了知觉。

元魁摇着她的肩膀，却没有任何反应，又握了握她的手，发现她的手脚冰凉。

"九妹，你怎么了？"他十分焦急地问道。

金九妹双眼紧闭，嘴唇微微发紫。元魁急忙将她从地上扶起，让她靠在自己的肩膀上。他伸手摸了摸她的额头，这才发现她的额头滚烫，显然是发高烧了。

"九妹，你不要紧吧？"元魁一边喊着，一边脱下自己的衣服，盖在金九妹身上。可她还是一点反应也没有。

元魁用手按了按她的人中，她"嗯"地叫了一声，缓缓睁开了眼睛，元魁这才松了一口气。

金九妹醒来，见自己正靠在元魁肩膀上，手被他紧握着，瞬间满脸通红，羞涩地甩开元魁的手，拖着虚弱的身子挣扎着想站起来。元魁伸手想去扶她一把，却被她甩开。

"我自己能走！"她有气无力地说道。可刚走出几步便踉跄起来，好在元魁眼疾手快一把将她扶住。

"你都这样了，还逞什么能？"元魁急得吹胡子瞪眼，没好气地说道。

元魁也不再和她啰唆，二话不说，一只手托住她的腰，另一只手抄在她的膝盖内侧，将她一把抱了起来。九妹还欲挣扎，但是元魁已经用强有力的臂膀，紧紧地把她抱在怀里。

"不准动！听话！"元魁的声音轻柔，但语气却非常坚定。

这元魁平日里见了她都是毕恭毕敬的，也从没对她这样说过话，这次可是真急了。可这不但没有让她有一丝一毫的不舒服，反而让她的心头涌上了一股暖流。

于是她不再挣扎，只是轻轻用手臂挽住他的脖子，温顺得像只小绵羊。

元魁看九妹不再执拗，这才迈开脚步，健硕的身形迅速移动，飞一般地抱着她出了酒窖。

元魁刚出酒窖，几名伙计立马就围了上来："小姐怎么了？"

"可能是劳累过度！一会儿我让大夫过来看看。"元魁说着就朝金九妹的卧房方向奔去。

"魁哥，你等等……"金九妹看了看被砸坏的门。

元魁顿时明白了她的意思。金掌柜之前常说：酒是入口的东西，须得千般谨慎、万般小心才是。所以，他对酒窖的管理十分严格，要求离人必须上锁。

"你们几个人辛苦一下，去找找看有没有闲置的门锁，给这里装上！"元魁看着九妹，征询她的意见。

金九妹赞许地点点头。元魁这才开始移动脚步，身形矫健，步履轻盈。

金九妹依偎在他宽阔的肩膀上，可以感受到他沉稳的呼吸、有节奏的步伐律动，甚至可以听到他强有力的心跳声，突然感到自父亲去世以来从未有过的安全感。

她突然心念一动：这魁哥，不也和自己心心念念的那个人一样，能够想她之所想吗？一瞬间，她竟有些恍惚起来。此时此刻，她多么希望那个让她日夜思念的人，能陪在身边……

元魁抱着九妹进了卧房，先把她放在床边坐下，然后帮她脱下鞋子，轻轻扶她躺下，又把被子给她盖好，还为她倒好了开水放在床头。

这个平日里粗犷的男人，照顾起金九妹来，却丝毫不逊于一个耐心细致的女人。

金九妹虽闭着眼睛，也依旧能感受到他的一举一动，不禁被他的体贴入微所感动，眼泪不自觉地在眼眶打起转来。

元魁忙完这一切，蹑手蹑脚地走出房门。关门的一刹那，他透过门缝看到了梳妆台上摆着的相片。那是一张金九妹和唐振华的合影，两人头靠头、肩并肩，紧紧地依偎在一起，脸上洋溢着幸福甜蜜的笑容，仿佛他们拥有了整个世界。

元魁低头轻叹一声，微微摇了摇头，转身离去。

九妹听到关门的声音，再也忍不住眼泪，耳边的枕巾被打湿了一片。

墓地边上的休憩亭内，柳媚听到此处，感动不已。

"这元魁对你太奶奶真是一往情深啊！他应该不仅仅是你家的一个伙计吧？要不然怎么对你们金家这么忠心耿耿呢？"她的问题如同连珠炮一般。

"这元魁，当然不只是伙计那么简单。"唐涛还是慢悠悠地回答道。

"他和你们家到底有什么渊源？你快说嘛！"柳媚有些着急了。

"严格意义上来说，这个元魁，并不是我们金记酒坊的伙计，而是……我老太姥爷收养的一个孤儿！"唐涛回答道。

"孤儿？"柳媚的眼睛顿时瞪得像铜铃般大。

"对！那年金华突发洪灾，房屋被冲塌，良田被淹没，很多人流离失所。元魁的父亲在洪灾中不幸遇难，只有跟着母亲在金华城内以乞讨为生。当时的他，也不过五六岁的样子。"唐振华说道。

"真是个苦命的人啊！"柳媚感叹道。

"洪灾过后，紧接着又是瘟疫。他的母亲不幸染上了，不久就撒手人寰，丢下年幼的元魁独自一人在街头流浪。"

"这么惨啊！父母双亡，又无家可归……后来，是你老太姥爷收留了他吧？"

"嗯！当时我老太姥爷路过一家馒头店，在店门口看到几个伙计正在暴打一个小男孩。只见那个男孩衣不蔽体、瘦骨嶙峋，被拳打脚踢，但嘴巴却始终紧闭着，手上还紧紧攥着一个馒头。"

"他的嘴里一定是含着吃的，不舍得吐出来吧？"柳媚插了一句。

"他实在是太饿了！就趁店家不注意，拿了一个馒头扭头就跑，边跑还边咬了一大口塞在嘴里。可没跑多远就被抓住了，于是就有了前面那一幕。"唐涛接着往下说道。

"唉！元魁的身世，也真够可怜的！在那样的乱世，真是人命如草芥,万物为刍狗啊。"柳媚同情地说道。

"我老太姥爷见了,动了恻隐之心。他不光帮着付了馒头的钱,还给他买了一大袋馒头。本来以为这件事就这样过去了,可没想到他竟一路跟着我老太姥爷到了家门口,怎么赶也赶不走!"

"元魁这家伙看上去憨厚老实,可实际上一点也不傻,机灵着呢!"柳媚笑着说。

"我老太姥爷了解了他的身世之后,心生怜悯,又见这孩子十分机灵,决定予以收留,但是提了一个条件……"唐涛又停了下来。

"什么条件啊?"柳媚噘着嘴说。

"我老太姥爷要他答应,不,实际上是要他发誓:以后哪怕遇到再坏的情况,遇到再难的事情,都不能再干坏事了。"唐涛说道。

"你老太姥爷这样做,是想让他做一个好人。"柳媚说这话时,对金满堂充满了崇敬之情。

"是的!元魁想也没想就答应了。"唐涛说道。

"原来,你老太姥爷对元魁有着收留养育之恩啊!怪不得他对金家如此忠心耿耿!"柳媚心里的疑惑总算解开了。

"其实,自打他进金记酒坊那一天起,我老太姥爷就没把他当成外人!他自始至终视元魁为己出。"唐涛说道。

"嗯!你接着说吧!"柳媚迫不及待地想继续听下去。

第 8 章

晨曦来临,一缕缕炊烟袅袅升起,寂静的酒坊巷又开始了一天的忙碌。街上也开始热闹了起来,小贩们沙哑高亢的叫卖声,孩子们没心没肺的嬉闹声,还有板车推过石板小路吱吱呀呀的车轴声,绘就了一幅生动朴素的市井生活场景。

虽然刚刚经历了一场劫难,但顽强的金华人依然倔强地与苦难抗争着。酒坊巷的人们,也在废墟中挺起胸膛,强忍着家园破碎和亲人离散的悲痛,继续毅然前行。

阳光照进金九妹的闺房,在她的床头柜上留下了一片斑驳的影子。金九妹从睡梦中醒来,经过昨晚的晕厥,她的头还微微有些疼痛。她用手背试了试自己的额头,已经不再滚烫。看来昨晚的病,对她的身体没有造成太大影响。

不过,她实在无法想象,如果昨晚元魁没有及时破门而入,失去知觉的她在冰冷的酒窖里待上整整一晚,会是什么样的后果。

金九妹起身靠在床背上,梳妆台上的照片勾起了她无尽的回忆,她眼中充满了失意和落寞。她下了床,走到梳妆台前坐下来,盯着照片中唐振华英俊的脸庞和帅气的笑容,甜蜜而酸楚的过往又浮现在她的眼前……

那是一个和煦的春日,大地刚从沉睡中苏醒,纤细的柳枝已经染上了一片鹅黄,路边的迎春花也争先恐后地绽放黄色的花蕊,唯恐报春来迟。

金记酒坊的小阁楼里,金九妹和唐振华正肩并肩地坐在一张古色古香的红木书桌前。金九妹手捧一本《红楼梦》,聚精会神地看着,唐振华则在一边目不转睛地看着她,眼里满是爱意。

金满堂从没有把金九妹当作女孩来看待,还送她去八婺女中读书。这在当时那个重男轻女的年代,实属不易。

"振华,你给我的这本《红楼梦》,真不愧为旷世佳作。不仅故事情节跌宕起伏,人物刻画入木三分,而且内容涉猎甚广,包罗万象,说它是百科全书一点也不为过!"看到精彩处,她抬头对唐振华说道。当她对上他痴痴的眼神时,一抹绯红顿时飞上了她的脸颊。

唐振华这才傻傻地回过神来:"九妹你刚才说什么?"

"瞧你这傻样儿!"她伸出食指,在他的额头上蜻蜓点水般点了一下,又把自己的话重复了一遍。

"所以我说嘛,读书得读名著。名著之所以能广为流传,必有它的与众不同之处。"他回答道。

"你原来是学什么的?"

"开始学的是国文,留学日本学的是医学,后来我放弃了。"

"为什么放弃?多可惜啊!"

"鲁迅先生认为,拯救国人的灵魂比医治他们的肉体更加重要,所以他弃医从文,想用自己的笔来拯救国人麻木不仁的灵魂。我也向他学习,回国来工作。"他解释道。

"我明白了!振华,你可真是志向高远!那你……以后能经常来陪我读书吗?"她面若桃花,低着头羞涩地问道。

"当然！我还要给你带更多好看的书来呢！"他肯定地说。

"那……一言为定！不许反悔哦！"

"一言为定！我唐振华对天发誓，对九妹的承诺句句是真，如果说话不算数，天打……"他开始发起了毒誓。

"不要！"还没等他把"雷劈"两字说出口，她就一把捂住了他的嘴巴，硬生生地把这两个字给堵了回去。

唐振华看着她红彤彤的脸蛋，娇羞得似一朵含苞待放的睡莲，忍不住一把将她搂在了怀里。她起初还轻轻挣扎着，可过了没一会儿，就乖乖地蜷缩在他怀中，尽情地享受着两个人独处的静谧和甜蜜。

唐振华将自己的脸轻轻地贴在她的脸蛋上，感受着她细腻光滑的肌肤。他的手轻轻抚摸着她瀑布般飞泻的黑色秀发，它是那样的丝滑，那样的柔软。她不施任何粉黛，身上没有一丝脂粉气，却散发出淡淡的体香，让他为之陶醉，为之倾倒。

"我真希望此刻可以永恒，我们可以什么都不理会，就这样在一起，一生一世都不分离。"他在她耳边低声轻语道。

"你的希望，同样也是我的愿望。"她喃喃道。

两人互相倾诉着衷肠，不知过了多久才依依不舍地分开。临别时，他从兜里摸出一支钢笔递给她："送给你！"

她接过钢笔，端详着：那是一支笔杆乌黑锃亮的钢笔，它的笔顶和笔套下端以及笔夹，都镶嵌着金色的金属，既庄重大气，又带着几分华贵的气息。

她欣喜地说道："真的好漂亮啊！"

"这是我在日本留学的时候买的，虽然价值不高，却是我的贴身之物，见了它就等于见到了我。"

金九妹使劲点着头,轻轻拔掉笔套。笔尖发出银晃晃的光芒,灵动得像一个精灵。

"来,我们一起来写字!"唐振华用他宽厚的手掌轻轻握住她柔软的小手,笔尖在纸上慢慢游走,娟秀的字迹跃然纸上……

金九妹轻轻读道:"天长地久……"

"愿我们此生天长地久,相伴一生!"唐振华的目光柔情似水。

回忆到这里,金九妹眼中噙满了泪水……

回忆越是美好,现实就越是残酷。

"你不辞而别,至今音讯杳无,整整三年,你到底去了哪里?既然你选择不辞而别,当初为何又要闯进我的生活?既然你不能坚守承诺,当初又何必对我许下诺言?"她自言自语道。

终于,她再也无法强忍内心的伤痛,泪水夺眶而出。

金九妹拿出那支钢笔,把它紧紧攥在掌心,又贴在自己的胸口,幽幽地说:"振华,你说过,见了它就等于见到你。现在它就在我身边,甚至可以清晰地听到我的心跳声,可你呢?你又在哪里?"

她拿起梳妆台上的相片,呆呆地凝视着。泪光中视线已经模糊,相片中他的容颜也不再清晰,那些并不太遥远的过去,仿佛已成了南柯一梦。

片刻之后,她擦拭了一把眼角,猛然举起相框,片刻犹豫之后,竟将相框重重地摔了出去!

"啪"的一声,玻璃散落了一地,照片从支离破碎的相框里脱落,无声地飘落在地上。

"九妹,九妹!"伴随着"噔噔噔噔"的脚步声,元魁洪亮的嗓音在门口响起。

"笃笃，笃笃笃……"随即，几声轻而急促的敲门声响了起来。

九妹急忙用衣袖擦拭了一下眼角，又起身整理了衣裳。可当她看到一地的狼藉时，不禁皱了皱眉头。显然，她已经没有时间进行清理了。

她只得打开房门。元魁高大的身躯立在门口，手中端着一只托盘，上面放着一碗热气腾腾的三鲜面。这三鲜面以上好的高汤为汤料，配以鲜嫩的鸡肉、新鲜的河虾和时令的春笋等地道的本地食材，再在上面放些翠绿可口的毛毛菜，真可谓色香味俱全。

金九妹看了看元魁手中的面，正是自己平时爱吃的。她知道这是他特意为她准备的，不由得鼻子又是一酸。她闪过身，为元魁让出了一条道来，同时转过头去，生怕元魁看到自己的泪眼蒙眬。

元魁走进屋内，看了看地上的一片狼藉，微微一愣。他小心绕了过去，将面放在桌子上，轻声对她说道："九妹，你最喜欢的三鲜面，赶紧趁热吃了吧！冷了就不好吃了。"随后，便俯下身子收拾起来。他先捡起照片，把它轻轻放在梳妆台上，然后收拾地上的碎玻璃和破相框。

身材魁梧的元魁，此时却像在绣花一般，小心翼翼地将碎玻璃一片片捡起。

金九妹夹起几根面条放到嘴边，却没有胃口下咽。她索性放下筷子，呆呆地看着蹲在地上忙碌的元魁。

元魁的余光感觉到了金九妹正在盯着自己看，顿时感到不自在起来。他这一分心，动作不自觉走了样，手指竟被碎玻璃割破了一道大口子！

"哎哟……"都说十指连心疼，元魁捂着手指，忍不住叫出声来。

金九妹见状,连忙上前关切地问道:"要不要紧?"

元魁怕金九妹担心,连忙把手藏到身后,装出一副若无其事的样子,连声说道:"不碍事,不碍事!"

"让我看看!"金九妹用力拉住他的胳膊,元魁无奈只得把手伸了出来。

只见他的右手食指被割开了一条深深的口子,鲜血直流,有几滴已经滴落在了地上。

"怎么这么不小心?"九妹心疼地说道。她用力从自己的衣服上撕下一根布条,仔细地为伤口包扎止血。

"九妹,我真的不要紧!宁可我自己……流血,魁哥我……也不愿意……看到……你伤心难过!"元魁结结巴巴、语无伦次地说。

金九妹感动至极,禁不住泪如雨下。她突然扑到元魁怀里,对他说道:"魁哥,从小到大,你一直像个大哥哥一样呵护着我。我知道你对我好,你心里也一直有我。你愿意……愿意娶我吗?"

她用期待的眼神看着他,没想到他竟如同榆木疙瘩一般,呆呆地没有一丝反应。

金九妹知道元魁一定是没有思想准备,于是盯着他的眼睛又说了一遍:"魁哥,九妹再说一遍,但这是最后一次,绝不会再说了!你听好了:你……愿意娶我吗?"

元魁手足无措,呆了半晌,才支支吾吾地说道:"九妹,你别急!这是你的终身大事,绝不能当儿戏!你要好好考虑!再耐心等等,他一定会回来的……"

金九妹喃喃自语:"三年了,整整三年了,他就如同断了线的风筝,是死是活,连个消息都没有!他如此不辞而别,说明心中根本就没有我!在我最需要帮助的时候,他却不知身在何处。既然如此,我又何必苦苦等着他呢?"

"他一定是有什么难言之隐,或者有什么要紧的事脱不开身!我相信他的为人,他绝对不是薄情寡义之人!我想他一定会回来,给你一个交代的!"元魁还是竭力为唐振华辩解着。

"魁哥,你为人厚道,又老实本分,你对九妹的好,九妹都铭记在心。我和你一起长大,对你知根知底,知道你是一个值得托付终身的人!"

"九妹,金家有恩于我,要不是当年金掌柜收留我,我早就横尸街头了,哪里还有今天?我所做的一切,都是应该的。但是,这可是你的终身大事,千万不要冲动啊!"

"魁哥,你放心,我没有一丝一毫的冲动!做出这一决定,是经过慎重考虑的,绝非一时的头脑发热!如今爹不在了,我们金记酒坊不能没有男主人。金记酒坊需要你,我也需要你,让我们共同来完成爹的遗愿,好吗?"

"好!九妹,我愿意,我怎么会不愿意呢?我……这不是在做梦吧?"面对这突如其来的幸福,元魁还是没缓过劲来。这么多年来,他一直把对九妹的爱,深深地埋藏在心里。自己不过是金家收养的孤儿,这样的非分之想他是绝不敢有的。

"你没有做梦,我这不是就在你身边吗?你感觉到了吗?"金九妹轻轻敲打了一下他的胸口。

元魁点点头,搂紧她,感受到了她柔软的身躯。他的心脏急促而热烈地跳动着,将她抱得更紧了,好像一松手,她就会消失似的,他情难自禁地说道:"九妹,我真是太……高兴了!"

"但是魁哥,有一点希望你能答应我!可以吗?"九妹突然想起了什么。

"你尽管说,不要说一点,哪怕是十点八点,我都会照办不误!"

"父亲才去世不久,我还在守孝期。我们可以先以夫妻名义一起生活,只是这婚礼……能否等到我一年守孝期满后再举行?"

"我说九妹,这哪能叫事儿啊?其实,婚礼不过是一个形式而已!更何况婚礼延后举行,受委屈的是九妹你啊,我怎么可能会有意见呢?"元魁满不在乎地说道。

事实上,对元魁来说,只要能和九妹在一起,能时常陪伴在她左右,看着她迷人的笑容,欣赏她窈窕的身姿,倾听她悦耳的声音,就是人生的一大幸事。更何况现在他还能拥有她,这是件多么幸福的事情啊!

第9章

浙东莽莽群山中，隐藏着一个不为人知的小山村。

这里群山巍峨，树木茂盛，如果不是身在其中，根本无从知晓在这峰回路转之地，居然还有这么一处隐秘的世外桃源。小村外，一条小溪蜿蜒而行，清澈见底，潺潺溪流发出悦耳动听的声响，给人以"明月松间照，清泉石上流"的诗般意境。雨后的山村，道路虽然泥泞，空气却异常清新，不知名的小鸟不时发出几声婉转的啼鸣，简直就是"鸟鸣山更幽"的真实写照。

村子共有百余户人家，袅袅炊烟已冉冉升起。村里的房屋大多有些破败，但房前屋后却拾掇得整洁干净，连家家户户门口的柴垛，都堆放得整整齐齐，足见此处民风之勤俭与朴实。

村子里，有一棵几百年树龄的大樟树，枝叶繁茂、绿荫如盖。一旁有座破败的祠堂，白墙黑瓦，是传统的徽派建筑风格。两个人蒙着面纱，正一前一后抬着一块破门板从祠堂里出来。门板上躺着一个人，整个身体包括脸部都被一块白布严严实实地遮盖着，只有一只呈黑紫色的瘦骨嶙峋的手，无力地垂落下来，随着节奏摆动着。

偏僻的小路上，走来一位四十岁左右的中年人。他身材魁梧，头发蓬乱，下巴和两腮的胡茬密密麻麻，一看就是饱经风霜之人。

但他目光如炬，神情坚毅果敢，纵然衣衫简朴，仍显得英气逼人。

他的身边跟着一位三十岁不到的青年人，右手拎着一只小皮箱，一副要出远门的样子。青年人身着一袭蓝色长衫，长得眉清目秀，模样十分英俊，有着玉树临风般的潇洒。

"沈队长，这是怎么回事？难道是……"那青年人指了指门板，欲言又止。

这中年人，正是浙北敌后抗日游击队大队长沈致远。

沈致远点点头，忧虑地说道："侵华日军丧心病狂，开展了惨绝人寰的细菌战，金华也深受其害。浙赣战役爆发后，他们妄想彻底消灭我们，更是穷凶极恶，令根据地雪上加霜。"

"刚才的同志，就是死于细菌战？"那青年人愈加坚定了自己的猜测。

"是的。这已经是本村第六个因病去世的人了！如果还不能控制住疫情，接下来不知还要死多少人。这狗日的小日本鬼子！"沈致远忍不住爆了粗口。

那青年虽没有说话，但眼神充满了仇恨。"这里这么偏僻，怎么还会遭此厄运？"他忍不住问道。

"这里虽偏僻，但也做不到与世隔绝。刚才那位牺牲的同志是老周，在外出采购物品的时候不幸染上了鼠疫，发病没几天就去世了。他可是经验丰富的老同志了。"沈致远颇为惋惜地说。

那青年朝着老周被抬走的方向，行注目礼表示哀悼。

沈队长接着说："由于缺医少药，根据地到处笼罩着细菌战带来的死亡阴影，不仅削弱了我们的抗日力量，还严重影响军民的抗战信心。最近，党组织在柳村召开紧急会议，全面分析了浙赣铁路沿线形势，决定发动人民群众，开展游击战争。现在，整个金华地区已经掀起了轰轰烈烈的抗日斗争高潮。"

沈致远说到这里,握紧了拳头,精神为之一振。

两人聊着聊着,不知不觉就到了村口。

沈队长环顾四周,压低喉咙对青年人说:"振华同志,这次我向组织上申请,把你从别处调过来,是想让你去执行一项特殊的任务。"

原来这青年正是三年前与金九妹不辞而别的唐振华。

唐振华立即来了精神:"是什么任务,搞得这么神秘兮兮的?"

沈队长再次朝四周张望一番,轻轻从嘴里蹦出三个字:"虞美人!"

"虞美人?"唐振华疑惑不解。

"嘘!这次组织派你秘密潜入酒坊巷,伪装身份是上海的商人,名义上是去金华采购物资的。但你真正任务的代号……就叫'虞美人'!"沈队长把食指竖起放在嘴边,示意唐振华噤声,说话的声音轻得只有他们两人才能听得见。

"具体任务?"唐振华的声音几乎是在喉咙里了。

沈队长继续压低声音道:"你可听说过'台湾义勇队'?"

"'台湾义勇队'也称'台湾抗日义勇队',是1939年2月由台湾同胞李友邦发起的,誓师成立的地点就在我们金华,他们的宗旨是'保卫祖国,收复台湾'。"唐振华麻溜地回答道。

"不错!"沈队长点点头,对他的回答表示赞许。

"它成立的时候,我不是在《浙江潮》工作吗!可这和秘密任务又有什么关联呢?"

沈致远和唐振华并肩站立着,遥望远方,山峰重重叠叠,连绵不绝,微雨过后,一片片云雾升腾,使得这片山脉看上去更加神秘莫测。

沈致远清了清嗓子，略微停顿了下，说道："想必你应该知道它的驻扎地吧？"

"是在酒坊巷吧？我在做专访的时候，去过它的驻扎地。"唐振华的眼神开始有些迷离。说起酒坊巷，他便不由自主地想起那间酒坊和那个散发着芬芳的姑娘。

"那么，你也应该知道，'台湾义勇队'成立后开设的第一家'台湾医院'，也是在酒坊巷吧？"沈致远根本没有注意到唐振华内心世界短暂的波澜起伏。

"嗯！难道任务和'台湾医院'有关？"唐振华隐隐开始觉得有些眉目了。

沈致远微微点了点头，继续低声对他说道："'台湾医院'成立后，又在其他地方相继成立了多家医院，它们都很好地秉承了'医者仁心'的理念，甚至还对一些困难人群、抗战人士和亲属实行免费医治。日本鬼子发动细菌战后，鼠疫等传染病患者日益增多，这家医院全力救治病人，也积累了经验，掌握了一些行之有效的治疗方法。"

"绕了一圈，又回到细菌战来了。"唐振华对本次行动的任务逐渐有了头绪。

"对于此行的目的，你现在应该已经猜得八九不离十了吧？金华沦陷在即，所以'台湾医院'也不得不提前做好撤离的准备。据我们的可靠情报，由于需要携带的物资太多，'台湾医院'在撤离时只能选择性地带走部分物品，许多带不走的只有就地丢弃、掩埋、销毁或者隐藏。"沈致远看了看唐振华，并没有马上往下说。

"这些东西里，有我们需要的？难道是……"唐振华似乎明白了。

沈致远点点头:"他们临走的时候,将一批治疗鼠疫的血清针藏在酒坊巷。你这次的任务,就是找到它们,并不惜一切代价安全运回来。你应该知道,它们对根据地来说有多么重要!"

"有具体的位置吗?酒坊巷这块地方虽说不算太大,但是要从中找到它们,也绝非易事。这个消息来源可靠吗?"唐振华眉头紧锁。

"昨天,大队打退了一群土匪,救下了一名医务工作者。不幸的是,当时的他已经奄奄一息。临死前,他说出了这个秘密。但由于伤情过重,他只来得及说出藏匿在酒坊巷和接头暗号,就因为失血过多而去世了。"

"这么看起来,消息的确是可靠的!"

"嗯!本来老周是执行这项任务最合适的人选,可他不幸染病去世了。你智勇双全,又曾经在酒坊巷待过,是合适的人选,于是组织上就把你调了过来。"

说完,他从兜里摸出一张小纸条,递给了唐振华:"这是接头暗号,你要把它牢牢记在心里。"

唐振华接过纸条,瞄了一眼,然后把纸条搓成一团,放进嘴里,咽了下去。

"这么快就记住了?"沈致远不禁有些惊讶。

"嗯!"唐振华十分有把握地说道。

"金华沦陷在即,你此去务必要注意安全。虽然你对那里比较熟悉,但那边认识你的人多,也就增加了暴露的危险。我们内部知道这件事的人,也控制在最小范围内。"沈致远叮嘱道。

"谢谢沈队长关心!"

"还有,到了那边,电报、电话等联络方式肯定都不能用了,电台携带不便,也很容易被截获,我们还是采用最原始的联络方式。大佛寺的后山悬崖上,有一株千年的古樟树,靠山崖那面,有一个隐蔽的树洞,就作为通信联络点。从明天开始,我每天都会派联络员去取一次信。"

沈致远掏出笔来,画了张草图,并在上面做了标注,递给了他:"这是那棵树的大致方位和树洞的位置。"

"明白了!沈队长想得真是周到!"唐振华不由得竖起了大拇指。

"关系到你的安危,丝毫不能大意!除了你我和联络员之外,这个联络点也要绝对保密。"

"好!"唐振华不禁暗暗佩服起沈致远的缜密思维来。

唐振华看了眼纸条,将上面的位置熟记于心,然后把它还给了沈致远。沈致远捏住纸条一角,划了一根火柴将其点燃,等到它快烧到自己的手指,才松开了手。纸条在空中飞舞,落地的时候已燃尽。

"振华同志,你有没有信心完成任务?"沈致远正色道。

"保证完成任务!"唐振华站了一个标准的立正军姿,向队长郑重地行了一个军礼。

唐振华满怀深情地望着眼前这如烟的雾霭、空蒙的山色以及满目的翠绿,深有感触地说道:"要是没有战争,大家能安安稳稳地在这与世无争的小村庄生活,享受着'日出而作,日落而息'的安逸,感受着'采菊东篱下,悠然见南山'的闲情,那该是件多么惬意的事情啊!"

"一定会的!我们的努力不会白费的!"沈致远的语气异常

坚定。

"嗯，我们共同期待！就此别过，后会有期！"唐振华朝沈致远拱了拱手。

"我等你的好消息！"

唐振华向他挥手致意，沿着崎岖的山路大步向前走去，没有一丝一毫的犹豫。

沈队长对着他的背影庄重地行了一个军礼，直到他完全消失在视野外。

唐振华顺着挂在脖子上的绳结，摸出了一件东西，将它紧紧地捏在手心："九妹，三年了，我一刻也没有让它离开过我！"此时，他的心早已回到了金华城，回到了酒坊巷，也回到了让他魂牵梦萦的姑娘身边……

第10章

三年前的春日,婺江江畔,风景如画。

朵朵白云和片片白帆倒映在清澈的江水中,分不清哪些是帆,哪些是云。江心,几叶小舟悠悠地停着,船头的渔夫将手中的渔网使劲地撒向江面,接受着大自然无私的馈赠。

江畔,有一片浅滩,三三两两地长着几株水柳,形态各异,娉婷袅娜。如烟的柳枝在江风中轻柔摇曳,如同汉宫飞燕翩翩起舞。对面的防洪堤后面,是一片广袤的田野,开满了黄灿灿的油菜花,像极了一幅水墨山水画……

唐振华面朝一江春水,静静地坐在江边,春风轻柔地拂过他的脸庞,吹起他的衣襟,也拨动着他的心弦。

在他的身前,支着一副画架,边上是一块五颜六色的调色板。他熟练地拿起画笔,聚精会神地画了起来,画笔在画布上"沙沙沙"地快速移动,远处的风景不断地在画中定格,逐渐成为永恒的瞬间。

一名芳华绝代的女子,猫着腰蹑手蹑脚地从他身后走来,伸出双手从背后蒙住他的双眼。

他将画笔放在一旁,会心一笑,只是微仰着头,尽情享受着这份甜蜜的美好。

"我不让你睁开眼睛,你不许睁开!"她银铃般动听的声音在他耳边响起。随后她松开手,从口袋中取出一个物件,小心翼翼地挂在了他的脖子上。

"好了,可以睁眼了!"

他睁开眼睛,惊喜地发现自己的脖子上多了一枚精致的吊坠。只见那枚吊坠通体呈暗灰色,上面刻着一只栩栩如生的瑞兽,张着大嘴,瞪圆双眼,表情威武,仿佛要冲破束缚,从坠中奔将出来一般。坠子的上端缀着一颗珠子,质地细腻,色泽红润。整个吊坠散发出阵阵清香,香味沉稳,让人心神宁静。

"喜欢吗?"金九妹柔声问道。

"只要是你送的,我都喜欢!"他愉快地回答。

"早知道,我就随便送你块石头算了!这可是我千挑万选,好不容易才挑中的!它的绳结,还是我亲手编的呢!"她嘟着嘴嘀咕着。

"喜欢,非常喜欢!对了,这坠子是什么材质的?"他有意岔开话题。

"是千年的沉香木,它特有的味道可以安神静气!缀着的珠子是满肉的保山南红,寓意是'鸿运当头'。"

"那上面的动物呢?看上去好威武哦!"

"那是貔貅,是中国古代传说中一种凶猛的吉瑞之兽,有开运、辟邪、镇宅和化太岁的功效,能除去身边的晦气,带来更多的好运。另外,它通常以金银珠宝为食,且只进不出,所以还有招财进宝之意。做生意的人都十分推崇它,往往会将它放在店铺、宅子里。"

"啊?!那你应该自己留着才是啊,我又不做生意。还有,只进不出,不会撑死啊?"他故意逗她开心。

"才不会呢！你不要拉倒！"她边说边伸手去抢。

"要的，要的！"唐振华往后撤了一步，并将吊坠紧紧攥在手心。

"哼！狗咬吕洞宾，不识好人心。你知道吗？它还有促姻缘的作用……"金九妹脸一红，露出了一丝羞涩。

"说了这么多，原来这句才是重点啊……"他露出一丝坏笑。

"你好坏！还取笑人家，不给你了！"她娇嗔道，又伸手去抢。

唐振华哪里肯给她，一把抓住她的小手，顺势便将她揽在了怀里。她如同小鸟依人般，轻轻地依偎在他怀里。

唐振华看着怀中乖巧可人的美人儿，忍不住在她绯红的脸上亲了一口，瞬间把她羞得如同盛开的桃花。

这一刻，他觉得自己便是天下最幸福的男人。

唐振华想到这里，脸上露出了甜蜜的微笑。他望着金华城的方向，低语道："九妹，你还好吗？"

巷子里，金九妹和元魁正一前一后走着，身后跟着几个推板车的伙计，车上装着鼓鼓囊囊的麻袋。

"现在的粮食，越来越难买到了。"元魁面露忧色。

"嗯！战乱来临，谁不想多囤点粮食，以备不时之需呢？"金九妹说道。

"价格也越来越高了，一天一个价。"元魁心疼地说。

"没办法啊！酒坊要生存，粮食是必不可少的。不过我想，短期内不要再买了。"金九妹说道。

"为什么？"元魁奇怪地问。

"你看啊，这粮食这么贵，酒又不能提价。而且，人们饭都吃不饱，哪来的钱买酒？再有嘛……"

金九妹停下了脚步，凑到元魁耳边："如果囤了太多的粮食，一旦日本人打进城里，不是便宜了那群白眼狼吗？"

"还是九妹考虑得周到！我们回去赶紧把酒酿了，省得粮食被那帮畜生给糟蹋了。"元魁一副恍然大悟的样子。

"对！绝不能把粮食留给他们，让他们吃饱了有力气和我们打仗。至于酒嘛，他们想喝就喝去，喝醉了刚好挨揍！"金九妹笑着说。

说话间，一个孩子从墙角冲了出来，伸手向她乞讨："小姐小姐，行行好，给点吃的吧！"

金九妹看他不过十一二岁的样子，衣衫褴褛，蓬头垢面，一张小脸乌漆墨黑，瘦得脸上只看得到两只黑咕隆咚的大眼睛了。

金九妹心里一阵酸楚，便从兜里拿出一些零钱给他。可不承想，从墙角处又"呼啦"跑出来一大群面黄肌瘦的小孩，齐齐伸手向她乞讨。

元魁见他们围了上来，急忙冲上前拦在金九妹前面，眼神却充满怜悯。

金九妹从他的眼中读懂了他的心意：元魁看到他们，就像是看到了当年的自己。

"魁哥，去前面的'阿婆酥饼店'，买些酥饼来！"

元魁点了点头，迅速跑到附近的"阿婆酥饼店"，指着烤好的一大堆酥饼喊道："阿婆，这些酥饼我全要了。"

阿婆奇怪地问："一口气买这么多酥饼，吃得完吗？"其实也不能怪她，这个节骨眼，谁家不是仔细盘算着过日子啊。

元魁转过头，指了指不远处那群小流浪汉。

阿婆看了他一眼，面露敬佩之色："世事艰难，难得你们金记酒坊还这么有菩萨心肠。得,我少收你两个铜板,权当做个善事吧!"

说完,便拿起边上的篮子,将已经烘烤好的酥饼一股脑儿地装了进去,把它递给了元魁。

元魁付了钱,飞快地跑了回来。小流浪汉们看到酥饼,"呼啦"一下全围了过来。

"都别急,都别急!大家都有份!"金九妹开始一个接一个地给他们发酥饼,没一会儿工夫就分发一空。

看着他们狼吞虎咽的样子,金九妹和元魁相视而笑。

"九妹,谢谢你!"元魁看着他们,目光中充满了感激之情。

"谢什么?"金九妹问道。

"谢谢你懂我在想什么,也谢谢你成全我。"元魁回答。

"魁哥你这是说的哪里话!恻隐之心,人皆有之。这其实也正是我想做的!但我们毕竟能力有限,帮得了一时,帮不了一世啊……"金九妹不无遗憾地说。

"能帮一次是一次吧!真希望能早日把鬼子打回老家去,我们也能回归正常的生活!"元魁说道。

正说话间,大家突然听到了一阵喧闹声。

循声望去,只见一群年轻人正聚集在街角。他们大多十六七岁的样子,女的清一色穿着浅蓝色的衣衫、黑色的裙子,男的则穿着白衬衫、黑裤子,一看就是中学生模样。

他们中有人向行人分发传单,有人则在一旁帮衬着,还有个人在大声地演讲:"同胞们,日本强盗悍然发动侵华战争,东北、华北相继沦陷,百姓流离失所,民不聊生。他们杀我国人,占我家园,抢我财物,辱我姐妹,无恶不作!我们一定要团结起来,同仇敌忾,誓把日本强盗赶出中国的土地!"

人群中不时爆发出热烈的掌声。

紧接着,另一个学生振臂高呼:"打倒日本帝国主义!打倒日本鬼子!""还我河山,还我家园!"

围观的群众备受鼓舞,大家群情激奋,也跟着他高呼道:"打倒日本帝国主义!打倒日本鬼子!""还我河山,还我家园!"

金九妹走近人群,一名女学生马上递过来一张传单。金九妹接过传单一看,上面的内容和他们喊的口号差不多。

她好奇地问:"小妹妹,你们是哪个学校的?怎么都不上课了?"

那女生剪着齐肩短发,额头留着齐刘海,长着一双水汪汪的大眼睛。她回答道:"我们是省立金华中学的,大敌当前,国将不国,哪有什么心思读书啊?"

金九妹关切地说道:"你一个女孩子家,抛头露面的,千万要注意安全。"

那女孩看了看金九妹,见她也不过二十来岁的样子,便对她说:"谢谢姐姐关心!你也是女孩,不也在外奔波吗?"

金九妹听她这么说,竟一时语塞。那女孩转头继续忙自己的事去了。

一阵阵狂风吹过,层层乌云从远处奔涌而来,笼罩了整个天空,天色逐渐暗了下来。忽然,一道闪电划破苍穹,天空中传来了隆隆的雷声,和远处的炮声相呼应,让人分不清哪个是炮声,哪个是雷声。

"要下大雨了,要下大雨了!快回家了!"一个学生一边跑一边喊道。转瞬之间,人群尽数散去。

金九妹怕粮食被雨打湿,也催促着伙计赶紧赶路。当她把视线投向前方的时候,隐约扫见一个十分熟悉的身影。这身影和她朝思暮想的人竟是那么相似。可正当她想再定睛细看时,那个身影已在拐角处消失得无影无踪。

金九妹揉了揉眼睛,喃喃自语道:"怎么会这么像?难道是我出现幻觉了?"

九妹并没有看错,那身影正是重返酒坊巷的唐振华。

唐振华马不停蹄地长途跋涉,赶到了酒坊巷。他选择了附近极不显眼的"悦来客栈"住了下来。那客栈位于酒坊巷一个较为僻静的角落,虽不紧靠着马路,但唐振华有意将房间选在了二楼,透过窗户便可以将路上的动静一览无余。

唐振华入住客栈后,抑制不住对金九妹的思念,便直奔金记酒坊方向而去,想着能有机会偷偷看她一眼,却不承想半路就遇见了她。

他在远处偷偷地看着她。虽然已经过了三年,可她仍然是那么漂亮,身材比原来更加婀娜,也更加凹凸有致了。但他留意到,她那根又粗又长的麻花辫不见了,取而代之的是一条利索的马尾辫。

可没想到,金九妹的目光突然扫了过来。情急之下他赶紧转头,迅速拐进了小巷。

三年前,他受到共产党的感召,接受了救国救民的进步思想,毅然加入党组织成为其中的一员。从此他投笔从戎,加入敌后抗日游击队。按照组织的保密要求,哪怕是对自己的至亲之人,也不得透露半分行踪,于是他不得不选择不辞而别……

今天,他之所以选择躲避,还是基于安全方面的考虑。此次他带着任务而来,前途未卜,生死难料,怎能贸然相认?况且她现在剪去了麻花辫，难道她已为人妇？如果是这样的话，自己就更加没有理由去打扰她平静的生活了。

想到这里，唐振华的心开始隐隐作痛。

墓地边的休憩亭内，柳媚急得直跺脚："你说你太爷爷也真是的！都这么久没见了，也不晓得上前去打个招呼，真是急死人了！"

"一个坚定的革命者，在个人利益和民族大义发生冲突时，首先想到的就是牺牲个人利益，这就叫'舍生取义'！现在很多年轻人都不会懂，也不会理解这些。"唐涛看着柳媚，意味深长地说。

"好在国民党军队在金华、兰溪的抗战中，还是有令人振奋的战果的。在进军兰溪的途中，侵华日军第十五师团师团长酒井直次被国军设埋的地雷炸伤，最终不治身亡。"唐涛精神振奋地说。

"应该是条大鱼吧？级别不低的样子。"

"是陆军中将。不光是一条大鱼，还是一条大恶鱼呢！他竭力推行对敌后根据地'杀光、烧光、抢光'的'三光'政策，犯下滔天罪行。一次他丧心病狂，竟让部下进行奸淫比赛，评出'老虎''豹子'和'豺狼'并给予奖励，极大助长了日军光天化日之下奸淫妇女的暴行。"唐涛咬牙切齿地说。

"真是禽兽不如！恶有恶报，死得好！"柳媚听得气上心头。

"嗯，他的死虽然有一定偶然性，但这毕竟是自日本陆军创建以来，现任师团长在作战前线阵亡的第一人。但纵是如此，抗战颓势依然无法扭转，金华也未能逃脱沦陷的命运。"唐涛悻悻地说道。

第11章

金华城头，青天白日旗被几名日军粗暴地扯下，取而代之的是那面丑陋无比的膏药旗。他们欢呼着，兴高采烈地挥舞着旗帜，庆祝着胜利。

一队队全副武装的日本兵，趾高气扬地横行在街头。他们带着征服者的姿态，一副不可一世的样子。黑色的头盔加上土黄色的军服，使他们看上去活像一群贪婪过境的蝗虫。

许多百姓为了躲避战乱四处逃难，店铺纷纷关门大吉。留在城里的百姓，大多避之唯恐不及。他们紧闭大门，有的甚至把窗户都钉得死死的。有胆子大点的，也只是偷偷透过窗缝朝外瞄上几眼。

当然，也少不了寡廉鲜耻的汉奸。他们挥舞着膏药旗在街边列队，带着看似热情洋溢的笑容，装模作样地迎接日本兵的到来。

驻金华日本宪兵队的办公场所，被安排在了一个大户人家的府邸。那宅子坐北朝南，为单层四开间砖木结构，被日本人鸠占鹊巢，据为己有。

一名日本军官在一队士兵的警戒下，威风八面地从吉普车上下来。门口的几名卫兵齐刷刷地立正，向他敬了一个标准的军礼。那人朝他们微微点了点头，大步走进屋内。他的身后，亦步亦趋地跟着两个日本军官和一个中国翻译官。

这军官身材短小精悍,有着一双野狼般锐利的眼睛,配上一个鹰钩鼻,一看就是令人望而生畏的狠角色——他就是日军驻金华宪兵队的队长武田春树。

他的办公室里,除了一张大点的办公桌外,还摆着太师椅、中式茶几、假山石摆件、山水画等典型的中式室内陈设——都是根据他的要求没有搬走的,因为他对中国文化有着浓厚的兴趣。

他走到办公桌前,一屁股坐在了太师椅上,随手把公文包往办公桌上一扔,板着脸叽里咕噜地说道:"自战役发动以来,威武的皇军势如破竹,节节胜利,建成'大东亚共荣圈'指日可待。但是,现在正是关键时刻,战争一天没有结束,我们就不能说取得了最终胜利。所以,我们千万不能骄傲自满,更不可掉以轻心。"

三个人齐齐立正,鼓足精神应道:"嗨!少佐!"

武田继续说道:"据可靠消息:一直以来与皇军作对的'台湾义勇队'所开办的'台湾医院',在仓皇逃离金华时,在酒坊巷一带留下了一批血清针……"

"这血清针是做什么用的?"一人问道。

"是用来治疗鼠疫的!据悉,共产党已经派人前来寻找。如果被他们找到,必将极大地削弱皇军细菌战的成果,并对我军整个战略部署产生重大影响。"

"那我们该怎么办?"另一人问道。

武田端起茶杯喝了一口,得意地说道:"桥本上尉,中国有句古话,叫作'螳螂捕蝉,黄雀在后'。我们就要做那只黄雀,借机将共产党在金华的抵抗势力一网打尽!"

三人又一个立正,再次齐声说道:"嗨!少佐高明!"

武田得意之余，好像突然想起了什么，冷笑着说："章涵义，你猜猜看，共产党这次行动的代号是什么？"

章涵义便是那名中国翻译官。他推了推鼻梁上的黑框眼镜，求救似的看了看另两人。但三人面面相觑，都说不上来。

武田说："是'虞美人'！冥冥之中，就注定了他们的行动一定是个悲剧！"

另一名日本军官面带疑问："属下愚钝，不解其意！"

武田从座位上起身，来回踱了几步，得意之情溢于言表："村上少尉，你有所不知。这个代号，出自中国秦朝末年'霸王别姬'的典故。楚汉相争时期，西楚霸王项羽兵败，被汉军团团围困于垓下。他自知大势已去，便准备让他的爱妾虞姬和坐骑乌骓马渡江回到楚地。他为虞姬饯行，准备和她诀别。忽然楚歌四起，虞姬含泪起舞，深情悲歌，一曲唱罢，竟从项羽腰间拔剑自刎，一代美人香消玉殒。不久，项羽也战败身亡。传说后来在虞姬的坟头长出了一种草，形似鸡冠，又像美人翩翩起舞，十分娇媚可爱，人们称它为'虞美人'。"

三人把腰弯得如同煮熟的河虾，连连奉承道："少佐，您可真是'中国通'啊！"

武田愈加得意扬扬，微笑着向他们摆摆手。

少顷，他突然收起笑脸："别以为我不懂中国的文化，不知道这个典故，你们给我听着……"

三人听闻，恭恭敬敬地肃立。

武田厉声喝道："密切监视酒坊巷出现的可疑人等，特别是陌生的——女人！"

三人一副醍醐灌顶的样子："嗨！"

落日的余晖从西边斜射过来，洒在"钱记酒坊"的匾额上，给匾额蒙上了一层淡淡的金黄。

钱大有眯着眼，懒洋洋地躺在藤摇椅上，一副闷闷不乐的样子。一旁，管家丁卯在他身边小心伺候着。

"奶奶的！走了金满堂，可谁承想半路杀出个程咬金，被金九妹那丫头一阵搅和，煮熟的鸭子又飞了！"钱大有越想越气。

"掌柜的，您消消气！也不知道那金九妹灌了什么迷魂汤，让那两个老东西支持她，害得我们在场面上处于被动。现在木已成舟，一定要从长计议，不可心急啊！"丁卯将手中的蒲扇轻轻地对着钱大有扇了几下，低声下气地说道。

"怎么可能不急啊？她年纪这么轻，我这把老骨头能熬得过她？你这小子被人家一句话堵得连个屁都不敢放，真是没出息！枉我平时这么器重你。"钱大有气不打一处来。

"就那天的形势，我一个下人真不方便多说话啊！"丁卯显得特别无奈。

"此仇不报非君子！我们得想个万全之策，先整金九妹，然后再伺机整垮金记酒坊！借机也出出恶气！丁卯，你一向鬼主意多，可有妙招？"

丁卯沉思片刻，弓着腰回答："妙招不敢说，这办法嘛，倒是有三……"

钱大有两眼放光，如获至宝："你出息啊，居然还不止一个！别卖关子了，有话快说，有屁快放！"

丁卯清清嗓子："金满堂死后，金记酒坊算是气数尽，现在全凭元魁在撑台面。我们只要把他收买了，到时候金九妹还不是手到擒来？"

钱大有拍了拍大腿："妙啊！可万一收买不了呢？"

丁卯阴险一笑："那就用第二招：差人去金记酒坊找茬，搞出点事情来，毁了它的金字招牌。"

"金记酒坊是百年的老店，这法子能管用吗？人家能信吗？"钱大有吃不准这法子能否奏效。

"要说在以前可能没人信，可现在金满堂不是死了吗？这可是天赐良机啊！"丁卯冲他眨了眨眼。

钱大有不禁惊愕："你小子真是一肚子的坏水啊，这下三滥的手段也能想得出来啊？"

丁卯做了一个劈砍的手势："无毒不丈夫嘛！一旦金记酒坊的名声倒了，金九妹还怎么当会长？"

钱大有略微迟疑了一下，点了点头。

丁卯靠近几步，在钱大有耳边小声耳语道："如果这两招都不行，还有最后一招——我们可以来个借刀杀人。"

钱大有心知肚明："借谁的刀？日本人的？不行不行！这么做，岂不是成了汉奸吗？我以后还怎么抬头做人呢？"

丁卯冲他狡黠地一笑："这兵荒马乱的，谁还管得了谁啊？再说了，男子汉大丈夫，能屈能伸，行大事要不拘小节嘛！"

钱大有低头，陷入了沉思。末了，他说："先按照前两个办法试试吧！这第三招实在是太损了，不到万不得已不要用！"

有了对付金记酒坊的办法，钱大有心情大好。他迈着步子，哼了起来："为社稷蹈火赴汤，扫狼烟餐霜饮露，定山河画戟神枪。本帅薛仁贵，只因西藩猖獗，夺我疆土，占我边山，此而奉旨出兵收复失地，昨日兵进寒江关……"

这正是金华戏《三请樊梨花》中薛仁贵的一段唱词。哼着哼着，钱大有便踱到了院子里。

一个小男孩正在院子里的水池边玩耍。他大约七八岁的样子，穿着一身唐装，剃着一个寿桃头，圆圆的脸蛋，大大的眼睛，长得虎头虎脑，正用手指着院子水池中的几只大白鹅，摇头晃脑地朗诵着："鹅鹅鹅，曲项向天歌。白毛浮绿水……"

钱大有快步走上前，一把抱起了他，在他脸上狠狠亲了一口："多多，我的乖儿子，知道这首诗是谁写的吗？"

钱大有是一脉单传，直到五十多岁，姨太太才给他生了个儿子，是名副其实的老年得子。加上这孩子乖巧懂事、聪明伶俐，钱大有自然是宠爱得不得了。

"这首诗啊，是一千多年前一个跟多多差不多大的小孩子写的，他的名字叫骆宾王，也是我们金华人。厉害不？"钱大有摸了摸他的头，一脸慈祥。

钱多多拍拍胖嘟嘟的小手说道："厉害！多多以后也要当骆宾王！"

钱大有连声说道："好，好！多多最聪明了。走！爹爹带你买东西吃去！"

钱多多听了高兴地拍起了手。钱大有抱着儿子往门口走去，正好看见元魁挑着担，从对面金记酒坊出来。

钱大有眼珠滴溜溜一转，顿时有了鬼主意。他大声对着元魁叫道："元魁兄弟，请留步！请留步！"

"是钱掌柜啊！有什么事吗？我赶着去送货呢！"元魁不情愿地停住了脚步。

"来来来，把挑子放放，到店里来歇歇脚！"钱大有上前，一只手抱着儿子，一只手扯了扯元魁的袖子。

"爹爹，你不是要带我去买吃的吗？"钱多多不乐意了。

"乖儿子，爹爹这里有要紧事要办，让你丁叔陪你去啊！"钱大有轻轻地拍了拍他的小脸哄道。

"不嘛不嘛，我要爹爹陪！"钱多多耍起赖来。

"乖，乖，宝贝儿子！丁卯……"钱大有大声叫着。

"来了，来了，掌柜的。"丁卯一边应着一边从里面跑出来。

"你带多多去玩会儿，我找元魁有点事儿商量！"钱大有边说边朝丁卯使了个眼色。

丁卯心领神会，也不顾多多吵闹，抱着他就出了店门。

钱大有目送丁卯离开，帮着元魁把担子放下，又拉着他往角落里的一张四方桌走去。

"钱掌柜，您这是唱的哪一出啊？"元魁从没见钱大有对他这么热情过，有些不知所措。

钱大有请元魁坐下，又给他倒了一杯茶水，一脸关心地问道："元老弟，你与我相识有二十多年了吧？"

元魁掐指一算："从我到金家开始算起，的确是有了！钱掌柜不会是来找我叙旧的吧？"

"这……既然这样，那我就开门见山了！俗话说，人往高处走，水往低处流。如今金满堂走了，金记酒坊眼看就要树倒猢狲散了。我念老弟为人耿直、勤勉能干，特为老弟准备了一个肥缺……"钱大有故意一副神秘兮兮的样子，看着元魁的反应。

"哦？是什么肥缺啊？"元魁故作好奇地问。

"如果你愿意来钱记酒坊，我让你当副店长，薪水嘛，好商量；也可以把最大的分号交给你打理，只要交了该交的，剩下的收益都归你，收入肯定可观。不知老弟意下如何？"钱大有满脸堆笑。

元魁明白了他的用意，朝他轻蔑一笑："承蒙钱掌柜厚爱！不过，在这个节骨眼上您还来挖金记墙脚，也太不地道了吧？"

"元魁兄弟，你这是说的哪里话啊！俗话说，良禽择木而栖。我这可是肺腑之言啊！金记酒坊已是明日黄花，你一定要提前谋划，要不然就悔之晚矣！"钱大有可谓苦口婆心。

元魁冷笑一声，冲他拱了拱手："您这是要陷元某于不仁不义啊！金掌柜生前对我恩重如山，我此时离开，还是人吗？好意心领了，恕不奉陪！"

说罢，他起身挑起担子，飞一般地离开了钱记酒坊，只留下钱大有呆在原地。

"不识抬举的东西！以后有你好受的！"钱大有咬牙切齿地骂了一句。

对面金记酒坊，金九妹正在给酒壶斟酒，一抬头刚好看见了从对面出来的元魁，不禁眉头一皱，手中的酒提微微颤抖。往日里稳如泰山的她，竟将酒洒出了许多。

第 12 章

元魁送完货回来,已经是入夜时分了。

经过酒坊巷的时候,他隐约看见有两个人影蹲在角落。他们戴着鸭舌帽,还故意把帽檐压得很低,好像生怕被人看到他们的脸。他们嘴里叼着香烟,烟头一闪一闪,忽明忽暗,仿佛两点鬼火幽幽地亮着。

"这两个人好生奇怪,外面黑灯瞎火的,待在那里做啥?"元魁不禁心生疑窦。不过他急着赶回酒坊,也不及细想。

回到酒坊,他径直往屋内走去,却不承想阴暗处传来冷冷的喊声:"你给我站住!"

元魁怔了一下,听出是九妹的声音,于是对着暗处说道:"九妹,你冷不丁地这么来一句,我要被你吓死的!"

金九妹从暗处闪身出来,用鼻子出气:"哼!你是不是做了什么亏心事,这么心虚?"

"九妹啊,你说什么呢?"元魁一脸的迷惘。

金九妹平静地说:"元魁哥,人为财死,鸟为食亡。你若是要走,我决不留你,就当我金九妹眼瞎,看错了人。"

"你……"元魁如哑巴吃黄连般有苦说不出,想要辩解又不知道从何说起,急得面红耳赤,一拍大腿蹲在地上双手抱头。

金九妹也不多说，直接从元魁身边走过。

元魁不知哪来的勇气，突然起身一把抱住了她："九妹，你听我说，钱大有是对我以利相诱，可即使他把整个钱记酒坊都给我，我也不会离开你的！"

她红着脸挣扎道："你发什么疯啊，叫人看见了多不好！"

元魁才不肯松手："我抱自己的媳妇儿，有什么不行？"

金九妹羞死："快放开，我相信你就是了！"

元魁这才肯松开，举起右手发誓："我元魁对天发誓：若对金家不义，对九妹不忠，天打雷劈，不得好死！"

金九妹不由得莞尔一笑："好了好了，我是故意逗你玩的！你有几根骨头，我闭着眼睛都能数得过来。"

"我被你吓死了！"元魁长长舒了一口气，如释重负。看着金九妹如花般的笑靥，元魁不禁呆住了。

金九妹被他看得难为情起来，俏脸一红，伸出食指在他的额头上一点，娇喝一声："瞧你这傻样！"

元魁被她这么一点，顿时觉得骨头都酥了。

"好了，魁哥，我们进去吧！"金九妹见状说道。

元魁这才回过神来，刚想一起进去，突然又想起了什么："我刚才回来，看到有两个人在巷口……"

"这有什么可奇怪的啊？"她不以为意。

"可是这两个人，看上去不太正常！"

"有什么不正常的？"

"这两个人躲在拐角处阴暗的角落里，好像见不得光似的，不像在聊天，也不像在等人，实在是奇怪！"

"他们是中国人还是日本鬼子？"她问。

"看不出来,总之有些不同寻常。"

"现在是日本人的天下,我们小心点吧,早点收工,晚上尽可能不要外出!"金九妹说道。

"会不会和前阵子在钱记酒坊出入的日本人有关?"元魁突然想到钱大有和日本人来往的事。

"算了!别瞎想了,我们自己小心为上。"金九妹淡定地说。

太阳亘古不变地从东方升起,酒坊巷人来人往,又开始了一天的忙碌。金记酒坊也像往常一样,开门做生意。

元魁穿着金九妹为他定制的衣裳。那是一身合身的藏青色对襟衫,做工精细,质地考究。但他显然对这身新衣服有些不太适应,显得很拘谨,生怕把它弄脏了。他小心翼翼地将一坛坛酒摆了出来,用抹布将酒牌擦得一尘不染——换了平时,他用的肯定是衣袖。

他的嘴角上扬,脸上还带着微笑,而金九妹也里里外外、前前后后张罗着。两个人各忙各的,却好像你离不开我、我也离不开你的样子,每一次眼神短暂交会之时,内心都充满了甜甜的幸福。

"你现在可是我的丈夫了,代表的是我们金记酒坊,得穿得体面点,不要被人瞧不起!"裁缝来为元魁定制衣服的时候,金九妹这么说。

听到她说这样的话,元魁心里有说不出来的高兴。

随着时间的推移,老酒客们纷纷上门,店内逐渐热闹起来。元魁和店里的伙计们忙不迭地招呼着客人。

钱大有站在自家店铺的门口,看着依旧门庭若市的金记酒坊,盯着门口穿梭进出的顾客,心里老大不是滋味。他面带怨恨地看了会儿,叫来丁卯,在他耳边嘀咕了几句。丁卯点了点头,匆匆离开了钱记酒坊。

过了申时,金记酒坊更加热闹了。

此时,一个中年男人大摇大摆地走进金记酒坊。他长得肥头大耳,大腹便便,脑门上只剩下稀稀拉拉几缕头发,身上那件晃晃荡荡的大褂,使他的身材显得更加臃肿。

他先装模作样地吹了吹桌子——尽管桌子已经被擦得一尘不染——然后撩起大褂,趴手趴脚地坐了下来,手里还"呼啦呼啦"地盘弄着一串黄花梨珠子。

金九妹马上迎了上去,热情地问:"客官,请问您喝点什么?"

只见他跷起二郎腿,硕大的蛤蟆嘴一张一合:"把你们店的招牌菜通通上来,所有的黄酒,一样一两。"

说话的时候,一颗镶金的门牙依稀可见。

金九妹疑惑地看着他,一时不知道该怎么办才好。

那人见金九妹没有反应,头一歪眼一斜:"怎么,听不懂中国话吗?还是有生意都不愿意做啊?"

元魁在边上一看对方那副德行,就知道来者不善,于是急忙赶了过来:"九妹,让我来。"

他对金九妹使了个眼神,示意她到柜台去。

金九妹心里也明白,来者是来找茬的,便笑着说:"来的都是客,哪有不卖的道理?"说罢便回到柜台,授意小二按照对方要求上菜上酒,并特意叮嘱,上的酒都必须分量充足,只许多不许少。

元魁则在一旁伺候着,赔着笑脸。过了一会儿,店里的伙计端着一个排列着许多酒杯的托盘过来,每个酒杯里都盛有不同的酒。

接着，店小二又上了几个金记酒坊的招牌下酒小菜。

元魁朝他拱了拱手："这位客官，酒菜都上齐了，您慢用。"

面对摆在桌子上的美酒和佳肴，那人咽了咽口水，迫不及待地开始自斟自饮起来。

太阳即将落山，落日将最后一缕余晖洒将下来，夜幕悄然降临。酒客们喝着酒、聊着天，打发这一天最惬意的时光。

那中年男人不知不觉已经喝得满脸通红。他好像突然想起了什么，于是张开大嘴，猛地往里灌了一口酒。酒在喉头打了一个转，马上又全部吐了出来。

"啊，呸……小二，小二，你给爷喝的是什么酒？"他大声叫嚷着，一副唯恐天下不乱的样子。

元魁抢先一步冲到了那人面前，不卑不亢地说道："这位客官，我们给您上的，可都是酒坊秘制的上等黄酒。"

那人拎起小酒杯，把它凑到元魁鼻子下边，大声叫道："你闻闻，你闻闻，这是什么味？这金记酒坊的掌柜一死，百年老字号的招牌，怕是要砸在你们这些个鼠辈手里了！"

店铺里的其他客人听到动静，都围了过来，就连门外路过的人也驻足看起了热闹。

元魁不紧不慢地从酒樽里倒了一杯酒喝下，细细地品了品，坦然说道："我们金记酒坊的红曲酒，哪个不夸，哪个不赞？怎么到您这儿，就变了味了？"

"怎么着？你们以次充好，还想赖账不成？"那人振振有词。

"要不这样，我们把给您上的酒，给在座的乡亲们也品一品，请大家说句公道话。如果大家也觉得有问题，您这顿饭算我们请，我们再赔您三倍的酒钱，您看如何？"元魁跟了金掌柜这么多年，对于酒坊的经营管理，还是颇有经验的。

"你别给老子耍赖！刚才的酒已经喝没了，你怎么就能保证这桌上没喝完的酒就是我刚才喝的？"这家伙看起来是有所准备的。

"您这么说，就没道理了。要不这样，您亲自到酒窖里，任选一种酒，让乡亲们品尝品尝，如果大家说我们的酒不好，我们十倍赔您怎么样？"元魁这番话说得有礼有节。

"你别给我往其他地方瞎扯，我说的就是刚才那酒！"那人见元魁这么有底气，心里发虚，自然不敢去酒窖造次。

"这位客官，我已经表达出了足够的诚意。刚才喝的酒已经下了您的肚，所以才提出了让您去酒窖随意挑选一种酒，让乡亲们帮着鉴定鉴定。当然，我们之所以敢这么做，是因为作为百年老字号，我们对酒的品质是有充分底气的！"元魁显得中气十足。

此言一出，围观的人纷纷点头称是。

"你们大家品品这杯子里的酒看看？"那人指了指放在桌上一个小杯子里的酒。

"慢着！要品，起码也得品从酒樽里倒出来的才是吧？谁知道这小杯子里的酒，是从哪里倒出来的呢？"元魁隐隐觉得其中有诈。

"你的意思，是我陷害你们喽？我告诉你，我也是酿酒、品酒的行家。我走南闯北，什么好酒没喝过，你还敢忽悠我？"那人看见形势对他不利，就换了一个话题，继续纠缠不休。

"那好，既然您自称是酿酒行家，那么请问，您是来自哪家酒坊？"元魁不卑不亢地问道。

"这……酿酒行家……也未必要开酒坊吧？我自酿自饮不行啊？"那人一时语塞，开始强词夺理起来。

"那么,您可知道咱们金华的酿酒历史?"元魁继续发问道。

"……"那人本来想着胡诌一气蒙混过关的,这么专业的问题,他哪里能说得上来?

"既然您回答不上来,那么在下就献丑了:金华在春秋战国时期,就出现了以糯米、白蓼曲酿制的白醪酒。唐宋以后,金华酒更是跻身全国名酒行列,以其优异品质名扬海内外。"元魁头头是道地讲起金华酒的前世今生来。

客人纷纷鼓掌叫好。

元魁继续讲道:"金记酒坊的这些酒都是经过精心酿造的,大家看看,我们这酒色如黄金,香味浓郁,口味纯正,是红曲酒之上品。"

"你说的这些谁不知道啊?我只是懒得说而已!"那人还是一副死皮赖脸的样子。

"既然这样,那么请您说说我们金华独特的酿酒技艺吧!"金九妹这时也已经走了过来,直视着他。

"这是再简单不过的了,不就是……把米煮熟……再放入酒曲……再发酵吗?"那人支支吾吾说道。

众人听他这么说,都禁不住笑出声来。

"恐怕没您说的那么简单吧?金华酒酿造技艺的独特之处,在酿酒的多个环节都有所体现。首先,它的造曲方法独特,以白曲为糖化发酵剂,并加入蓼草汁,以促进发酵和增强辛辣感。其次,它的用曲方法也与众不同,在用白蓼曲的同时又兼用红曲,用这种方法酿造出的酒,既有麦曲酒的香,又具有红曲酒的色。还有,它的工艺十分复杂,有前后数十道复杂工序,并且每道工序都要根据气候和酿造情况随时进行适当调整。最后,它对造曲、前期酿制和后期发酵三个阶段的时间要求也非常严格。造曲需在端午前后开始,到伏天才结束。而前期酿制在冬至后便开始,前后要一个多月的时间才能完成。后期发酵必须紧接前期酿制,将初步酿成的酒灌坛储藏,一年左右才能酿造成功。"金九妹还从发酵剂讲到泼清、沉滤等工艺,讲得头头是道。

金九妹的这一席话,引得掌声一片。那人的脸是青一阵紫一阵,显得尴尬至极:"你们两人说这么多没用的干吗?反正我喝的就是你们的次货酒。你们得给我公开赔礼道歉!"

金九妹鄙夷地对他说:"这位客官,我们做生意讲究的是和气生财,今天若不是您苦苦相逼,有些话我也不想说破。可您一而再、再而三地挑衅,那就怪不得我不给您留情面了。我不知您是何用意,但我见您到了我们店里之后,一直都是用右手夹菜,也是用右手举杯,左手好像有极大的不便似的,难道您这袖子里藏有珍馐吗?"

金九妹此言一出,那人的脸色顿时大变,下意识地收紧袖口。元魁眼疾手快,上前一步将其拦住,拎起他的袖口抖了几下,一个小酒瓶"啪"的一声打碎在地,酒洒了一地。

众人见状,一片哗然。

金九妹蹲下身子,用手蘸了碎片上残留的液体,放在鼻子下一闻:"如果我没猜错,您这红曲酒发酵时间明显不足,是偷工减料的无疑!"

众人又一次鼓掌叫好,并纷纷对那人进行谴责。

那人见拙劣伎俩被识破,急欲离开,却被大家团团围住,元魁乘势一把拎住了他的手臂。

"这位兄台,您来我们店里,既喝了酒,又吃了菜,现在还想不结账就溜号,是不是想吃霸王餐?就不怕我们报官吗?"

那人涨红了脸,只得无可奈何地来到柜台前,心急火燎地支付了酒菜钱,随后飞一般地逃离了金记酒坊。

看着他灰溜溜离开的身影,元魁和金九妹相视一笑,众人也是拍手大笑。

片刻后,钱记酒坊后门小巷里的一个角落里。

丁卯正和那个刚从金记酒坊出来的中年男人交头接耳。

"瞧你这熊样,这么点小事都办不好,真是成事不足,败事有余!你吃干饭长大的啊?成天就知道吃吃喝喝,脸喝得和猴子屁股似的!"丁卯瞪着眼数落对方。

"丁兄,我哪里想得到,那对狗男女对金华的酿酒历史和酿酒技艺那么了解啊!"那中年男人哭丧着脸,一肚子的委屈。

"人家可是酒坊巷第一大酒坊,哪里会不懂这些?你去挑事,就不晓得提前做点功课?你平时搞偷鸡摸狗的事情,脑子不是挺好使的?"丁卯一副嫌弃的样子。

"丁兄,您也知道,我他妈的就是个粗人,有多少脑子可用啊?平时全仰仗着您照应,派点小活儿给我勉强度日。您看这工钱……"那中年男人点头哈腰地说。

"你还想拿工钱啊?还要脸不?"丁卯听他这么说,气不打一处来,恨不得在他屁股上踹上一脚。

"您就当行个好,可怜可怜我呗!"中年男人的态度简直卑微到了极点。

"给一半的工钱,已经是格外开恩了。拿去,赶紧滚一边去。"丁卯从怀里拿出钱来,没好气地扔给了他。

那中年男人也不讨价还价,接过工钱,欣欣然离去了。

第 13 章

金记酒坊才重新开业不久,伙计们好像都憋足了一股劲儿,特别卖力地工作着。经历了一天的喧闹和忙碌,还有那人的无理取闹,漫长的一天终于结束了。大家各自收拾着,准备打烊。

"来来来,大家辛苦了!收拾完了喝点小酒,吃点点心解解乏。"元魁哼着小曲,双手捧着一坛酒过来。

一伙计打趣道:"元魁哥,您这可真是人逢喜事精神爽啊。"

元魁笑骂道:"去去去,就你话多?那么多好吃好喝的,还堵不住你这张嘴?"

那伙计吐了吐舌头,朝他做了个鬼脸,闪到一边喝酒去了。

金九妹从屋内出来。她换上了一件合身的对襟衫,更加突显妖娆的身材。元魁的眼睛直勾勾地跟着她的身影移动,一刻也挪不开。

金九妹感觉到元魁火辣辣的目光,羞涩地抿了抿嘴唇,微微低着头,开始整理杂物。

等把事情都忙完,已经夜深人静了。

天空中,一轮圆月如明镜,高高地悬挂在天空中,月光如水银泻地,像在温柔地抚慰着人世间的苦难与沧桑。窗外,不知名的小昆虫"唧唧唧"地呢喃着,像在演奏着奏鸣曲,整个世界的纷争都与它们无关，它们只是尽情地享受着属于自己的快乐。

卧床上，金九妹与元魁相拥而眠。金九妹的撩人身姿，早已经让元魁欲火难耐了。他迫不及待地一把抱住金九妹，一边抚摸着她光滑迷人的身体，一边朝金九妹漂亮的脸蛋亲了过去。

"九妹，哥哥想要你了，就给哥哥吧！"元魁呼吸急促，虽然劳累，但他还是想与金九妹行云雨之事。

金九妹打了个哈欠，轻轻地推搡着元魁："魁哥，家里刚遭遇了这么大的变故，我真没那个心情。再说今天都累一天了，还是早点休息吧，明天还要早起呢。"说完便转过身去，背对着元魁。不一会儿，她轻微而均匀的呼吸声就响了起来。

元魁吹灭了油灯，却是久久不能入睡。自从九妹答应嫁给他后，虽然按照之前的约定，还未正式举办婚礼，但两人也在酒坊简单摆了几桌酒席，叫了几个亲戚朋友，算是把婚给订了。之后两人虽同床共枕，可每次他想和她亲热的时候，总是被她以各种理由婉拒。所以两人虽有夫妻之名，却无夫妻之实。

他心里清楚：他终究不是九妹心目中理想的伴侣，她心中依然还惦记着那个人。但是他愿意慢慢等待，等待她能真正接受他的那一天……

其实，金九妹并没有入睡，此时的她内心也是五味杂陈。每当此时，她总会对元魁充满了愧疚之情。可真要让她迈出这关键一步，把自己完完全全地交给元魁，一时半会儿还是无法接受。

"魁哥，给我点时间，让我试着慢慢接受你。"九妹的心中默念着。爱上一个人难，要忘记一个自己深爱的人，更难……

墓地边上的休憩亭内，柳媚来回走了几步，扭了扭她的髋关节,舒展了一下苗条的腰肢。

"你太奶奶也真是的,明明心里还有你太爷爷,为什么要答应嫁给元魁呢?"她不解地问道。

"我太爷爷一去三年,如断了线的风筝。我老太姥爷在世的时候,她大树底下好乘凉。可我老太姥爷不幸离世,酒坊的重任一下子压在了我太奶奶的身上。你想想看,一个女人家,没有个男人帮衬着,怎么能支撑下去呢?"唐涛解释道。

"这话虽然没错,但对元魁来说,也太不公平了吧?"柳媚为元魁打抱不平。

"小媚,你知道爱一个人的最高境界是什么吗?"唐涛问柳媚。

柳媚短暂地思考了一会儿:"应该是无论是否拥有她,甚至无论是否与她相伴,都希望她能过得好,并愿意为她默默地付出。对吗?"

"嗯!我想元魁对我太奶奶,应该就是这样的。"唐涛看着远处翻腾的云雾,悠悠地说道。

酒坊巷"悦来客栈"的客房内,唐振华躺在床上,辗转反侧,心神不宁。

回来已经有好几天时间了,可血清针依旧下落不明。每晚一天,根据地的疫情损失就会多一分。他脑海里时时出现老周那只垂落的手,心情更加焦急:那可都是一条条鲜活的生命啊!

想到这里,唐振华再也坐不住了。他起身走出了房间,顺着狭窄的走廊,穿过黑暗的楼梯,来到了一楼。

一楼的服务台,一名伙计正在一把竹制的躺椅上仰天躺着打盹儿。

唐振华悄无声息地闪出客栈的门。白天太引人注目,他想趁着夜色去酒坊巷里转转,找找有价值的线索,也顺便理理头绪。

夜幕下的酒坊巷,已无日间的喧嚣。月光照射下来,小巷各处或明或暗、平添了几分神秘的色彩。唐振华小心翼翼地利用黑暗作掩护,在酒坊巷沿街商铺的屋檐下慢慢潜行,一边走一边还警觉地留意着四周的动静。

突然间,一阵皮鞋踏在青石板上的清脆脚步声,在寂静的小巷响起。唐振华急忙闪身躲进一条小弄堂的黑暗处。

一支荷枪实弹的日本巡逻队走了过来。他屏住呼吸,一直等到脚步声远去了才从黑暗处现身,继续循着房屋的阴影前行。他边走边想:偌大的一个酒坊巷,怎么才能找到这血清针的藏匿之处呢?总不能逢人便对接头暗号吧?

他想得过于专注,以至于忽略了周边的情况,不承想危险就潜伏在不远处阴暗的角落里……

唐振华在一堵隔墙边呆立了会儿,还是一筹莫展,于是决定先返回客栈。

可就当他走出隔墙时,却猛然发现前方不远的拐角处,有两个光点正在一闪一闪!"糟了,那是烟头!一定有人躲在暗处!这三更半夜在角落里躲着的,一定不是什么好人!"唐振华心里咯噔一下。

"得赶紧离开这里!"他的脑子飞快地转着,同时脚步也没闲着,连忙以最快的速度转身向后移动,躲在了一堵墙后面观察动静。

"快看,那边好像有人!"一个沙哑的声音响起,说的竟然是日语。幸亏唐振华在日本留过学，能听得懂他说的话。

"是路过的吧？看身影应该是个男的，肯定不会是那个'虞美人'！"另一个人回答道，尖尖的嗓音在寂静的夜晚显得更加刺耳。

"这么晚了，怎么可能是路过？你别多说话！上面说过的，不能随便透露行动信息。"那个沙哑的声音赶忙制止。

"我们说的是日语，对方怎么可能听得懂？"另一个人不以为然。

唐振华竖起耳朵听得明明白白，于是丝毫不敢迟疑，转身便朝着最近的小弄堂奔去。

"站住！"两人用生硬的汉语吼道，齐齐追了上来。

唐振华没有理睬他们，他乘着夜色，也凭着对酒坊巷的熟悉，很快便闪进了一条幽深而狭长的弄堂里。那条弄堂一片漆黑，伸手不见五指，两旁的建筑矗立着。即使是在白天，阳光也很难照射进这弄堂里，更别说是夜晚的月光了。

那两个日本人紧随其后，穷追不舍。

唐振华心想：这两人如尾巴一般如影随形，靠这样东躲西藏势必难以脱身。如果日本人的巡逻队折返回来，处境就会更加凶险，到时候要想全身而退，可就难了。

剩下的时间不多了！电光石火之间，唐振华暗下决心："当断不断，必有后患！"

想到这里，他闪身躲进了一个拐角处，紧紧贴着墙角，从怀里掏出一把匕首——这还是在一次伏击战中从一名被击毙的日本军官处缴获的战利品。

他轻轻拔出匕首。黑暗中，锋利的刀刃微微露出寒光。他轻轻将匕首鞘扔在一边，用右手紧紧握住匕首，刀尖朝下贴在胸前。

杂乱的脚步声传来，急促的呼吸声也越来越近，那两个人只顾盯着前方，怎么也想不到唐振华胆敢伏击他们。

两人跑过唐振华藏身之处的一刹那，唐振华猛地从他们身后一跃而出，飞身朝后面那个人扑了过去。还没等对方反应过来，他的匕首就狠狠地插入了对方的后心。

那人连哼都没来得及哼上一声，就"扑通"一声摔倒在地。与此同时，传来金属落地的声音。

唐振华没有一丝犹豫，一个箭步冲到了另一个人面前，一记重拳打了过去。

"哎哟！"那人惨叫一声，便仰天摔倒在地。唐振华来不及细想，飞身扑过去，将那人紧紧压在身下。这时，他忽然感到一阵剧烈疼痛，但他来不及犹豫，抡起拳头狠狠地朝那人的脸砸下去，一下、两下、三下……直到砸得自己的拳头生痛，那人完全失去反抗能力为止。

紧接着，他用双手死死地掐住那人的喉咙，直到那人四肢不停抽搐、两眼翻白，没了动静才松手。他伸手在那人鼻子下面试探了一下，发现他已气息全无，这才回过头去看另一个人。那人已经趴在地上一动不动，鲜血流了一地，显然已被他一刀毙命。

唐振华缓过劲来，这才感觉到肋下一阵疼痛，伸手摸了摸痛处，发现居然有一把小匕首直挺挺地插在上面，伤口处已经鲜血淋漓，想必就是刚才和那人搏斗时受的伤。

唐振华没工夫理会伤口，他得赶紧把现场处理干净，不然等天亮被日本人发现，一定会掀起一场惊涛骇浪。

他仔细检查了一遍现场，凭着对刚才金属落地声的印象，在黑暗中摸索了会儿，居然摸到了一支手枪！他心想，好险！如果不是自己刚才果断出手，并且毫不留情，那明年的今天可能就是自己的忌日了！

唐振华把枪收好，又在两人身上搜了搜。他们可能也是因为出来蹲点，根本没带什么值钱的物品，除了一个备用弹夹和两颗手雷，就是香烟、火柴等杂七杂八的物品。唐振华只把弹夹和手雷留在了身边，其余的东西仍旧塞回他们身上。

现在对于唐振华来说最棘手的事，就是如何处理掉这两具尸体。凭一己之力，他绝无可能将尸体带到远离现场的僻静之处丢弃，也没有足够的时间就地掩埋。

怎么办呢？唐振华脑子飞快地转着：看来只能将他们就近丢弃在不易被发现的犄角旮旯。他快速在记忆中搜索，隐约记得弄堂的尽头有口枯井，离这里也就几十步的距离，不知道现在还在不在。

他决定先去察看一下，就往弄堂尽头走去。所幸那口枯井还在，只是为了防人坠落，井口上面加盖了一块大石板。

唐振华心想：真是老天庇佑！他费力地移开石板，分两次将尸体拖了过去，又全部扔进了井里。他还特意剥下其中一人的衣服，就着月色，将地上的血迹擦拭干净，再把染有血迹的衣服一并扔了进去，这才重新盖上了石板。

其间，当那队巡逻的日本兵从弄堂口经过时，唐振华便躲进黑暗中，等他们过后再接着处理。周边的百姓因为害怕日本兵，都不敢夜间外出，加上这弄堂漆黑，所以并未引起其他人的注意。

墓地边的休憩亭内，柳媚问道："躲在拐角处的那两个人，应该就是日本鬼子的密探吧？"她听得很仔细。

"没错。"唐涛回答道。

"你太爷爷怎么知道这两个人就是日本人的密探呢？说不定是两个普通的日本人呢，他就不怕杀错了人？"她觉得十分奇怪。

"你以为是现在啊，夜生活那么丰富？那时本就少有夜生活，加上又是在我们中国的领土上，你说一般的日本人哪有这个胆？"唐涛回答，"最关键的是，其中一个日本人以为他不懂日语，还提到了'虞美人'，这就更加让他确信他们就是日本人的密探。因为知道这个计划的，非友即敌，而友应该都在根据地。既然非友，那就只有敌人这一种可能性了！"

唐振华忙完这些，正准备回客栈，突然感到一阵晕眩，同时伤口更加疼痛难忍。

唐振华心里明白：肯定是因为受伤后没有及时处理伤口，加上刚才又耗费了大量的体力，失血过多所致。看来，是自己对伤情太大意了。

"如果现在回客栈，一旦伤情得不到控制，就算不被发现，也极有可能死在房间里。自己丢命事小，可耽误了寻找血清针，那后果可就严重了！"想到这里，唐振华顿时感到不安起来。

"怎么办？必须去找一个安全的避风港，处理下伤口，把伤养好才能继续完成任务。可哪里才是最安全、最可靠的？只有……"唐振华不得不做出了决定。

第 14 章

金记酒坊,金九妹和元魁的卧房。

金九妹突然被巷子里传来的一阵阵狗叫声惊醒。她睁开眼睛侧耳聆听,隐隐约约又听到了一阵沉闷的敲门声,一下、两下、三下,然后又复归平静。

金九妹推了推元魁:"魁哥,好像有人敲门!"

元魁翻了个身,继续鼾声如雷。

她用力捏着他的鼻子:"魁哥,你醒醒!"

他这才睡眼惺忪地醒过来:"九妹,你这是干吗啊,还让不让人睡觉啊?"

"有人在敲门,出去看看!"

他侧耳听了会儿,果然隐隐地有敲门声传来。"这三更半夜的,不会是日本鬼子吧?你在这儿待着,我去看看!"

元魁披衣下床,拎着煤油灯穿过院子,来到大门处。九妹放心不下,也紧跟其后。

他们到了门口,噤声不语,门外却没了动静。

元魁打开门,一个人冷不丁像木桩一样倒了过来,把他吓了一跳。他连忙伸手扶住,那人顺势靠在了他身上。

元魁提灯,凑近一看,失声叫道:"怎么是他?!"

金九妹向前一步，就着灯光一看，瞬间目瞪口呆："唐振华？怎么是你？！"

元魁看见了唐振华的伤口，连忙说道："他受伤了，还是把他先扶进去吧……"

她这才回过神来，连忙点点头。

元魁把灯递给金九妹，又怕碰到唐振华的伤口，只得架着他往里走，边走边对金九妹说："我带他去酒窖。你去看看门口有没有人跟着，再看看有没有血迹，有的话擦擦干净，免得被人发现。"

别看元魁平时是个粗人，但是遇事不惊，心思还是很缜密的。

金九妹走到门口，把头探出门外往两边看了看，空无一人。又在地上发现几滴血迹，顺手擦干净后，关上门回到屋里，拿了两床被子往酒窖去了。

酒窖的门虚掩着，金九妹两手抱着被子，用脚轻轻把门踢开，凭着感觉深一脚浅一脚地下了楼梯。

酒窖深处，元魁挟唐振华平躺好。只见他脸色苍白，双眼紧闭，已经昏迷不醒。

金九妹把一床被子垫在地上，对元魁说："地上凉，帮我把他挪到被子上去。"

两人一头一脚轻轻地把唐振华移到了被子上，金九妹又赶紧将另一床被子给他盖上。

"看上去伤得有点重，我去请个大夫来？"他用征询的目光看着她。

"这兵荒马乱的，我们也不知道他因何受伤，万一……万一消息泄露了可怎么办？"金九妹不无担忧地说。

"那只有先给他处理下伤口。我去拿些东西过来。"元魁说道。

"顺便把家里祖传的金创药也一起拿来。"金九妹说道。

元魁点头,起身出了酒窖。

九妹注视着唐振华,心中五味杂陈。她无论如何也想不到,一别三年多的他竟然会以这样的方式出现。

那个曾经与她耳鬓厮磨、亲密无间的人,如今已经变得有些陌生。虽然还是那么英俊帅气,但已不再像从前那么白皙,他的额头留下了岁月的痕迹,增加了成熟的沧桑感。他的身形也不再似以往那样单薄消瘦,而是变得魁梧健硕。

"这三年你到底去了哪儿?"她长长叹了口气,自言自语道。

她俯身小心翼翼地解开唐振华的上衣纽扣,想为接下来处理伤口节约点时间。可当解到第二颗纽扣时,她呆住了……

唐振华胸前,赫然挂着一个貔貅吊坠!那吊坠散发出油亮的光泽,一看就是佩戴的人汗水浸润和把玩产生的包浆所致。木雕上的貔貅汲取了人气,显得更加真实灵动。吊坠上端的南红依然是那么红艳,仿佛一切都没有改变。

金九妹当然认得它,那是她为他精心挑选的吊坠,那颗"鸿运当头"的珠子也是她亲手穿起来的。

元魁不久就折返回来,手里拿着纱布、金创药和剪刀等物品,还拿了一瓶白酒。当他看到九妹看唐振华的眼神时,心里有说不出的滋味。

"九妹,我来吧!你给我搭把手!"他做出一副若无其事的样子。

她顺从地让到了一边。当她看到元魁手中的白酒时,奇怪地问:"你拿白酒做什么?"

"伤口需要杀菌处理,又没地方买消毒水,今晚只好用这个先凑合下。"元魁解释道。

元魁蹲下身子，用剪刀剪开唐振华的衣服，把伤口裸露出来。

"我把匕首拔出来，你准备好纱布。"

金九妹点点头。元魁握住刀柄，轻轻将匕首一点点拔了出来。

唐振华猛然间受痛，强烈的刺激让他从昏迷中醒来，不禁"哎呦"一声叫了出来。

血从伤口不断涌出。元魁让血先流了一会儿，然后用纱布按住伤口止血，再用白酒消毒、清理伤口。金九妹站在一边，不知不觉眼里已经噙满了泪水。

不一会儿，被血浸染成鲜红色的纱布便堆成了小山。元魁处理完毕以后，九妹将金创药撒了上去，再用纱布将伤口按住，并用布条绕过身体将伤口包好。

"所幸伤的不是要害。能不能挺过去，就看他的造化了！"元魁说道。

金九妹又去拿来父亲的衣裤，让元魁给他换上。虽然唐振华曾经是她的恋人，但是如今她已对元魁以身相许，这男女授受不亲的礼数还是要有的。

浙东抗日根据地的临时指挥所内，沈致远笔直站立着，神情严肃。

这临时指挥所，实际上不过是一间绿树掩映下陈旧的小木屋而已。它藏身在密林深处，由木板搭建而成，原是猎户进山狩猎时的补给屋。

沈致远之所以选择这里作为临时指挥所，主要是考虑到它背靠大山，面朝山谷，视野开阔，既可对前面的动静一览无余，又进可攻、退可守，有较大的腾挪空间。

沈致远面前站着一个满头大汗、风尘仆仆、看上去不过十八九岁的小伙子。

"小董,我的消息送去联络点了吗?有消息回复吗?"沈致远焦急地问道。

"报告队长,我按照您的吩咐去过了,您的便条我也放进去了,但是那个树洞里却什么都没有。"小伙子回答。

这个被叫作"小董"的小伙子,是沈致远派出去的通讯员,虽然看上去一脸的稚嫩,但是加入这支队伍已经有些年了。

沈致远皱了皱眉头,自言自语道:"去了得有好几天了吧,怎么一点消息也没有呢?"

"队长,您这么关心的那个人是谁啊?您在等什么消息呢?"小董好奇地问道。

"小孩子,不该问的别问!"沈致远正色道。

"我才不是小孩子!给我一把枪,我照样可以上阵杀敌!"小董嘟了嘟嘴,不服气地说。

"小鬼,这是纪律,明白吗?我们是守纪律的队伍,不该问的,就不要问!"沈致远板着脸,用长辈训斥晚辈的口吻教育他说。

"是,队长!我明白了!那我就先出去了。"小董看沈致远一脸严肃,不敢再调皮,敬了一个礼转身离开了。

"你一定要给我好好活着!我们还等你的医疗物资救急呢!"沈致远望着山谷方向,低声说道。

他掏出一个烟斗,又从一个小布袋里面拿出一点烟丝装进去,再划亮一根火柴点燃烟丝,"吧嗒吧嗒"地吸了几口。烟雾慢慢散去,消失得无影无踪。

清晨,酒坊巷又恢复了往日的热闹。要不是有随处可见的日本军人,一切就都像没有发生过似的。

元魁热情地招呼客人之余,悄悄留意着九妹,看她一副心不在焉的样子,知道她心里惦记着唐振华,于是走到她身边轻声说道:"你去吧,这里交给我!"语气中带着十分的柔情和体贴。

金九妹心存感激地点点头,便转身离去。

她急匆匆地进入酒窖,来到唐振华身边。只见他脸色煞白,仍处在昏迷之中。金九妹用手摸了摸他的额头,额头滚烫,显然是发高烧了。

这时,他开始用极其微弱的声音,断断续续地喏嚅起来。他的声音很轻,吐字也不够清晰,她将耳朵贴近才听明白:"千古……风流……八咏楼……"

念的竟是李清照的那首《题八咏楼》!

这到底是怎么回事?父亲弥留之际,念的也是这首诗,难道仅仅只是巧合?还是他和父亲之间,藏着不为人知的秘密?

她思前想后还是找不到答案:如果唐振华离开后仍和父亲有着联系,父亲应该不至于在她面前守口如瓶吧?想到这里,她无奈地摇了摇头。

她小心翼翼地解开唐振华的纽扣,开始给他换药。当她再一次看到那个吊坠时,禁不住又一次泪流满面……

长长的酒坊巷,车水马龙,川流不息。

桥本和村上坐着三轮摩托车,目光犀利,四处搜寻着猎物。桥本死盯着过往的女人,看到形迹可疑或者有几分姿色的,便两眼放光,露出狰狞的笑容。他随意把手一挥,士兵便一拥而上,将女人拖上了卡车。女人们声嘶力竭地大喊大叫,脸上露出无助和惊恐的表情。桥本听着女人的尖叫声,变得更加兴奋。

日本兵的暴虐行径，让路过的中国人无不为之侧目。他们见自己的同胞被凌辱，皆面露愠色，却又敢怒而不敢言。

"桥本上尉，据我理解，武田少佐是让我们偷偷监视酒坊巷，借机深挖金华的共产党地下组织。您这样大张旗鼓地抓人，会不会打草惊蛇？"章涵义弓着腰小心翼翼地说道。

"你懂个屁！我们把可疑人员抓回去拷问，不是更省事？"桥本眼神轻蔑。汉奸要赢得尊重是绝无可能的，日本人之所以能够容忍汉奸的存在，无非是觉得有利用价值罢了。

"可哪能这么巧就被我们给抓住呢？万一武田少佐怪罪下来……"一旁的村上也说话了。

"村上少尉，对待反抗者就必须心狠手辣！宁可错抓一千，也不可放过一个。做事要杀伐果断，要有男儿的担当精神！像你这样畏首畏尾，又岂能成就大事？"桥本斜着眼说道。

村上被他这么一说，羞愧地低下了头，章涵义也在一旁沉默不语。

"呸！狗汉奸！"几个中国百姓路过，轻声嘀咕着，还转头在地上吐了几口口水。

章涵义狠狠瞪了他们一眼。他们怕惹上麻烦，都赶忙避开了。

日本兵找到了恣意放纵、为所欲为的借口，他们不仅在街上拘捕无辜的路人，还以搜捕之名大肆打砸抢，搅得酒坊巷鸡飞狗跳，不得安宁。

金九妹前脚进入酒窖，桥本后脚就带着日本兵到了金记酒坊。客人们见状，立马以最快的速度作鸟兽散。

桥本把手一挥，士兵们便开始乱窜乱搜。他们随意翻动着店内的东西，遇到柴垛和柜子等有可能藏匿人的地方，还拿刺刀四处乱捅。原本干净整洁的店铺，不一会儿就一片狼藉。

元魁看到这群强盗的无耻行径，强忍着怒火。他拿着一壶好酒走到桥本面前，故作低声下气地说道："太君，我们都是正经的生意人，都是良民。这是小店自酿的好酒，请尝尝，请尝尝！"

章涵义在一旁小声翻译着。

桥本没有理会元魁递上的酒壶，而是厉声问道："你见过可疑的陌生人来过没有？"陌生中国人递过来的酒，哪怕是再好再香，他也不会轻易喝一口的。

"报告太君：本小店来的都是回头客，没见过什么陌生人。"元魁神情自若。

"你若胆敢欺骗皇军，格杀勿论！"桥本做了一个抹脖子的动作，恶狠狠地说道。

"皇军，我们就算有天大的胆子，也不敢欺骗皇军啊！"元魁回答。

"你小子还算识相！"桥本神情有所缓和。

"多谢皇军夸奖！"元魁想到了金满堂的不幸遇难，心里那个恨啊，心中早已问候桥本爹妈十七八遍了。

可他表面上还得装出一副毕恭毕敬的样子。对方全副武装、荷枪实弹，和他们硬杠，无异于白白送死。

"报告上尉！后面还有个院子，里面有好几间房！"一个日本兵过来报告。

"我们过去看看！"桥本直接往院子里走去。

"糟了！如果日本兵发现并进入酒窖，那可就惨了！"元魁顿时惊出了一身冷汗！

"太君，里面是酿酒的作坊和住人的地方。"元魁表面上不动声色，暗地里却握紧了拳头。酒窖只有一个出入口，一旦被发现，九妹和唐振华根本无路可逃。但他又实在想不出好对策，只能紧紧跟在日本人后面，准备见机行事。

桥本一边走一边眼珠滴溜溜地转着，警惕的目光扫视着四周，好像一只贪生怕死的老鼠，随时为可能到来的危险做好准备。

一行人走过院子，挨个房间搜查，却一无所获，但距离酒窖也越来越近了。

元魁暗暗下定决心：一旦他们发现酒窖并准备进入，他便立即对为首的日本军官发动突然袭击，和他同归于尽！而且，最好能搞出大动静来，比如大声喊叫，或者引他们开枪，好让九妹他们能够预知到危险，提前做好准备。不管怎么样，打有准备的仗，总比仓皇应战要好得多。

桥本走到酒窖门前，元魁的心此时已经快要提到嗓子眼了。

危险正在一步步逼近，然而仅一门之隔的酒窖内，金九妹却浑然不觉。此时的她，正小心翼翼地揭开唐振华伤口的纱布。

经过一夜的时间，在金家祖传金创药的作用下，唐振华的伤口，已经开始因血液凝固而微微结痂，虽然它的边缘还有一些红肿，是炎症还没有完全消退所致。看来，祖传的金创药还是很有效果的。

金九妹轻轻地擦拭着伤口，又细心换好了药。虽然她以前从没有做过这个，但此时的她却异常专注。

桥本走到酒窖门前，眼睛死死地盯着紧闭的大门："这里是什么地方？"

"报告太君，此处是酒窖，是用来存放酒的。"元魁故意突出是"存放酒的"，希望桥本能够放弃检查。只要还有一丝希望，他都不能贸然行动,毕竟是性命攸关的事。

"哦……我倒是想见识见识,你们中国的酿酒技艺有多高超!快打开它!"桥本两眼放光。

时间在这一刻静止,元魁甚至能听到心脏在胸膛里跳动的声音。他握紧拳头,已经做好了最坏的打算,准备开始绝命行动!

就在这时,一阵细碎的脚步声从门外传来,一个日本兵一路小跑过来,把嘴巴凑在桥本的耳边,朝他嘀嘀咕咕耳语了一番。

桥本迟疑了一下,说道:"我有要事在身,过几天再来品尝美酒!"

说罢,便转身带着队伍匆匆离开了金记酒坊。

第15章

武田铁青着脸，在办公室来回踱步，一副气急败坏的样子。

桥本在办公室门口立正："报告少佐！桥本前来报到！"

武田没好气地喊道："进来！"

桥本快步走到桥本跟前，一个敬礼："少佐！"

武田抡起手臂，一巴掌狠狠打在他脸上，厉声训斥道："混蛋！"

桥本被打得眼冒金星，脸上顿时出现了一座"五指山"。他一脸迷惑，但还是"啪"地一个立正："属下不明白,请少佐明示！"

武田气呼呼地说："螳螂捕蝉，黄雀在后，这是最简单的道理。你这个蠢货居然兴师动众搞全城搜捕，坏了我的全盘计划！"

"我们的线索不多，不采取非常之策，不足以抓获共党分子！"桥本还是觉得颇为委屈。

"你以为像无头苍蝇一样就能抓住共产党了？如果真有那么简单，还要等到现在？我要的是蝉，是'虞美人'，是共产党的地下组织！不是随随便便抓来的女人！你懂不懂？"武田见桥本还敢申辩，顿时火冒三丈。他抬起右脚，在桥本的腿上狠狠地踢了一脚，把他踢得踉踉跄跄地后退了几步。

桥本大气都不敢出,连声说道："嗨！少佐！属下罪该万死！"

武田说道："抓来的那几个人，象征性地审讯下赶紧给放了。

只有让共产党放松警惕,才会露出马脚,我们才有机会抓住他们,明白吗?蠢货!"

桥本唯唯诺诺:"少佐高明!属下目光短浅,甘愿受罚!"

武田不耐烦地朝他摆了摆手,示意他离开。

金记酒坊,元魁看着远去的日本兵,长长地舒了一口气,一颗悬着的心终于落了地,这时他才发现,自己的后背已被汗水打湿。

他和伙计们一起,把被糟蹋得乱七八糟的店铺收拾干净。经过这番闹腾,生意也没法做了,索性就关了店门。

这时,金九妹换完药从酒窖出来,听了元魁的讲述之后,不禁心有余悸。

"那个日本军官临走的时候,说下次再来品尝美酒。酒窖已经不再安全,我们要把他转移到安全的地方去!"元魁担心日本人杀回马枪。

"可是,要想把他转移出去,恐怕不太容易啊!"金九妹一筹莫展。

"其他地方日本人都已经搜过了,我觉得最危险的地方,也往往是最安全的地方。"他说。

"你的意思是……把他藏在屋子里?"她明白了他的意思。

"对,我们就把他藏在阁楼里!阁楼已经被搜过了,他们应该不会再去搜了!"元魁说道。

"好!看来也只能如此了!"金九妹看着元魁,心里又一阵感动。按理说,元魁应该是最不愿意唐振华留在酒坊的那个人,可看起来他好像丝毫没有介意。

其实她哪里知道,他怎么可能不在乎呢?只是因为他对她的爱胜过了一切，足以抵消所有的嫉妒和狭隘。

"那我们赶紧行动吧！等日本人回来就来不及了！"元魁看金九妹怔怔出神，忍不住提醒她。

于是，两人将唐振华慢慢地扶到了阁楼上，又把带血的衣服和纱布都烧了个干干净净，这才心安了许多。

宪兵队阴森森的地牢里，桥本跷着二郎腿坐在椅子上，虎视眈眈地看着猎物。

那几个被莫名其妙捉来的女人，一个个被反绑在木架上，脸上满是泪水，心中充满了恐惧。她们对日本兵的胡作非为早有所耳闻，却不曾想到，这样的厄运有朝一日会降临到自己头上。

桥本点燃一根香烟，狠狠吸了一口，嘬着嘴吐出了一串烟圈。烟圈如同幽灵般在地牢游荡，最后消失在黑暗之中。

桌上，各种刑具一应俱全地摆放着，透着阴冷的寒光，令人不寒而栗。边上烧着一盆旺旺的炉火，上面放着几块已经烧得通红的烙铁。

"你们这些支那母猪，都给老子识相点，把知道的统统说出来！如果敢顽抗到底，我告诉你们，就没有我们宪兵队撬不开的嘴！这些东西可不是吃素的！"桥本指了指刑具阴森森地说着，露出了满口的大粪牙。

还是章涵义在一旁做着翻译。

现场鸦雀无声。因为她们根本不知道自己为什么被抓进来，也没有人敢多说一句话。

桥本见没有人回答他的问题，就从椅子上站起身来走到那堆刑具面前。他慢条斯理地走来走去，伸出手掠过刑具，好像一时还没想好挑什么似的。

几个女人被吓得瑟瑟发抖,根本不敢直视他的眼睛。

桥本的手在刑具上方游荡了几个来回,还是没有下手。突然,他把目光转到了那堆烧红的烙铁上,脸上露出了狰狞的笑容。

他夹起一块烧红的烙铁,走到一个女人面前,开始无情地撕扯她的衣服。女人徒劳地挣扎着,歇斯底里地大叫:"求求你别这样,求求你!"

可她的叫声不仅没有唤起桥本的良知,反而更加激发了他的兽性,令他兴奋不已:"哈哈,我就喜欢听你们这些支那小娘们哭天喊地的叫声!太刺激了!"

他继续使劲撕扯着。女人没有任何反抗能力,转眼就被他扒了个精光。可怜那个女人在众人面前袒胸露乳,拼命想蜷缩起身体遮掩私处。可她手脚都被绑得结结实实,哪里能遮得住?

桥本看着女人一览无余的雪白身体,淫笑着,突然将手中的烙铁狠狠地按在了女人的私处!

"啊……"那女人发出了痛彻心扉的惨叫声,空气中瞬间传来肉被烤焦的气味。

"香,这烤肉可真香啊!"桥本使劲嗅着,露出十分陶醉的表情。

"这才只是开始……"他恶狠狠地对她们说。

桥本在地牢里足足折腾了一个多时辰,丧心病狂的他几乎将地牢的各种刑具,都在这帮柔弱的女人身上用了个遍。

一时间,地牢变成了人间炼狱,女人的哀嚎声、哭泣声此起彼伏,却丝毫没有唤起他的恻隐之心,反而让他更加疯狂。

也许是女性赤裸的身体勾起了他的欲火,桥本又将一个女人拖到自己的房内,肆意地对她进行凌辱和蹂躏,尽情发泄着自己的兽欲。

一通发泄之后，他赤裸着身体，慵懒地斜躺在床上，嘴里叼着一支香烟，心满意足地吞云吐雾。

"报告上尉，地牢里的那些女人怎么处置？"村上进来问道。

他偷偷地瞄了一眼，桥本身边躺着一个赤裸的女人，一动也不动。

"全都拉到城外的乱坟岗，通通枪毙！"桥本没有丝毫的犹豫。

"可是，她们什么也没有交代……"村上说道。

"拒不交代的顽固共党分子，一定要杀一儆百，毫不手软！记住，我们的行动，千万不能有一丝一毫的泄露。这是命令，赶紧执行吧。还有，把这个女人的尸体，也一起处理了。"桥本指着身边的女人，轻描淡写地说道，就好像捏死了一只微不足道的蝼蚁。

"是！上尉！"村上朝桥本敬了一个军礼。

章涵义在宪兵队驻地的回廊里坐着，点起了一根香烟。

这时，两个小兵拉着一辆板车进来，匆匆地跑进了桥本的房间。不一会儿，他们抬出了一具女人的尸体。她赤裸着上身，满身淤青，遍体鳞伤，一定是在死前遭受了残忍的折磨。

小兵们把尸体随意扔在了小板车上，女人的身体毫无遮掩地暴露在阳光之下，显得更加凄惨。

章涵义摇了摇头，轻轻叹了一口气。他把烟蒂扔在地上，用脚尖使劲地踩了几下，走进了一间屋内，不一会儿从屋里出来，径直走向了小板车，把手中的床单展开，扭头轻轻地盖在了那具尸体上。

"当真是作孽啊……"他说话的声音轻得只有自己能听见。

金记酒坊的小阁楼上,经过两天的昏迷,唐振华终于醒了过来。

"振华,你总算醒了!"金九妹拎着一只木制饭盒,从楼梯上轻盈地走了上来。

"九妹,这几日麻烦你们了!"唐振华看到她过来,挣扎着想要起身,却被她快步上前拦住:"你伤还没痊愈,不必太过拘礼!"

"感觉好多了,多亏了你们……"唐振华感激地说。

"那是你运气好!父亲在世的时候,按照祖传的配方配了些金创药,可他自己却没用上!"金九妹眼眶一红,忍不住落下泪来。

"啊?!伯父大人是什么时候去世的?他身体还那么硬朗……"唐振华大为惊愕。

"就在前些日子……死于……日本人的空袭!"金九妹哽咽着把经过一五一十地告诉了他。

不过,父亲临死前念叨《题八咏楼》的那段情节,她没有提及。因为从刚才唐振华对父亲去世的反应来看,她认为两人之间应该没有什么瓜葛。

"该死的日本鬼子!"唐振华注视着阁楼外的天空,恨得牙痒痒。

"九妹,我对不起你……"话到嘴边,却是欲言又止。三年来,他曾无数次设想和她重逢,可真的到了这一天,却又不知道该如何开口了。

"这三年多你去了哪里?"她带着责备的口吻问道。

"我……九妹，有些事情现在不便对你说。但是，我可以向你保证：我绝没有做过任何对不起国家，对不起人民的事情！"他想着不能过早暴露身份。

"我不需要保证！只想要事情的真相！"她眼中的幽怨变成了愤怒。

"对不起……"唐振华面露难色。

"你的身体还没有完全康复，以后再说吧。先吃饭吧！"金九妹见他吞吞吐吐的样子，收住了愠怒，不再强求。

她打开食盒，将里面的东西一一取出。

"我以后一定会一五一十地告诉你！"唐振华长长地舒了一口气。

"嗯！你身体还吃得消吗？我扶你下床，先吃点东西吧！"金九妹的关切之情溢于言表。

"我自己可以，不用扶，不用扶！"唐振华摆了摆手，连忙要起身，可没想到用力过猛，突然间就咳嗽了起来。

"伤得那么重，你逞什么能啊？"金九妹嗔怪道，上前将他的胳膊搭在自己肩上，搀扶着他坐在了桌前。

"你从鬼门关转了一圈回来，先吃些清淡的吧！"她说道。

唐振华看了看，桌上放着一小盘白灼河虾，一道腐皮青菜，一碗清热去火的火腿冬瓜汤，边上还放着一碗冒着热气的小米粥。这些不仅是自己平日里喜欢吃的菜，而且明显是根据自己的身体状况精心搭配的，顿时一阵暖意涌上唐振华的心头。

"快吃吧！要不都凉了！"金九妹轻声催促道。

唐振华几天没吃东西，的确是饿了，便不客气，风卷残云一般，不一会儿就将饭菜吃了个精光。

金九妹笑了,看着他渐渐好转,她悬着的心终于可以放下了。

"这几天,可能会有日本人上门,你还是待在阁楼吧!"她说道。

钱记酒坊的院子内,钱多多正和一只可爱的小狗愉快地玩耍着。"小黄,小黄,过来吃肉骨头!"钱多多拼命晃动着手中的肉骨头。

那小狗估计也就几个月大,体形娇小可爱,一身纯色的黄毛,长着一个大大的脑袋,一双乌黑的眼睛,耳朵微微耷拉着,正一脸呆萌地看着钱多多。

"喏,给你吃骨头!"钱多多将手中的肉骨头朝它扔了过去,它迅速地叼起骨头往门外跑去。

"小黄,等等我!"钱多多也急忙跟了过去。酒坊的柜台上,钱大有把算盘珠子拨得噼里啪啦响,正全神贯注地盘点着账目。酒坊的伙计们也都各忙各的,居然没有人注意到他跑了出去。

钱多多一路跟着"小黄"来到了街上,可转眼它就跑得无影无踪,不知不觉就来到了酒泉井附近。

墓地的亭子里,柳媚插话道:"这酒泉井我知道!"

"那你说说看,这酒泉井名称的由来?"唐涛装模作样地当起了老师。

"报告老师,酒泉井是清光绪年间金华知府继良亲自命名的。"柳媚仰起头,得意地等着"老师"的表扬。

"那为什么知府要把一口老井命名为'酒泉井'呢?"唐涛还不打算这么轻易表扬她。

"这个……难道不是因为它在酒坊巷内吗?"柳媚一时语塞。

"你是只知其然,而不知其所以然!这还得从酒坊巷的历史说起。你知道吗,金华酒在古代就素以'色如金,味甘而性纯'而名噪一时,在明代更是全国闻名。明代初年,有一位叫戚寿三的酿酒师傅在金华古城内一巷里开设酒坊,该小巷即为酒坊巷。直到清朝中期,还保持着酒坊林立的盛况,这里酿制的金华酒被源源不断销往各地。可到了清末,金华酒日渐式微。知府继良为纪念它近千年的辉煌历史,把这口曾酿制过名酒的古井命名为'酒泉井'。"唐涛接着说道。

酒泉井旁,独自玩耍的钱多多突然被井栏上一只漂亮的小鸟所吸引。小鸟头上长着墨绿色的冠羽,艳丽的羽毛在阳光的照射下,显得更加色彩斑斓,和斑驳的石质井栏形成了强烈的视觉反差。此时,它正用自己的喙,无忧无虑地梳理着羽毛。

"小鸟……多多喜欢……"钱多多嘴里嘟囔着,蹑手蹑脚地向它靠近。那只小鸟自顾自梳理羽毛,根本没有察觉到有人向它靠近。

钱多多估摸着可以抓住小鸟时,便使劲向前一跃,小手几乎已经触到了小鸟的羽毛。这时小鸟突然警觉,扑哧一声振翅飞走了!

钱多多来不及止住脚步,大半个身子掉进了井里,幸亏他及时抓住了井绳,才没有坠下去。可他毕竟人小力薄,使出吃奶的劲儿也爬不上来,只有不上不下地在井栏边上吊着。

他十分害怕,使劲地喊道:"救命,救命啊。"

这时,几个日本兵刚好巡逻经过,看见钱多多的样子,立刻笑得前俯后仰。一个日本兵笑着说:"小子,跳下去啊,下面有个大月亮，去给老子捞上来！"另一个调侃道："下面还有花姑娘呢，你这么小，花姑娘用不了，捞上来孝敬皇军啊！"

此时，金九妹刚好路过。她穿着一身破旧的粗布衣裳，包着一块深蓝色的头巾，还特意把自己的脸抹黑了些，这是她为了不引起日本人注意故意打扮的。

她听到钱多多的呼救声，毫不犹豫地一个箭步上前，一把把他拽了上来。"哇……"钱多多惊魂未定，躲在金九妹的怀里大声哭了起来。

几个日本兵一看，笑得更加开心了："这些支那人就这么点胆量，还敢和大日本帝国打仗？"

这时，钱大有才匆匆赶到。他来不及从金九妹手中接过孩子，就对日本兵连连点头哈腰，一副阿谀奉承的样子。

她不屑地瞪了他一眼，把孩子往他怀里一塞，便转身离去。

钱大有还拼命地和日本兵们比画着，想尽一切办法和他们套近乎，也不管他们是否能听懂，甚至都忘了对金九妹说一声"谢谢"。

第 16 章

日军金华宪兵队武田春树办公室。

办公桌后的墙上，挂着一面太阳旗，下方案几的刀架上，横放着一把佐官刀。武田缓缓地抽出刀身，用一块雪白的绒布擦拭着。这刀的刀刃为精钢所制，闪耀着银色的寒光，刀柄和刀锷为黄铜材质，刀锷表面和外装金具还有樱花纹饰，刀绪外茶而内红。

武田身体微微前倾，看着躬身而立的村上问道："你是说，几天前酒坊巷两个夜间值守的暗哨失踪，到现在还没有消息？"

"是的少佐，我们四处查找未果，好像人间蒸发了一样。"村上依旧保持着原来的姿势，只是微微抬起头看着武田。

"真是一群废物！两个大活人怎么会无缘无故地消失得无影无踪？"武田破口大骂。他突然双手举起佐官刀，猛地一下朝着桌角劈了下去。

只听"啪"的一声，桌角应声落地，吓得村上浑身一抖。

"不会是被潜伏在城里的地下党偷偷杀了吧？"村上小心翼翼地猜测着，一边说还一边看着武田的脸色。

"绝对是凶多吉少！如果在我们占领的区域都会发生这样的事情，那是我宪兵队的奇耻大辱！"武田脸色阴郁。

"是属下失职！请少佐治罪！"村上把腰弯得更加低了。

"治罪就能解决问题了？你传我命令，加大对酒坊巷等重点区域的巡逻力度，不要放过任何一个角落！还有，夜间巡逻力量要加强，每队不得少于五人。"武田一副老谋深算的样子。

"嗨！"村上大声地回答道。

金记酒坊的阁楼上，唐振华半靠在椅子上，一种囚鸟般的感觉涌上心头。

自从烧退清醒以来，经过金九妹的精心调理，他的伤情已经大有好转，基本能行动自如了。但有关血清针的下落他至今还没有任何头绪，有好几次他都想开口拜托金九妹帮忙打听打听，但又担心走漏风声危及她的安全，最后还是强忍了下来。

唐振华心里还有一个未解开的心结：那晚其中一个日本人提到了"虞美人"，他是怎么知道行动名称的？

他仔细回忆了出发前沈队长对他说的话：为了保密，他把知晓这项任务的人，控制在最小范围之内。可这两个日本人又是如何得知这一绝密任务代号的？

思来想去，只有一种可能性：莫非……根据地出了内奸？

他不由得惊出了一身冷汗：如果真是这样，那么这个人要么是大队核心层的人，要么就是能近距离接触核心层的人。只有这两类人，才有可能获悉"虞美人"这个绝密行动代号。

如果真是如此，那就意味着根据地和游击队处于十分危险的境地。如果这个叛徒将大队的驻地、布防和作战计划等重要情报送给日本人，那大队就会面临灭顶之灾。好在日本人立足未稳，还没有精力对根据地进行扫荡，但是留给沈致远的时间，不多了！

"不行，必须提醒沈队长，务必让他想方设法先挖出内奸！"

唐振华打开箱子，从里面拿出一本《三国演义》。他拿出一张小纸条，一边翻着书，一边在纸条上写下了一个个数字。然后他将纸条紧紧卷拢，又包上一张牛皮纸，再用细线将它扎紧。

他在衣服衬里一个针脚处剪开一个小口子，将小纸卷小心翼翼地塞了进去，又用针线缝好，直到看不出一丝破绽为止。随后，他换上衣服下了楼，骑上一辆自行车，直奔大佛寺而去。

日本宪兵队驻地门口，钱大有忐忑不安地朝哨兵走过去。

"站住！你的什么的干活？再不站住我就开枪了！"哨兵端起手中的步枪，用生硬的中国话吼道，边说还边拉动枪栓上的保险，将黑洞洞的枪口对准了他。

钱大有哪里见过这个阵势啊，吓得赶紧举起了双手，两条大腿不停地哆嗦着："皇军，别开枪！别开枪！我的，钱记酒坊的掌柜，是来给武田少佐送酒水单的！"钱大有颤巍巍地回答道。站岗的日本兵好像听不懂他在说什么，依旧举着枪对着他。

"是钱掌柜啊！"章涵义从里面出来，看到他后热情地打着招呼。

章涵义转头用日语对哨兵说了几句。哨兵这才放下了枪，朝他们挥挥手，示意他们进去。

章涵义在前面带路，领着钱大有往武田的办公室走去。

"章兄啊，您可真是威风啊！在日本人的驻地都能进出自由，什么时候要是我钱大有能和您一样就好了！"

"钱掌柜您过奖了！我不过就是混口饭吃，哪里来的威风一说啊？我还羡慕你们做生意的，多么逍遥自在啊！"章涵义的脸上露出了一丝不易察觉的尴尬之色。

"哪里哪里！章兄您过谦了，我也不过是小本生意而已。以后武田长官这里，还要请您多多美言啊！"钱大有朝章涵义拱了拱手。

说话的工夫,两人就已来到了武田的办公室门口。

"报告少佐!钱记酒坊钱掌柜到了。"章涵义在门口叫道。

"让他进来!"武田道。

钱大有跟在章涵义身后进了屋,大气都不敢出。

"酒水单呢?拿过来!"武田用流利的中国话对他说道。

钱大有一愣,他没想到这个日本军官的中国话会说得这么好。

"太君,您的中国话说得可比咱们中国人还要溜啊!可真厉害啊!"钱大有边说边竖起了大拇指。他这话可不是恭维,而是发自内心的感叹。

"那是当然,武田少佐可是个地地道道的'中国通'啊!"章涵义在一旁插话说。

"哈哈!你这家伙,倒是会说话!"武田看样子十分受用。

钱大有将酒水单从兜里拿出来,毕恭毕敬地双手呈了上去。

武田接过单子粗粗浏览了一遍,连连点头说道:"哟西,哟西!没想到你们金华,竟然有这么多种酒。"

"太君!您有所不知,我们金华的黄酒也称为米酒,和葡萄酒、啤酒一起被称为世界三大酿造酒。还有,我们金华的酿酒技术啊,可以说独树一帜,是东方酿造界的典型代表……"钱大有点头哈腰地竭力讨好着。

武田脸色一变:"你说金华酒是东方酿造界的典型代表,那我们日本清酒呢?是什么代表?"

武田用犀利的眼神看着钱大有,脸上露出杀气。

"这……小的嘴贱,小的该死!"钱大有吓得胆战心惊,急忙"扑通"一声跪下,"啪啪"地扇着自己的耳光,对着武田一个劲地磕起了响头。

"武田少佐，借他一万个胆子，他也绝不敢诋毁大日本帝国的酿酒技术啊！念在他是初犯，请少佐息怒，饶他一次吧。"章涵义对武田鞠躬说道。

武田"呵呵"一笑，转眼间露出了微笑："你如果对皇军忠心耿耿，那以后皇军的用酒就由你提供了。皇军是不会亏待良民的！"

钱大有大喜过望，又在地上磕了几个响头："是，是！感谢太君信任！能为皇军效劳，是我钱某人莫大的荣幸！"

"你们都出去吧！"武田少佐看了一眼钱大有，微微点点头。

钱大有面朝武田，弓着身子，后退着出了办公室。到了门口，才发现自己已是汗流浃背。

"刚才要不是章兄求情，我这把老骨头肯定是交待在这儿了！"钱大有心有余悸，连连向章涵义道谢。

"钱掌柜客气了！您现在还会觉得我威风吗？"章涵义看着钱大有意味深长地说了一句。

钱大有面露羞愧之色，不知如何应答。

一队日本兵大摇大摆地走进了钱记酒坊。客人们一见这阵势，像遇到了瘟神一般，都急急忙忙逃出了店门。

日本兵把枪往板凳的边上一搁，一屁股坐了下来，叽里咕噜地冒出了一大串日语。

钱大有急忙迎上前，弯着腰赔着笑脸，一副谦卑的样子。他向小二挥挥手，让他好酒好菜伺候着，生怕怠慢了他们。

日本兵看到好酒好菜，迫不及待地狼吞虎咽起来。他们一边吃着，嘴里还一边含糊不清地叫着："哟西，哟西！"

钱大有毕恭毕敬地站在一边，像个提线木偶。只要日本兵的酒杯一见底，他就立刻端起酒壶给倒满，简直卑微到了极点。

钱记酒坊对面的金记酒坊，同样是顾客盈门，却都是中国人，有的甚至还是刚从对面逃出来的。

元魁在店铺里跑前跑后地张罗着，金九妹则在柜台前打着算盘做着盘点，同样也是忙得不亦乐乎。

几名客人看着钱记酒坊里醉醺醺、肆无忌惮的日本人，不住地摇头叹息。

一个老者心情沉重地说道："听说除了磐安，金华其他地方都沦陷了！唉……"花白的山羊胡不住地抖动着，一副心痛不已的样子。

另一个老者捋了捋嘴上的八字须，看了看对面低声说道："日本人的确可恶，但是对日本人奴颜婢膝、借机发国难财的中国人更加可恶！"

"你说这个钱大有啊，掌柜当得好好的，干吗非得去当汉奸？"山羊胡说话间，露出了一脸鄙夷的表情。

"这兵荒马乱的，今天不知明天事！咱们别管闲事，还是今朝有酒今朝醉吧。"八字须无奈地摇了摇头说道。

账房内，钱大有摇头晃脑地哼着小曲，在一本花名册上做着各种各样的标记，喜悦之情溢于言表。不久，他带着花名册，腋下还夹了包东西，穿过马路去了对面的金记酒坊。

"九妹啊！"钱大有一进门，看到金九妹就热情地打着招呼。

金九妹瞥了他一眼，没好气地说："原来是钱掌柜啊，是什么风把您给吹来了？真是令小店蓬荜生辉啊！"语气中带着无尽的嘲讽。

钱大有尴尬一笑："我今天特意来拜访会长大人。"

金九妹请他在一张四方桌旁坐下，朝元魁喊了一声："魁哥，看茶。"

钱大有摆摆手："不必了，我们今天喝这个。"说罢，把腋下的东西拿出来递给九妹。

金九妹接过，看了半天也没看明白："这是什么东西？"

"没见过吧？这可是洋货，叫……叫什么来着？哦，对了，叫……叫咖啡，听说洋人们都爱喝这个。"

"这洋人的玩意儿，我们中国人喝不惯！请钱掌柜收回去吧，我怕噎着！"金九妹直接把东西摆回了他的面前，话里有话地说道。

"九妹啊，做生意最重要的是赚钱，我看咱们协会以后也要做做洋人的生意。当然，日本人的生意我们也不要放弃，要不然多可惜啊。"钱大有吞吞吐吐地说道。

金九妹冷笑了下："钱掌柜有事请直说吧，不要绕弯子了！"

钱大有皮笑肉不笑地说："俗话说，识时务者为俊杰。今日登门拜访，一来是想当面感谢九妹对小儿的救命之恩，二来嘛，是想给协会揽一笔大买卖。"

金九妹淡然一笑："救多多那是人之常情，我相信每个人遇到那样的情况，都会义不容辞的，您大可不必放在心上！至于大买卖，我恐怕没那么好的财运！"

钱大有跷起二郎腿，打开了花名册，得意扬扬地说："九妹啊，您是会长，名单里的这些客户您随便挑，喜欢哪个就挑哪个！"

金九妹瞟了一眼花名册，见上面全是日本人的名字，立即露出不屑的神情："钱掌柜，您的好意我心领了！实在对不住啊，我们金记酒坊做不了这买卖，怕是要让您失望了！"

"九妹,机会难得啊!千万别和钱过不去啊!"钱大有苦口婆心地劝道。

金九妹端起茶杯说道:"魁哥,送客!"

钱大有不满地瞪了她一眼,拂袖而去。

金九妹冲着钱大有的背影大声喊道:"钱掌柜,好自为之,恕不远送!"钱大有稍作停顿,又继续往前走。

第 17 章

唐振华骑着自行车，一路骑骑停停，用了将近一个时辰才赶到大佛寺。以往他来大佛寺只需花上半个多时辰的时间，如今他伤势初愈，时间难免较以往多了许多。

这大佛寺又称石佛寺，距金华主城区大约四十里地。

说起它的由来，还颇有些传奇色彩。相传公元 540 年，名僧道琼在金华山南游历时，突然听到山上梵音袅袅，于是循声攀岩而上，竟见一尊身高六丈的石佛俨然端坐。他不禁为之折服，遂排除万难建成了石佛寺。这寺庙建成后历经风雨屹立不倒，却毁于无情战火之中，令人不禁扼腕叹息。一直到了 1918 年，寺院及诸佛才得以重修恢复，重现宝刹庄严。如今，该寺已经成为整个金华地区最具佛教影响力和代表性的正法道场。

唐振华将自行车停在树丛中，便沿着石阶往山门走去。

只见山门外有一老太太，头发散乱，脸上还有瘀青，面前摊着一堆香烛，正颤巍巍地坐在小板凳上。

"老人家，您这是怎么了？"他关切地问道。

老太太哭丧着脸说："刚才有两个日本兵抢走了我的香烛，还把我打了一顿！"

唐振华心里"咯噔"一下：难道这个联络地点也暴露了？

可转念一想，似乎可能性不大。就算是队里出了内奸，按照沈致远和他说的，这里除了他们两人最多再加个联络员知道外，应该不会再有其他人知道了。除非……联络员就是叛徒？

如果真是这样，那他目前应该处在极度危险之中，最好的选择就是立即离开。但是，如果他不把有内奸的消息传递回去，根据地岂不是凶多吉少？所以这个险，他必须得冒！

"老人家，就来了两个日本人吗？"

"嗯！就两个！"老太太回答道。

"这两个日本人进寺庙了吗？"

"嗯！刚进去不久。小伙子，我看你是个好人，你可要注意安全啊！"

唐振华点点头，却在暗中分析形势：第一，如果日本人是来抓人的，应该不会只来两个人。第二，如果真是来抓他的，那么应该去后山而不是进寺庙内。顿时，他的心情轻松了许多。

他见这老太太瘦骨嶙峋，像一阵大风都能刮跑似的，于是掏出钱来对她说道："这些香烛我都买了，您早点回家吧！"

"小伙子，你真是菩萨心肠啊！"老太太将摊在地上的香烛用草绳扎好递给了他。

唐振华接过香烛，决定先进寺庙探探虚实再说。

唐振华来到寺内，往古佛院走去。

走到半路，只见从边上摇摇摆摆过来两个日本兵，他们一人背着一杆枪，帽子歪戴着，军服也敞开着，其中一个人手上还拿着几支香烛，想必就是从老太太那里抢来的。

两人晃晃悠悠朝唐振华的方向走来。唐振华故意装作十分害怕的样子，朝他们鞠了一躬，站在原地等他们走过。

日本兵老远看见了他，用日语朝他喊道："你是什么人？来这里干什么？"

唐振华往两边看了看，然后用手指指了指自己，故意装作听不懂日语的样子。日本兵改用生硬的汉语问道："你的，什么的干活？"

唐振华举起手上的香烛，又双手合十做了一个礼佛的动作："太君，烧香拜佛的干活！"

日本兵大声喊着："站住！"跑到他面前上下打量着他。唐振华这才发现他们酒气熏天。

过了一会儿，其中一个用日语对另一个说道："是个烧香的。"

另一个日本兵乜了唐振华一眼，说："那我们走吧！"

两人不再理会唐振华，直接往古佛院走去。

唐振华不禁松了一口气：敢情这两人是造孽太多，到这里拜佛来了！要真是来抓人的，也不会是这副衣冠不整的鸟样。

那两个日本人进了古佛院，直接去参拜大佛寺中最具特色的古大佛——释迦牟尼佛。只见那佛陀跌坐在石窟之中，头部几乎触到了崖端。佛陀前额宽阔，慈眉善目，两耳垂肩，目光如炬。

两个日本兵见这佛像神态安详，栩栩如生，仿佛正用那双慧眼俯看芸芸众生，连忙跪下磕着响头，口中还一个劲地念念有词："阿弥陀佛，阿弥陀佛！"

唐振华冷眼注视着他们，强忍着心中的怒火：要不是你们悍然发动侵略战争，会给中国人民带来这么深重的灾难吗？现在你们假模假样地在这里磕头拜佛，连句忏悔的话都没有！佛陀普度众生，慈悲为怀，你们烧这香、拜这佛，又有何用呢？

两人出来时，礼佛时的恭谦荡然无存，脸上重又布满了戾气。

唐振华弓着身低着头，装着一脸恭敬地目送他们离开。随后，他也入内向佛陀深深鞠了一个躬，心中默念："请佛陀保佑，保佑我们早日把日本侵略者赶出中国！也保佑战友们、亲人们和朋友们平平安安！"

唐振华祈祷完毕，又点燃香烛，将它们插入香炉。红色的烛火伴着袅袅青烟，在风中不住摇曳，却始终不灭。

唐振华有意在古佛院多停留了一会儿，直到他确信两个日本兵已经走远，这才像一名普通游客一样，装作漫不经心地动身往大佛寺的后山走去。

这大佛寺毕竟离主城区还有些距离，加上日本人对佛陀多少还有几分忌惮，这才没有让它过多受到战争的侵扰。

通往后山的小路，曲径通幽。走在山路上，两边树木林立，郁郁葱葱。风吹过枝丫，发出"沙沙"的声响，仿佛在诉说着动人的故事。林中小鸟欢快地唱着歌儿，在枝杈间跳来跳去。对它们而言，人世间的苦难与它们有何相干？一日三餐才是最重要的。

唐振华缓缓地走在山路上。虽然金家祖传的金创药药效神奇，但要痊愈也没有那么快。崎岖的山路陡坡令他呼吸急促，也影响了他的行进速度。好在联络点的大树距离并不太遥远，没过多久，他便看见了山崖上的那棵樟树。

只见那棵龙爪樟破石而出，屹立于悬崖峭壁上。它冲破层层束缚，如同一条威武的虬龙，张牙舞爪地飞向天空，在自由的空气里尽情地吮吸着日月天地之精华。它的树干满是斑驳的褶皱，好像老人饱经风霜的脸，部分裸露的树干因为风吹日晒雨淋变得疏松，但不断有新枝抽芽，让人不得不感叹生命的奇迹和顽强。

山间的风穿过树梢，吹得树上一条条祈福红绸带随风舞动。

红绸带上的祈福语可谓五花八门：少女期待永恒的爱情，青年期许光明的前程，老人期盼健康的身体……但所有的一切，都必须以国泰民安为基础。

"年轻人，你也来这里祈福吗？"那位卖香烛的老太太不知什么时候出现在他身后。

"嗯，老人家，您怎么还没走？"

"我来给儿子祈求平安。"

"您儿子？他去哪儿了？"

"他随国军开拔打日本鬼子去了！这一开始啊还能两三个月来一封信，可渐渐就没了音讯。我已经有一年多没有他的消息了。"老人家神情黯然。

"或许是部队开拔到了不便通信的地方吧，等他方便了一定会传家书回来的。"唐振华竭力安慰她道。

他嘴上虽这么说，心里却明白：一名保家卫国的军人，在这战火纷飞的年代，和家人的每一次分离，都可能是永别。

"嗯！我相信菩萨会保佑他平安无事的。年轻人，你知道这棵树有多少岁了吗？"老人家眼里放出了一丝光芒。

"得有五百年了吧？"唐振华猜道。

"一千多年了！"

"一千多年？它已经在悬崖峭壁上活了一千多年？太神奇了！"唐振华惊愕得张大了嘴——要知道一千年前，那可是遥远的五代十国啊！

"没错！传说这千年的树木都有灵性，所以这里便成为大家祈福许愿的地方！"老太太把手中的绸条挂在树枝上，口中念念有词。

唐振华静静地看着老人家虔诚地完成了她的祈祷仪式。他心里明白，不管有多渺茫，但只要有一丝希望，老人家一定不会放弃等待，也一定会日复一日、年复一年地重复着这样的祈祷。

目送老太太离开后，唐振华环顾四周，确认无人后才来到树前，根据记忆中的方位，他轻而易举地找到了隐秘处的树洞。他把手伸进去摸索了会儿，从里面摸出了一小卷东西，剥开外面的防潮纸，露出了一卷小纸条。他展开纸条，看到了上面写着寥寥数语：需保存在二十五度以下！

原来，沈致远这些天也没闲着，他向人询问了这类针剂的存储条件，得到答案之后便告诉唐振华，以期对行动有所帮助。

"二十五度？"唐振华的脑子飞快地转动着。藏血清针的时间，是在五月底金华沦陷之前，而金华的气温，到六七月一般是要超过二十五度的。那么，哪里才是最佳的藏匿地点呢？

"难道是在……"唐振华灵光乍现，顿时豁然开朗起来！

他拆开自己衣服上的针脚，将塞在里面的纸卷拿了出来，小心地放进了树洞。眼看天色已经不早了，他不再逗留，便起身回城。

唐振华万万没有想到，在他离开的这段时间，一场大风暴正在席卷酒坊巷……

第 18 章

武田春树的办公室内,留声机里正播放着经典的日本民歌曲目《樱花》。武田端坐在桌前,跟着音乐轻轻地哼唱着,脑袋有节奏地晃动。

桌上摆放着笔墨纸砚,还有一本颜真卿的《多宝塔碑》帖。武田拿起毛笔,将笔头往砚台上一蘸吸满墨汁,又在笔舔上把墨抹匀,就着字帖在宣纸上临摹起来。

桥本像书童般恭恭敬敬地站在一旁,直到武田将毛笔往笔搁上一放,这才凑近观看。

"哎呀,少佐您这字真是越临越像了!"桥本嬉皮笑脸地拍着马屁,即使他对书法一窍不通。

"你看得懂我写的吗?"武田毫不客气地反问道。

"虽看不懂,但感觉已经颇得原帖神韵了!"桥本拍起马屁来毫不含糊。

"这《多宝塔碑》碑帖,是中国唐代大书法家颜真卿所写,记载了西京龙兴寺禅师楚金创建多宝塔的原委及修建经过。"武田当然不会错过卖弄的机会。

"少佐博学多才,属下佩服得五体投地!"桥本继续奉承着。

"据说,这原碑存于西安碑林,等我们打胜了把它运回国去,让国内的书法爱好者也好好观摩观摩!"武田无限向往地说。

"嗯嗯!到时候我帮少佐押运!哈哈!"桥本连连点头。

"报告少佐!有急报……"门口传来焦急的报告声。

"进来说!"武田听出来是村上的声音。

"报告,在酒坊巷的一口枯井里,发现了两名暗探的尸体!"村上上气不接下气。

"什么?这帮该死的支那猪!我要他们为自己的行为付出代价!立即集结人马,去酒坊巷!"武田气急败坏地吼道。

十几辆军用卡车呼啸而来,一队队日本兵从车上蜂拥而出,并迅速集结列队。不一会儿的工夫,酒坊巷就被围得水泄不通。

酒坊巷里的人,不论男女老少,都被集中在了小广场上,四周站满了荷枪实弹的士兵。几挺轻机枪架着,黑洞洞的枪口对着手无寸铁的人群。不断有孩子的哭声和女人的抽泣声传来,现场笼罩在一片恐怖的气氛之中。

武田气势汹汹地站在前面,边上放着两块床板,上面停着两具盖着白布的尸体。

武田清了清嗓子,开始训话:"你们这些东亚病夫,都给我听好了!我军占领金华以来,本着打造'大东亚共荣圈'的宏伟目标,对你们一直持团结友善的态度,希望能够感化你们!"

元魁抱着头蹲在人群中,不禁一声冷笑:"真不要脸,既要当婊子又要立牌坊!"

金九妹在边上示意他沉住气。不远处的日本兵瞪着眼睛看了过来,两人不得不低下了头。

"可是今天,我们却在酒坊巷的一口枯井内,发现了我军两名士兵的遗体!他们是父母的儿子,妻子的丈夫,也是孩子的父亲,他们的亲人还在等着团聚,可他们却永远等不到这天了!正是因为你们中一些人的鲁莽行为,才使我们大日本帝国损失了两名优秀的士兵!今天,我要让你们付出应有的代价!"武田咬牙切齿地说道。

元魁和九妹心想:我们同胞因为你们这帮鬼子流离失所、妻离子散的还少吗?

"中国有句古话叫'冤有头,债有主',这是谁干的?只要你们把人交出来,我保证对其他人一律不予追究!"武田环视四周,见没人回应,又恶狠狠地说道,"如果你们包庇杀人犯,我可没那么多耐心和你们耗着。从现在开始,我每隔一刻钟就杀一个人,直到你们交出杀人犯为止!"

他抬起手腕看了看手表,开始了倒计时。旁边的士兵赶紧拿来一张椅子请他坐下。

女人们瞬间停止了抽泣,孩子们也被捂上了嘴,场上顿时变得鸦雀无声,静得能听见自己心跳的声音。此时谁也不愿意引人注目,也不愿意成为无辜的牺牲品。

时间在一分一秒地过去,武田不停地看着手表,变得越来越不耐烦,也越来越烦躁不安。

"动手!"武田甚至没有等到满一刻钟,便朝桥本挥了挥手。

"嗨!"桥本干脆地回答道。杀戮和暴力,是少数能令他兴奋的事情。

桥本如鹰隼一般来回扫视,寻找着目标。

突然,他停住了脚步,把目光停留在了金九妹秀美的脸庞上:"你,就是你!卫兵,把她给我拉出来!"

金九妹站起身,面无惧色:"人又不是我杀的,为什么是我?"

"遗体是在酒坊巷被发现的,在场的每一个人都逃脱不了干系!如果今天找不到凶手,你们都得死!"桥本冷笑着说。

"欲加之罪,何患无辞!这是强盗逻辑!"金三妹紧握拳头,义愤填膺!

章涵义不知道该怎么翻译,呆在了原地。

"你们还愣着干吗?把她给我拉出来!"桥本厉声对卫兵喝道。

元魁见状急欲起身,却被身后一双强有力的大手紧紧按住了。他回头一看,才发现是来福。

"你冲出去了,金记酒坊怎么办?酒坊那么多伙计怎么办?九妹怎么办?你忍心让她年纪轻轻的就守寡?"来福几乎是贴着他的耳根低声说道。

元魁听了,不觉一愣。

"元魁兄弟,我早已生无可恋。金家对我恩重如山,你要照顾好九妹!有机会给我们一家人报仇!拜托了!"

说罢,来福毅然起身,大声喊道:"人是我杀的,与其他人无关!"

众人的目光"唰"地一下集中在了这个身材魁梧、皮肤黝黑的汉子身上!

"把他给我带上来!"武田吼道。

两个日本兵押着来福来到了武田面前。武田问道:"你为什么要杀他们?"

"哼!你这不是明知故问吗!你们在中国干的坏事还少吗?可惜我只杀了两个,要是能杀十个八个才叫爽呢!"来福怒目圆睁、昂首挺胸地说道。

"少佐，他的妻子和女儿，前些日子死于空袭！"章涵义把嘴附在武田耳边提醒道。

"那你说说看，你是怎么杀的？"武田皱了皱眉，看得出来他还是有所怀疑的。

"哪来这么多废话！要杀要剐，悉听尊便！我要是皱一下眉头，就跟你们小日本鬼子姓！"来福一心求死。

"哼！想死，可没这么容易！来呀，把他给我押回去，严加审讯！就算是死，也不能让他痛痛快快地死！"武田说道。

"老子和你们拼了！"来福边说边猛然挣脱束缚，像一匹脱缰的野马朝武田扑了过去！

一名卫兵急忙冲过来阻拦，但碍于长官就在身边，愣是不敢开枪。这时，另一个日本兵也赶了过来，直接拿枪对准了来福。来福见状，直扑过去一把夺下他的枪，并以迅雷不及掩耳之势，干净利落地拧断了他的脖子。

又两名日本兵赶来，举枪瞄准来福。来福眼疾手快，纵身飞起，一脚踹倒了其中一个，就在他想扑上去的时候，"砰"的一声枪响，鲜血从他的胸口流了出来。

武田晃动着手枪，吹了下枪管，枪管还冒着一缕青烟。

来福捂住鲜血直流的胸口趔趄了一下，用尽最后的力气，一把夺过跟前日本兵的步枪，狠狠地插进了他的胸口，日本兵惨叫一声倒地。

"二十年以后，老子又是一条好汉！"来福大叫一声，重重地倒地。

现场一片哗然，众人的怒火瞬间被点燃了。他们站起了身，挺直了腰板，不顾卫兵的阻拦，也无惧他们手中的刺刀，一起手拉着手,肩并着肩,缓缓向前移动着,用实际行动表达着无声的抗议。

"少佐,再闹下去,暴动起来怕不好控制啊!"章涵义轻声对武田说道。

"砰砰砰",武田举起手中的枪,朝天连开了三枪,大吼一声:"不怕死的都上来!机枪手准备!"

"大家听我说,保持冷静,冷静!"金九妹知道硬拼不是办法,高声对大家说道。

大家止住了脚步,但眼中的愤怒却丝毫没有减退。

"把这刁民的头砍下来挂在巷口的旗杆上,将他的尸体大卸八块扔了喂狗,我要让他死无葬身之地!"武田恶狠狠地说。

"嗨!"桥本应答道。他拔出腰间的武士刀,双手握住刀柄,对准来福的颈部,狠狠地劈了下去。

"啊!"人群中发出了一阵阵惊呼声,胆小的妇女们把头转了过去,母亲们急忙把孩子的眼睛捂住,还有的人则干脆闭上了双眼。

来福的头颅和身体瞬间分离,在地上滚动了几圈后停住,鲜血从伤口处喷涌而出,瞬间就把地上的石板染红了一大片。

他的眼睛依然大大地睁着,像是在诉说着心中的愤怒,又像在无声地提醒人们:记得为我报仇!

桥本将武士刀在来福的衣服上擦拭干净,再重新插回刀鞘。他一把将来福的头颅高高拎起,对着人群喊道:"都给我记住了,这就是和皇军作对的下场!"

元魁的眼中已满是泪水,心中默念:来福,你是为我和九妹而死的!你放心,这仇我一定会为你报!

唐振华一路颠簸回到酒坊巷的时候，天色已近黄昏。

一轮红日即将落下，晚霞漫无边际地铺洒在天边，殷红的色彩将天空渲染得如同炼狱一般，像是见证着这人世间的凄惨。

往日热闹的巷口一反常态，冷冷清清。风吹得梧桐树叶沙沙作响，在地上扬起了一阵阵的尘土，让小巷显得格外凄凉。小广场的青石板上，来福的鲜血犹在，只是已经凝固成了暗红色。

唐振华走过巷口，远远看见旗杆上高高悬挂着一个木箱，走近一看，才发现里面竟然是一颗头颅，它随着木箱在风中微微晃动着，依旧怒睁着双眼，悲愤地控诉着施虐者的暴行。

旗杆下，几只野狗正龇牙咧嘴地争夺着几块骸骨。唐振华学过医学，知道那骸骨不是动物的，而是人的！他不禁惊呆了：这把人的头颅砍下来、又将躯体让野狗分而食之的人，该有多么残忍和暴虐！做出如此灭绝人性行为的，与禽兽又有什么分别？

唐振华强忍悲恸，疾步回到金记酒坊。

金九妹和元魁在灯下面对面呆坐着，好久都没有说一句话。

"死的人本该是我，他是为了救我！"说完，她的泪珠顺着脸颊滑落。

"不！你是我的妻子，最该挺身而出的人是我！这本是我义不容辞的责任！"元魁心里又是一阵难过。

"魁哥，你千万别这么想！一切皆因我而起！"金九妹已是泪如雨下。

"不，这都是日本人造的孽！"唐振华从门口迈步进来，显然已经猜到了什么。

"振华，你去了哪里？我们都在为你担心呢！"金九妹关切之情溢于言表。可她突然意识到元魁的存在，于是不好意思地低下了头。

"我去办了点事！没想到这么会儿工夫,就出了这么大的事！具体是怎么回事？"

元魁把事情原委和他说了一遍,唐振华心想:如果不是自己杀了两个日本人,来福也不会死。但他此时却不能把真相和盘托出,只能在一旁默默地陪着落泪。

墓地边的休憩亭内,柳媚破口大骂:"日本兵太残忍了！简直不是人！"

"这与他们在中国大地上干的所有事情相比,不过是小巫见大巫而已。这一桩桩,一件件,都不会被中国人民忘记！"唐涛点头赞同。

"你说如果当时你太爷爷在,他会不会挺身而出？"柳媚突然问道。

"人生没有如果,也不容假设！但我觉得他肯定会的！我太爷爷在世的时候,每每提及这段往事,都懊悔不已！而且,就算是普通老百姓遇到危险,作为一名共产党人也会挺身而出,更何况保护的还是他深爱的人呢！"唐涛回答。

武田春树的办公室,武田背着手,若有所思。

他的身后,站着桥本、村上和章涵义三人。

"你们说,我们的两个暗探,到底是不是那个刁民杀的？"武田还是满腹狐疑。

"那个人与皇军有深仇大恨,的确有杀人动机！"章涵义回答道。

"出于报复伺机杀人,也完全是在情理之中的!"桥本也回答道。

"唉!反正现在是死无对证了!这件事就暂且放一放吧。酒坊巷那边,你们要再派人手盯紧点。千万记住,要在暗处偷偷盯着!我们的目标不光是那点血清针,而且要把和皇军作对的人一网打尽,明白了没?"武田说道。

"嗨!"三人齐声回答道。

第 19 章

浙东抗日根据地的指挥所内,沈致远焦急地等待着。

"报告大队长!"听到小董响亮的声音响起,他长长地舒了一口气。

"快进来!"看到小董的额头满是汗水,背上的衣服也被汗水打湿了,沈致远转身拿来一块毛巾递给小董,又从那把跟随了他多年的老茶壶中倒了一杯凉水递给了他。

"来,先擦把汗,喝口水喘口气再说!"尽管他很迫切地想知道情况,但看到小董这个样子,还是不忍心催他。

小董当然知道他的心情,最近他几乎每天都要询问联络点的情况。"咕咚咕咚"一口气喝完凉水,小董甚至来不及擦去额头的汗水,就喘着粗气说道:"报告……队长!大佛寺后山的树洞里……"

"以后别说具体地点,只要说'联络点'就可以了!"沈致远警觉地看了看门口的方向。

"是!上次放的纸条已经被取走了,这是那边留下来的纸卷。"小董吐了吐舌头,拿出一个纸卷递给了他。

沈致远接过纸卷,并没有直接打开:"你有没有对别人说起过这件事?"

"按照您的命令,没有告诉过任何人!"

"那好,任务完成得很出色!记住,不要对任何人说起这件事!"

"是!我向马克思保证!"小董斩钉截铁地回答道。

沈致远目送小董出门后,又到门口张望了一会儿,这才回到屋里关上门窗,端详起那个小纸卷来。纸卷应该没有被拆开过——这扎紧纸卷的打结法,是他和唐振华暗暗约定的,而且打的还是死结。

沈致远剪断了打结线,焦急地将纸卷展开。当他看到纸卷上的内容时,表情瞬间凝固了,眉头更加紧锁。

纸卷上没有文字,映入沈致远眼帘的,是一组组数字!他想起了和唐振华在村口的那番谈话……

"振华,你一定知道敌后抗日根据地对敌武装斗争的策略吧?"沈致远问道。

"当然是游击战啊!毛主席总结了十六字方针:'敌进我退,敌驻我扰,敌疲我打,敌退我追!'"唐振华回答得很顺溜。

"对!游击战最重要的又是什么,你知道吗?"沈致远又问。

"应该就是知己知彼吧?其实不光是游击战,只要是打仗,这都是必不可少的。"唐振华回答。

"没错!可是最近我们的每次行动,总是难以达到预期的效果!"

"怎么回事?"唐振华奇怪地问道。

"不仅如此,敌人好像总能洞察先机,了解我们的意图,进而先于我们有所防范!这不光使我们的行动难以奏效,还给我们造成了不小的损失!"沈致远心情沉重地说。

"难道是……游击队有内奸？"唐振华吃了一惊。

"我们也这样怀疑！这次把你调过来就有这方面的考虑，也是我选择在村口和你见面的原因。接下来,我会有意把'虞美人'行动在小范围内进行透露，但绝不会透露你的身份。即使我们内部有奸细，也无法知道具体的部署和安排，更不会危及你的安全。我们希望你在完成本次任务的同时,也能帮我们拔出这根毒刺！"

"队长，如果真是这样，我建议在非常状态下的联络，应该使用密码传递信息，以免信息泄露。您看怎么样？"唐振华稍加思索后说道。

"好！你觉得用什么做密码比较好？"沈致远问道。

唐振华想了想说道："用最原始的吧，越原始越可靠。我这里刚好有两本《三国演义》，一本是我留给自己的，另一本本来是想送给朋友的,现在我把这本留给您。如果有加密信息要传递，我会以一组数字来代表一个字。这组数字又内含三个小组，第一小组代表的是页码，第二小组代表的是行数，第三小组代表的是第几个字。这样您就可以准确知道我要传递的信息，又不会被别人知晓了！"

唐振华从箱子里拿出书，对照书中的页码、行数和字序说了一遍，直到沈致远搞明白了才将书交给了他。

沈致远想到这里，神色更加凝重起来。

沈致远走向床头，从枕头底下拿出那本《三国演义》，对着纸条上的数字，开始破解密码。没过多久，纸条上的数字被转换成了文字记录了下来。

沈致远看着这段文字，眉头稍稍舒展开来，一个计划在他脑中初现雏形。

他开始暗暗佩服起唐振华来。刚和唐振华见面的时候，他看对方一副文质彬彬的样子，曾一度怀疑他是否能胜任这项任务。可没想到的是，这唐振华不仅很快确定了根据地出内奸的情况，还为他找到了解决问题的方法。

"看来，组织上推荐的人，还真是没错。"沈致远自言自语道。

经过大佛寺这趟颠簸，唐振华本来已经开始愈合的伤口又有些开裂，这让原本想早点离开金记酒坊的他，不得不再多待上几日。

金九妹依旧没有多问，继续悉心照料着他。他的伤口也很快重新愈合。

元魁虽然嘴上不说，但心里却很不是滋味，心情也忐忑起来：毕竟他们曾经那么相爱过，而且他能感觉到他们仍在彼此关心着。他们会旧情复燃吗？九妹会不会因此后悔下嫁的决定？

元魁找不到人倾诉，也没人能给他答案。他只能独自一人喝着闷酒，以此来排遣心中的郁结，以至于有好几个晚上，都喝得酩酊大醉。

细心的金九妹及时察觉到了他的心思，关切地问他："魁哥，最近为什么总是闷闷不乐？"

"九妹，既然你问了，魁哥也不想瞒着你！你和振华的事，到底是怎么想的？你尽管直说好了，无论如何我都尊重你的决定！"元魁犹豫再三总算开了口。

"魁哥，感情的事，过去了也就翻篇了！你明白不？"金九妹耐心地解释道。

"真的？你真的没有其他想法了？"元魁开心地笑了，像个孩子。

"魁哥，我像是个出尔反尔的人吗？我是什么样的人，难道你还不清楚？"金九妹假装生气地说。

"九妹……我……知道自己配不上你，也知道你心里还是有他的……"元魁吞吞吐吐地说。

"魁哥，我不否认一直没有忘记振华。但你对我的好，我也是一清二楚的。我们虽然还没有行夫妻之实，但已经有了夫妻之名。我既然做出了选择，就不会轻易反悔！"她态度坚决地说。

"真的？"他有点不敢相信自己的耳朵。

"你放心，我一定会说到做到的！"她宽慰他道。

"九妹，听你这么说我就知足了！以后我为你赴汤蹈火，也在所不辞！"元魁听得一阵激动，一把将她搂在了怀里，好像一松手她就要飞了似的。

"魁哥，以后别再犯傻了行不？等振华痊愈我就让他走。"她靠在元魁怀里轻声说道。

元魁吃了定心丸，内心顿时云开雾散。

几天过后，唐振华的伤也好得差不多了，于是向两人辞行。

金九妹和元魁特意炒了几个小菜，备了一壶陈年好酒，一起为他饯行。

唐振华倒了满满一杯酒，举杯说道："唐某近日落难，承蒙两位收留并悉心照料。两位在我伤重之时收留我，此乃救命之恩。又出手为我疗伤，便是再生之德。如此大恩大德，我永远铭记在心！来，我敬两位一杯！先干为敬！"

说罢，便将杯中酒一饮而尽。

"这酒入口醇厚，回味甘甜！真是好酒啊！金记酒坊的酿酒技艺，果真是名不虚传啊！"酒一落胃，唐振华便禁不住夸赞道。

"那是自然,咱们金记酒坊的金字招牌,可不是徒有虚名的!而且这是九妹特意关照的,为你送行一定要用最好的酒!"元魁也仰头美美地喝了一杯。

"就你话多!不说话没人当你是哑巴!"金九妹轻骂了一句,脸上浮过一抹桃红,显得愈发迷人。

元魁尴尬地笑了一声,又试探着问唐振华:"振华兄弟,你这是得罪了哪条道上的人啊,下手这么狠!当时可是命悬一线,我们都怕你挺不过来呢!以后可得小心啊,眼下这兵荒马乱的,不会每次都有这么好的运气的。"

唐振华回答道:"元魁兄所言极是。这几年我四处漂泊,靠做点小买卖维持生计。可僧多粥少的,免不了得罪了一些人。这不,稍有不慎,竟差点丢了性命。多亏两位及时出手相救,把我从鬼门关拉了回来!来来来,我再敬两位一杯!"

他还不打算告诉他们自己受伤的真相,尽管他对来福的死充满了愧疚。"来福,我敬你的在天之灵一杯。你放心,我会让日本鬼子血债血还的!"他心里默念着,又默默倒满了酒杯,将酒一饮而尽。

元魁担心地问道:"你这是做的哪门子生意啊,危险性这么大?不会是大烟和军火吧?"

唐振华回答道:"什么赚钱做什么,但大烟和军火我是不会碰的。哦,对了九妹,我想请金记酒坊帮忙酿一些白酒。"

金九妹爽快地回答道:"酒坊本来就是酿酒的。你需要什么样的酒,你只要给钱,我就给酿!这是你照顾我们的生意,不用这么客气。"

唐振华悄悄递给她一张纸条,她看后脸色铁青,迅速把纸条塞回他手里，没好气地说道："你这买卖我做不了！"

"有什么酿酒的买卖，是我们金记酒坊做不了的？"元魁好奇地伸过头去看纸条。

金九妹狠狠地瞪了一眼元魁。元魁吐了吐舌头，便不再言语。

唐振华对她的脾气了如指掌，便取出笔写下了新的落脚地址："什么时候想通了，来这里找我！"

金九妹心中不觉一软，态度缓和了许多："振华，你这几年到底在做什么？怎么变得这么神神秘秘，行事也如此古怪？"

"九妹，我是一个什么样的人，你难道还不清楚吗？你还信不过我吗？"唐振华直视着她。

"以前自然是了解的，但是现在真的不好说了……"她嗫嚅道。

"你要相信，我还是原来那个唐振华，一点也没有改变！"唐振华态度诚恳至极。

金九妹听了，沉默不语。

"两位，我这就告辞了。"唐振华起身抱拳，转身往门口走去。他的眼中依稀有了泪花，也不敢回头多看一眼，他怕看见那楚楚动人的容颜和充满幽怨的眼神，会失去前行的斗志。

"振华兄弟，我送送你！"元魁见九妹愣在原地，边说边小跑跟上了他。

唐振华朝元魁摆摆手，示意不要送。突然，他想起了什么，迟疑片刻后，从脖子上取下貔貅吊坠，紧紧握了一会儿，这才不舍地塞到了元魁手里。

"魁哥，这是前些年九妹送给我的，我一直戴在身上，现在我把它交给你！"

"这……使不得，使不得！"元魁连忙摆手。

"魁哥，我知道你是个好人，有你照顾九妹，我一百个放心！"唐振华拍了拍元魁的手背。

元魁感受到了他说话的分量，知道这意味着他已将她郑重托付给自己，心中不禁一喜："你放心！我一定会好好待她的！"

"好！一定要记住你的承诺，后会有期！"唐振华推门离去。

"一路小心！"元魁望着他的背影，心中竟然有种说不出来的酸楚。按理他应该开心才是，可是不知怎的，他的心中竟然有几分不舍。

这边金九妹看着唐振华的背影，也忍不住潸然泪下，胸前的衣襟被打湿了一片。

第 20 章

浙东敌后抗日游击队临时指挥所内。

沈致远一边抽着烟斗,一边认真盘算着,手中还在"沙沙"地写着什么,他想利用这个绝佳的机会,下一盘大棋。他必须深思熟虑,并做出周密安排。

时间不知不觉过去,沈致远下意识吸了一口烟斗,才发现烟丝早已燃尽。他跷起一只脚,将烟斗在鞋子上磕了几下,将烟丝清理得干干净净,又拿出烟袋将它缠在了烟斗上,这才揣进兜里。

"小王!"沈致远对着门口喊了一声。

"在!"响亮的声音在门口响起,一个敦实的小伙子虎虎生风地飞奔进来。他腰间挎着双枪,还背着一把红缨大刀。

小王是沈致远的贴身警卫,是队里为数不多和他同村的人,也是他最信赖的人。

"你先去找赵文书,让他通知这些人晚上八点到指挥所开会!"沈致远把一份名单交给了他。

"是!"小王接到命令,准备转身出门。

"回来!你这毛头小子,就是沉不住气!我这话都还没说完呢,你就急吼吼地要跑了!"沈致远故意板着脸说道。

"啊?!"小王停住了脚步。

"我还有更重要的任务给你呢!"沈致远朝小王招招手,让他把耳朵凑过来。

"你把这份名单交给赵文书,让他通知名单上的人开会。然后,再根据这份名单……"沈致远压低了声音,又把另一份名单交给了他。

"听明白了吗?再重复一遍!"沈致远要确保万无一失。

小王一五一十地重复了一遍,沈致远这才放心。

"这份名单是给赵文书的!这份名单是你之后要做的,千万不能告诉其他无关的人,这是命令!"沈致远叮嘱道。

"是!"小王这才转身出了门。

漆黑的夜晚,钱记酒坊的后门,一个黑影悄然而至。

他看了看四下无人,便开始有节奏地敲起了门。

"笃笃……笃笃……笃笃笃……"两个两声长,一个三声短,有节奏的敲门声在黑夜里回响着。

敲门声刚落,门就"嘎吱"一声打开,门内的人显然已等候多时了。一双强有力的大手伸出来,一把把那个黑影拽进了门。

"等你好久了,怎么这么迟才来?"一个低沉的声音响起,正是钱记酒坊的管家丁卯。

"这不全城都有日本巡逻队吗!避开可不容易啊!"

"是要小心!探听到什么消息了吗?"丁卯问道。

"'台湾医院'撤离的时候,在酒坊巷藏匿了一批血清针,共产党和日本人都在找这批物资。"

"具体藏匿地点?"丁卯问道。

"不知道!只是我听原来知道情况的人说过,血清针的存储温度不能超过二十五度,保质期一个月。"

"一个月？二十五度？"丁卯重复道。

"嗯，没错！"那个黑影回答道。

"好！你继续打探，有消息及时报告！"丁卯说道。

"是！"那个黑影利索地答应后，转身离去。门在他身后悄无声息地关上，仿佛一切都没有发生过。

夜晚八点，小山村已经陷入黑暗之中，临时指挥所的屋子还亮着灯。

沈致远和五六个人在桌前团团围坐，文书赵钟为则在一边站立着。

"同志们，今天我们开一个队长会议，有紧急且重要的工作要部署。大家是否还记得，前段时间我说过的代号为'虞美人'的秘密行动？"沈致远划亮一根火柴，点燃手中的烟斗，"吧嗒吧嗒"地吸了几口。

在座的人纷纷点头。

"告诉大家一个好消息，血清针已经找到了！"沈致远脸上露出喜色。

"太好了！这下根据地有救了！"一个人重重地鼓了下掌，他是副大队长徐天立。

"没错！这血清针对我们根据地来说太重要了！"沈致远点头道。

"消息是否可靠？"另一个人露出怀疑的神情，他叫杨本初，也是副大队长。

"老杨，绝对可信！已经约好明天晚上九点，在金华城东五里地外的破庙交货。"沈致远信心十足的样子。

"那里应该是日军的控制区域，我们要万分小心才是！"徐天立担心地说。

"对!所以我今天让大家过来,就是要对行动进行部署!"沈致远看着大家。

"队长!您下命令!"大家异口同声地回答。

"好!我现在说下分工:老徐,你和我带五名同志提前半小时到达指定地点负责接货;老杨,你带五名同志负责四周警戒;小萧,你带十名同志在破庙东面两里处接应!其余人在根据地待命!大家听明白了没?"沈致远看来是经过深思熟虑的。

"只带五个人去接货够不够?遇上了日本兵怎么办?这太危险了吧!您可是我们的主心骨,万一有什么闪失……"徐天立不无担忧地说。

"老徐,你就放一百个心吧!人多目标大,反而更容易暴露!我们神不知鬼不觉地就把货接回来了,日本人怎么可能知道我们的行踪?不过大家千万要记住,这是绝密行动,出发之前不能走漏任何风声!"沈致远胸有成竹地说。

"沈队您是一队之主,不可以身涉险,要不还是我带人去吧!"徐天立提议。

"老徐,这么多风风雨雨咱都过来了,这算啥?这批物资十分重要,又是我单线联系的,亲自去走一遭才心里踏实,就这样吧!"沈致远一锤定音。

"那么其他参与行动的同志怎么办?什么时候告诉他们?"杨本初问道。

"先原地待命,出发前半小时再告知吧!"沈致远回答。

午夜时分,万籁俱寂,沈致远依旧静静地坐在桌前。

桌上放着他多年来随身携带的手枪,乌黑的枪身,已经被磨得锃亮。虽已是深夜，但此刻的他不但没有一丝睡意，反而更加清醒。他在等，等一个结果……

"报告！"小王清脆嘹亮的嗓音在门口响起。

沈致远急切地问道："别磨磨蹭蹭的！赶紧进来说！"

小王走到他耳边，咬着耳朵嘀咕着。沈致远边听边点头，脸上露出了满意的笑容。

"另外几个人有没有异常？"他问道。

"没有！"

"好！我们一起去那边，守株待兔！"沈致远一把操起桌上的手枪揣在兜里。

深夜的山村，村民们早已进入了梦乡。在夜幕的掩护下，这里俨然成了动物们的天堂。近处，时不时传来几声狗吠，紧接着，稍远处的狗也开始不甘示弱地叫了起来，好像相互之间在较着劲儿似的，一时间狗叫声此起彼伏，狗声鼎沸，从起先的独奏变成了三重奏、四重奏，最后变成了大合奏，热闹非凡。成群的萤火虫在天空中四处飞舞，忽明忽暗的亮光在夜空中仿佛成了星星点点的银河。路边的水塘里，几只青蛙在"呱呱呱"地叫着，欢快地享受着属于它们的宁静时光。杂草丛中，几只蟋蟀"瞿瞿瞿"地鸣叫着，等人的脚步声越来越近的时候，才极不情愿地将叫声硬生生地憋住，只留下"瞿……"的一声长长的尾音。

沈致远和小王摸着黑，一脚高一脚低地走在村子的石板路上。不多会儿，便来到了一间小房子前。他们停住了脚步，悄悄躲在一片灌木丛后面。

小房子的大门紧闭，窗户里没有一丝光亮，根本无从知晓里面是否有人。

"你确定屋里没人？"沈致远压低喉咙问小王。

"有人来报告过的，绝对能够保证！"小王回答得很干脆。

"那好！我们就别在外面喂蚊子了，进屋等去！"沈致远说道。

两人从树丛后闪身出来，猫着腰蹑手蹑脚地向屋子摸过去。尽管刚才小王拍着胸脯保证屋里没人，但沈致远觉得还是小心为妙。

两人来到门前，小王推了推门，门纹丝不动。沈致远就着夜色看了看门上的锁扣，发现并没有上锁。

"咦，奇怪了！里面不是没人吗？外面又没有上锁，怎么会推不开？难道门从里面被反锁了？莫不是里面有人……"小王轻声嘟囔着。

"嘘……"沈致远把食指放到嘴边，做了个噤声的手势。

小王急忙闭上了嘴。

沈致远掏出兜里的手枪，朝着窗户指了指。两人悄悄摸到窗台前，小王直起身子去拉窗户，沈致远则拿着手枪站在窗边。

"嘎吱"一声，窗户居然被拉开了。小王吓得急忙把身子往后一缩。两人低头侧耳倾听了会儿，里面还是悄无声息。

"我爬进去看看……"小王轻声说道。

沈致远点了点头："小心点，有紧急情况可果断开枪！"

沈致远轻轻推开窗户，小王掏出手枪并打开保险，双手撑着窗台纵身一跃，便轻手轻脚地跳上了窗台，随即直接跳进了屋内。从小习武的他，身手确实敏捷。

沈致远在窗口站着，心都快跳到嗓子眼了。

小王站稳脚跟，过了一会儿眼睛才适应屋内的黑暗。他隐约

151

看见了床的轮廓，床上似乎有个人躺着，于是轻手轻脚摸黑过去。

他屏住呼吸来到了床边，凑近一看，才发现床上只有一床铺成人形的被子，却空无一人。

他又检查了床下和四周，确定没有人后才松了口气。

沈致远在屋外等得正急，突然大门打开，小王的头从里面探了出来，轻声喊道："队长，快进来。"

沈致远急忙进了屋，小王把门闩插上。

"这家伙果然狡猾，故意把门闩上，然后从窗户跳出去，造成人还在屋里的假象，真是太有心机了！"小王说道。

"再狡猾的狐狸也逃不过猎人的眼睛！我们在这里慢慢等着。"沈致远拿过一张凳子在窗户边坐下，小王也坐在窗户的另一边。

两人静静地坐着，虽然已有些疲倦，却不敢闭眼。等待是种煎熬，特别是不知道要等多久的时候。

不知过了多久，窗口突然有了响动。沈致远和小王警觉地站起身，枪口直直对准窗口。

"嘎吱"一声，窗户被缓缓地推开，半个身子从窗户探进来。当他正要钻进黑洞洞的屋子时，却发现有两个人在黑暗中站着，着实吓了一跳。他顿觉情况不妙，立即想抽身回缩，可为时已晚。沈致远和小王哪容他逃跑，一个人拖着他的一条胳膊，硬生生将他拽了下来，直接按在了地上。

那人不停挣扎着，沈致远跪在他身上，用枪顶着他的脑门，大声喝道："不许动！给我老实点，再动毙了你！"

那人被吓住了，立即停止了挣扎。

小王拿出绳子，将那人双手反绑，下了他的枪插在自己腰间。

沈致远见一切尽在掌控之中，这才说道："赵文书，我们在此等候多时了！这三更半夜的不睡觉，你可真够辛苦的啊！"

原来，此人正是队里的文书赵钟为。

"原来是沈……沈……队长啊！自己人，自己人，误会，误会了！"赵钟为脸上掠过一阵惊慌之色，却又故作镇定。

"自己人？能告诉我，你这三更半夜的唱了出'空城计'，上哪儿溜达去了？"沈致远冷笑一声。

"我……这不是明天有重要任务，睡不着觉出去溜达溜达吗……"赵钟为吞吞吐吐地说道。

"哼！你当我们是傻子呢？出去溜达还需要跳窗进出？还需要铺着被子假装床上有人啊？"沈致远语气中带着讥讽。

"这不是因为怕有敌人来吗……"赵钟为解释道。

"只怕是，把我们当成敌人了吧！"沈致远目光如剑，面色冷若冰霜。

"怎么会啊，队长，我们可是同甘共苦的革命同志啊！"

"你就别给我装了，我看你是不见棺材不落泪！小王，你去把他后面的'小尾巴'请进来！"

小王打开大门喊道："老方，队长让您赶紧进来呢！"

"好咧！"话音刚落，一个剽悍的汉子便如风一般进了屋，正是一中队的队长方文正，他显然是在门口守候多时了。

"老方，说说情况吧！"沈致远不动声色地说。

"沈队长，我接到小王带给我的口信，说是让我等你们开完会，带个可靠的人悄悄盯着赵钟为。"方文正说道。

"没错，是我下的命令！"沈致远点头。

"我接到命令后，就带着一个可靠的同志跟着赵钟为。他开完会回到住处后,我们就躲在暗处盯着。本以为会一夜无事,没想到没多久,就见他从窗户里爬了出来,往村口方向去了。"

"他要去的地方,应该远不止村口那么近吧?"沈致远插话道。

"沈队长您说得没错!我赶紧让另一位同志给小王报信,自己则远远地跟着他。"

"你辛苦了,这山路晚上盯梢可真不容易。"沈致远点点头。

"我看见他一路有意避开我们的岗哨,就在想,这家伙肯定不是去干什么好事!"

"那是绝对的!"沈致远说道。

"沈队长真是料事如神!这家伙一路飞奔,迫不及待往前赶,最后竟然到了一个我做梦也想不到的地方!"方文正看着赵钟为,露出了鄙夷的眼神。

"他去了哪里?"小王在边上好奇地问道。

"他居然去了鬼子的碉堡!你这狗日的叛徒!"方文正狠狠地朝赵钟为吐了一口唾沫,恨不得上去狠狠地踹上一脚。

"接下来,应该轮到你老实交代了吧,你去做啥?"沈致远拉下脸来。

赵钟为知道大势已去,如同泄了气的皮球:"你是怎么知道队里有卧底的?"他自以为行事缜密,却没想到沈致远棋高一着。

沈致远微微一笑,拿出了他根据唐振华的消息转译过来的纸条。机灵的小王早已把油灯点燃凑了过来。

赵钟为定睛一看,上面写着:代号泄露,有叛徒。可假借接应针剂除之。

"这是我们派去的同志传回来的信息。当然了,你可能永远都不会有机会知道他是谁！你向鬼子通风报信，却没想到弄巧成拙，还把自己也搭进去了！"

赵钟为摇了摇头。他怎么也想不到，自己隐藏得这么深，行事又那么谨慎，他们怎么会知道队里有奸细的？

"你又怎么知道是我？"赵钟为还是不甘心。

"虽然我们之前行动屡次失败，但我也只是怀疑而已。这次'虞美人'行动前，我有意小范围透露了一点信息，就是想放长线钓大鱼，把奸细查出来。能够知晓此事和行动代号的，就只有我和其他几位副队长，当然还有你。因为你是文书，许多事都少不了经你的手。"

"原来，你那天是故意透露'虞美人'行动代号的，目的就是引我上钩！"赵钟为难掩一脸的沮丧。

"应该说是'姜太公钓鱼，愿者上钩'！一开始，我也不知道那个奸细就是你！但我知道奸细应该就在这几个知晓行动的人当中。所以，我晚上让你通知这些人来开会。但你肯定不会知道，我让小王给你名单的同时，又给了小王另一份名单。小王，你来说吧。"沈致远说道。

"是！在沈队长给我的另一份名单中，队长又在每个参加会议的人员后面加了一个名字。比如说，在你赵文书后面加的，就是方文正中队长。这下你应该明白了吧？"小王笑着对赵钟为说。

"然后，你故意在会上对接应血清针做出安排。你就算准了内奸一定会去通风报信，只要派人盯着参加会议的每个人，就自然而然地能够顺藤摸瓜找出奸细了。沈致远，我看错你了，我一直以为你不过就是个大草包，没想到你居然这么有心机！"赵钟为有些气急败坏起来。

"呵呵，经过残酷革命斗争的反复洗礼，总会不断进步的！再说了，我这不是还有位高参在吗！"沈致远想起了唐振华，露出了一丝欣慰的笑容。

沈致远话锋一转："其实，真正瞎了眼看错人的，应该是我！我无论如何也想不到，身边竟然还暗藏着你这头凶狠的豺狼！你为什么放着好好的阳关道不走，却一定要去过这独木桥？"

"我本就没有什么救国救亡的远大抱负，只不过被形势裹挟走上了这条道路而已。日军没有发动战役之前，我在城里生活，偶尔参加一些革命活动，小日子也还算过得去。但是你看看现在，这还是人过的日子吗？你又哪里知道，我家中的老母亲都已经断粮了。俗话说'人为财死，鸟为食亡'。一次偶然的机会，我和日本人牵上了线，他们许我高官厚禄，我又何苦守着这清贫的日子呢？"赵钟为还振振有词起来。

"你投敌叛变还有理了？你参加革命时的革命理想呢？你如果真的不想干了，滚蛋当逃兵就完了，又何必要当叛徒，还反过来害自己的同志？"沈致远说到这里，恨不得一枪毙了他。

"成者王侯败者寇，今天既然栽在你手里，我也无话可说！"赵钟为黯然。

"你老母亲有困难，你尽可以提出来！可万不该做出通敌叛变的事！小王，把他押下去，严加看管！"沈致远命令道。

"沈队长，看在我跟您这么些年的分上，能不能答应我一件事？"赵钟为走到门口，突然回头说道。

"你说！"沈致远示意小王稍等。

"能不能不要把我的事情告诉我老母亲，也不要在我们村子里张扬？我怕她那么大年纪，经受不住打击！"赵钟为恳求道。

"唉……早知如此,又何必当初呢?你母亲年纪轻轻就守寡,一把屎一把尿把你拉扯大,本希望你能成为栋梁之材。不承想,你居然置国家利益与民族大义于不顾,甘当日本人的走狗!你对得起含辛茹苦将你抚养大的老母亲吗?"沈致远气愤不已。

赵钟为听了,羞愧地低下了头。

"你走吧,我答应你,会对她隐瞒真相的!"沈致远朝他摆了摆手。

"谢谢队长!"赵钟为"扑通"一声跪下,磕了一个头,然后起身,在小王的押解下离开了。

墓地的亭子里,柳媚不禁拍手称快:"这叛徒太可恶了,终于把他给捉住了!"

"不过,我还有一个疑问,他既然偷偷跑出去报信了,为什么还回来?"她问道。

"我想日本人是怕游击队会产生怀疑进而取消行动。对于他们而言,一个叛徒的性命根本就是微不足道的!"

"有道理!他以为自己没暴露,总想着能侥幸过关,却没想到天罗地网在等着他!对了,他后来怎么样了?"柳媚问道。

"后来经过大队讨论,大家一致认为,他的叛变给游击队造成了巨大损失,实属罪大恶极,所以判了他死刑,以告慰那些牺牲的同志们的在天之灵。"

"唉……他可能知道自己死到临头了,所以才会提出那种请求。"柳媚摇了摇头。

"沈致远也是说到做到,对他仁至义尽。他一直瞒着赵钟为的母亲,说她儿子是在一次意外中不幸遇难的。老人家至死也不知道真相。"

"这赵钟为叛国投敌是为不忠,不尽孝道是为不孝,出卖战友是为不义,如此不忠不孝不义之徒死不足惜,只是可怜了生他养他的母亲!"

第21章

月亮刚匆匆落下,太阳已急切地在东方崭露了头角。

早晨对于有着悠久早茶历史的游埠古镇来说,总要比其他小镇来得更早一些。

这座位于金华兰溪的小镇,历来是浙赣闽皖交界处重要的农副产品集散地和商埠重镇,素有"钱江上游第一埠"之美誉,被认为是浙江四大千年古镇之一。

清晨时分,热闹的游埠早茶集市已是人头攒动。顺着路边摇曳的店幡望过去,一张张木桌从巷口开始首尾相连,一直延伸到了巷子深处。

唐振华坐在一家早茶店门口的条凳上,看着店家辛勤忙碌着,炉火中的酥饼一个个都被炙红了脸,泛着诱人的金黄;肉饼在锅中被反复翻腾着,油滋滋地流着香;一个佝偻着脊背的阿婆,颤巍巍地提着水壶,忙碌地为大家斟着水。

唐振华之所以选择游埠作为新的栖身之地,首先是出于安全方面的考虑。经历了那惊心动魄的一晚,日本人明显加强了对酒坊巷一带的盯防,他再待下去恐怕会有比较大的危险,更不要说完成任务了。这游埠离城市有一定的距离,南来北往的人却不少,可谓龙蛇混杂,是比较理想的藏身之所。

让唐振华选择这里的另一个重要的原因是，游埠就像他的家乡，要想享受幽静，便可以在临水的茶馆沏上一壶茶，安安静静地坐上一个上午，看水波轻漾，领略青砖黛瓦的岁月痕迹；要想去热闹一番，也可以在古街四处闲逛，在熙熙攘攘的人群中，感受人间的烟火气息。如果没有战乱，他会非常乐意选择这里作为安家之地。

当然，他此行还有一个目的，就是为游击队采购生活用品和农产品，而游埠正是重要的农产品集散地和商贾集聚之地。

随着日头高起，古镇也变得愈发热闹起来。

一大早，元魁就驾着马车来到游埠，给一家老主顾送酒。

他无意中瞥向不远处的一家早茶店，发现一个熟悉的背影正坐在条凳上，看似悠闲地看着报、喝着早茶。那人，竟是唐振华！

元魁下意识地摸了摸脖子上的貔貅吊坠。他犹豫了下，没有上前去和他打招呼，而是冲着店老板喊道："哎，老板，你要的酒我放这儿了啊！"

店老板听到叫喊声出来迎接，见是元魁，连忙说道："是元掌柜啊！怎么亲自过来送货啊？"

自从金九妹下嫁元魁的消息一传十、十传百地传开以后，就有许多人开始改口叫他"元掌柜"了。

"嗯……最近店里的伙计不够用了！再说了，我以前不也经常来送货吗？"元魁对这个称呼还不太适应，他总觉得一切都没有变化，来送货也是再正常不过的事。

元魁悄悄地把店老板拉到一边，偷偷指了指不远处的唐振华问道："你认识那个人吗？"

店老板瞅了一眼，满是羡慕地回答道："听说是从上海来的大老板，要采购许多物资，在这转悠好几天了，不知道谁家要发财了。"

元魁望着唐振华的背影，若有所思地轻轻点了点头。他考虑了再三，还是没有过去和唐振华打招呼。

金华日本宪兵队武田春树的办公室。

办公桌上依然铺着一张宣纸，旁边放着的，还是那本《多宝塔碑》。

武田手握毛笔，一笔一画地临摹着，态度虔诚。这阵子下来，他总觉得自己的书法好像遇到了瓶颈，很难实现突破。都说练习书法需要静心，看来自己身处军营，要想静下心来潜心练习，还真不太现实。

武田搁了笔，轻声叹了一口气："唉……"

"报告少佐！钱记酒坊的钱掌柜到了，在门口等候！"门口桥本的声音将武田的注意力拉了回来。

"都进来！"武田没有好气地回答道。

桥本和钱大有进了办公室。钱大有躬身给武田作了一个揖："不知武田少佐唤小的过来，有何吩咐？"

"最近在酒坊巷，可有什么不寻常的事情发生？"武田盯着钱大有的眼睛问道。

"这……"钱大有沉思着，不知道武田有何用意。

"你吞吞吐吐的，难道是心里有什么鬼？"武田的语气突然变得十分凌厉。

钱大有连忙跪下："小的不敢，小的不敢！小的只是不知道少佐指的不寻常……是指哪方面？"钱大有试探地问道。

"你别在老子这里耍花腔！有没有什么对皇军不利的事情发

生，有没有不明身份的人在酒坊巷转悠，有没有人前来采购大量的生活物资？"武田提高了嗓门。

"少佐，这个，小的只管规规矩矩做生意，这些事情倒是真的没有留意……"钱大有一个劲地磕头。

武田看着钱大有这个熊样，估计也问不出什么来了，就朝他挥挥手，恶狠狠地说道："有反常情况，要及时报告！要是敢在皇军这里藏着掖着，有你的好看！"

"是，是！小的记住了！"钱大有磕了几个响头，这才诚惶诚恐地起身离去。

"桥本，酒坊巷那边的密探，有没有什么发现？"武田一直等钱大有完全没了踪影这才问道。

"报告少佐，最近那边消停得很，估计是那天少佐杀一儆百，起到了很好的震慑作用！"桥本还是逮着机会就拍马屁。

"你可千万别低估中国人的反抗意志和决心！轻视敌人，是要付出惨痛代价的！"武田教训道。

"这帮'东亚病夫'在我们大日本帝国的神勇武士面前，根本不堪一击！"桥本轻蔑地说。

"现在我还真希望他们能够有所行动，这样才能借机抓住他们的把柄，好将他们一网打尽！"武田对桥本的说法不以为然。

"是是是！少佐言之有理！少佐，您的书法技艺，可是越来越精湛了啊！"桥本伸长脖子看了眼桌上的字。

"雕虫小技，不足挂齿！我这也只能是自娱自乐，根本登不了大雅之堂！"武田嘴上虽这么说，脸上却露出了一丝笑容。

说话间，外面一个日本兵跑了进来，朝武田一个立正，敬了个礼，双手呈上一个文件夹："报告少佐！16号岗楼发来加急密电！"

武田接过打开一看，片刻工夫，就忍不住大笑起来："哈哈哈……关键时候送上大礼，也没枉费我一番苦心栽培，总算派上用场了！"

"少佐，何事这么高兴？"桥本不禁好奇起来。

"你们知不知道，为什么我一直不让你们在酒坊巷搞出太大的动静来？要不是那天我们的两个暗探被杀了，我也绝对不会前去兴师问罪的！"武田故作神秘道。

"属下着实不知其中原因！"桥本低头说道。

"我告诉你，我在共产党的根据地内部，精心培养了一个卧底，我之所以一直按兵不动，就是在等他的情报。你们这帮蠢货，却老是喜欢轻举妄动，还搞出那么多事情来，差点让我的计划全盘泡汤！"武田得意地说。他手上拿的不是别的，正是赵钟为偷偷进入岗楼发来的密电。

"这么说，我们找到血清针并抓获金华的地下党，是指日可待的事了？"桥本像嗜血的野兽闻到了血腥味，一下子变得兴奋起来。

"何止于此，我们还能借机一举抓获游击队的头头！"武田高兴得差点手舞足蹈起来。

"这不就是中国人所说的'一……箭……三雕'吗？"桥本在说"一箭三雕"的时候，还特意结结巴巴地说了汉语。他在中国待了这么几年，多少也学了几句。

"你这小子中文还是有进步的嘛！对，就是一箭三雕！我本来想等在金华站稳脚跟以后，再集结部队全面扫荡共产党的浙东根据地。但那边山高路远，道路崎岖，大部队进去，行进速度不快,等到了那边,共产党早就化整为零,在大山中逃得无影无踪了。如果我们派小部队悄悄进去,虽然动静小,但极易遭到埋伏,一不小心就有可能全军覆没。所以,我们一直找不到合适的机会动手。现在,他们为了接应这批'鼠疫针',连头头也不顾一切出山来了,这不是天助我也吗?哈哈哈!"武田越想越得意,不禁放声大笑起来。

"少佐,这是不是叫作'擒贼……先……擒王'?"桥本被武田表扬了以后,说汉语的信心大增。

"对对!你这家伙,进步不是一点点啊!"武田表扬道。

"少佐,那我们什么时候行动?"桥本开始按捺不住杀戮的冲动,有些迫不及待起来。

"你马上通知下去,半小时后到会议室开会,要严格保密,切莫走漏风声。"武田特别吩咐道。

"是!"桥本得令转身出去。

第 22 章

金记酒坊的院子里,补种的月季花随风摇曳,竞相争艳。微风吹过,空气中传来幽幽花香,时浓时淡。

金九妹和元魁没有时间欣赏这些美丽的花,他们正在拣红曲里的杂物。元魁几次看着金九妹想和她说点什么,可每次都欲言又止。

金九妹眼睛的余光早已瞥见了元魁的异常,终于忍不住说道:"魁哥,你什么时候变得婆婆妈妈了?想说什么别藏着掖着!"

元魁见自己被看破,有些不好意思,于是清了清嗓子说道:"什么也瞒不过你的火眼金睛啊!你猜我在游埠看到谁了?"

"谁啊?你还学会卖关子了!快说呀!"

"是唐振华!"元魁说道。

她的脸色一变,停顿了片刻,又开始挑拣杂物。

元魁继续说道:"听说,唐振华是上海来的大老板,手头有大生意的订单。"

"魁哥,你到底想说什么?"金九妹看了他一眼。

元魁于是不再扭捏:"九妹,对于做生意的人来说,来的都是客,哪有把送上门的生意往外推的道理?"

元魁一边小心翼翼地说着,一边留意着九妹的脸色。

"再说现在是乱世,有生意就不错了,咱多挣点钱干啥不好?几个伙计都靠着咱这酒坊为生,我们以后用钱的地方也多了去了。"元魁兴许是看到九妹的脸色不算太差,才敢接着往下说。

金九妹没有说话,但看上去有所触动。

元魁依然喋喋不休地说着:"协会那边要用钱,酒坊开支也需要钱,酒坊现在账上的钱已经不多了,我看恐怕是撑不过这个月了。"

元魁总算是把憋了许久的话一股脑儿地说了出来,可金九妹还是一言不发。

过了许久,金九妹总算开了口:"让我再好好考虑考虑吧!"

金华日本宪兵队驻地会议室。

武田一身挺括的军服,靠在长条形会议桌一端的椅子上。

会议桌两边,正襟危坐着五六个日本军官,桥本、村上也都在其中。本次会议,武田并没有让章涵义参加,主要是因为在座的都是日本人,不需要中国翻译,而且他还有自己的小九九:此事关系重大,这章涵义毕竟是个中国人,少一个人知道也就少了一分走漏风声的风险。

武田清了清嗓子,干咳了几声说道:"各位,自从我威武神勇的大日本皇军占领金华以来,虽然国民党军队弃城逃跑,但共产党的地下党和游击队的骚扰,却给我们带来了不少麻烦。我们一直在等机会,等一个可以将他们彻底铲除和连根拔起的机会。今天,这个机会终于来了!"

他用手重重捶了下桌子,又举起了拳头。几个日本军官都打起精神,屏住呼吸,竖着耳朵仔细听着。

"今天,我得到了绝对可靠的情报,共产党的地下党和游击队将于今晚九点,在金华城东五里地的一座破庙接头,移交一批治疗鼠疫的血清针。这是一个千载难逢的好机会,我们可以利用这个机会将他们一网打尽。"他两眼放光,仿佛已经看到了胜利在向他招手。

"下面,我命令……"他突然站起了身。

"嗨!"那些军官们急忙跟着站了起来,并保持着立正姿势。

"今晚,我们提前一个小时到小破庙四周埋伏,杀他们一个措手不及!桥本,你和我带领三十人,埋伏在破庙四周,缉捕现场人员,能抓活的尽量抓活的,不行就当场击毙。村上,你带二十人埋伏在破庙东面一里处,伏击他们的接应人员,格杀勿论。石井你带领二十名士兵,守在破庙西面一里处断后。大家先按兵不动,等他们全部进入包围圈,以我枪声为令,将他们一网打尽!"武田明显事先已经做好了功课。

"报告少佐!不知道他们有多少人参与行动,我们一共才出动七十人,会不会太少?是不是需要再调些兵力过来?还有,他们九点接头,我们提前一个小时到达指定位置够不够?需不需要再提早点?"桥本问道。

"桥本,你是在质疑我的指挥能力吗?"武田板起了脸呵斥道。

"少佐!下官不敢!"桥本赶紧弯腰鞠躬,一直把头低到了肚子那里。

"那我告诉你,我这样安排自然有我的道理!这次我得到的线报,是绝对可靠的!我可不想别人抢了这唾手可得的功劳!你们可知他们一共出动多少人?只有区区二十人!我们七十人,是他们的三倍多,而且我们完全可以攻其不备。桥本,你真以为我们宪兵队是吃素的？"武田铁青着脸。

"少佐！属下错了！"桥本再次弯腰鞠躬。

"知晓的人越多就越容易走漏风声，一旦走漏了风声就势必前功尽弃！所以提前一小时布控，已经绰绰有余了！接头的双方昨晚才定好时间，这批血清针对他们又这么重要，怎么会轻易更改计划？所以一来没必要提前这么久，二来也没必要兴师动众。"武田得意地说。

"少佐高明！"桥本应声道。

"各位，成败在此一举，我们报效天皇的时候到了！大家各自行动吧！"说完，武田转身肃立，充满虔诚地向墙上天皇画像敬了一个军礼。

"嗨！"其他军官见状，也一起敬礼。

浙东抗日根据地的指挥所，杨本初、徐天立等几个副大队长围坐成一圈，一脸的茫然："怎么回事，不是昨晚刚开完会，今晚九点行动吗？难道是又有变化了？"

"就是！沈大队长在哪儿呢？"徐天立奇怪地问。

"往常开会，都是赵文书来通知的，今天怎么没见他人？"杨本初也觉得有些蹊跷。

"赵钟为以后都不会来了！"沈致远悠闲地抽着烟斗，抬腿跨过门槛走了进来，警卫员小王紧跟其后。

"赵文书他怎么了？"几个副大队长面面相觑。

"赵钟为这个狗东西！他是个汉奸，是叛徒！"小王快人快语。

"啊？！"众人从椅子上蹦了起来，一个个惊愕得把嘴张得老大。

"大家都坐下！别着急！"沈致远示意大家少安毋躁。

"怎么回事，沈队长？"众人已经被吊足了胃口，哪里安静得下来。

"大家别急，听我和大家详细说。大家有没有觉得奇怪，最近我们的行动屡屡失利，还损失了好些弟兄，到底是什么原因？"沈致远问道。

"难道，都是赵钟为走漏的风声？"杨本初想到刚才小王的话。

"说得对！这就是问题的根源！正因为如此，我们在敌人面前才像个'透明人'。"沈致远说道。

"奶奶的，真是看不出来！这赵钟为一副白面书生、道貌岸然的样子，没想到却是个货真价实的汉奸！"徐天立拍案而起。

"这个人面兽心的东西，居然隐藏得那么深！沈队长您是怎么发现的？"杨本初问道。

"我也是通过两次连环计，才挖出这个大毒瘤的！倒是昨天晚上委屈了在座的大家，让你们在毫不知情的情况下帮我上演了一出精彩的锄奸计，还让你们也成了被监视的对象。请大家见谅！"沈致远朝大家拱拱手，把事情的经过原原本本地说了一遍，不过隐去了可能使唐振华暴露身份的信息。

众人听了，无不拍手称快。

"赵钟为这个狗汉奸，该怎么处理？"大家纷纷说道。

"他已经被关押起来了！但是现在，我们有更重要的事情要做！"沈致远说道。

"我们要做的事……应该是将计就计！"徐天立接过话茬。

"哈哈，知我者，天立也！"沈致远仰天大笑。

原来，沈致远是想借赵钟为给日本人传递的假情报，狠狠教训一下日本人。

"沈队长，您下命令吧！"大家纷纷摩拳擦掌，这段时间未尝胜果，把大家都憋坏了。

"好！我等的就是大家这句话！"沈致远一脸振奋。

"根据赵钟为给日本人提供的假情报，我们和城里同志的接头时间是晚上九点。我估计，日本人会提前一到两个小时在现场布下埋伏。我们要赶在日本人之前，提前织好口袋，等他们来钻！"沈致远接着说道。

"那我们要出动多少人马打这一仗？"徐天立问道。

"按照我们昨天晚上开会的部署，一共出动多少人数，大家还记得吗？"

"庙里接头和周围警戒各五人，接应十人，加起来不过二十人。昨天晚上我还担心人太少了呢！"徐天立算得飞快，现在他才搞清楚当时沈致远用的是疑兵之计。

"对！老徐，看来你参加革命之前这账房先生还真不是白当的啊！"沈致远笑着说道，引得众人也发出由衷的笑声。

"据我分析，敌人会针对我们的部署，安排三四倍于我们的兵力设伏。"沈致远说道。

"万一敌人倾巢出动怎么办？"杨本初不放心地问道。

"我谅他们不敢，也不会！你们想，他们一旦倾巢而出，金华城防空虚了怎么办？对日本人来说，守住金华城可比这血清针和肃清地下党、游击队重要多了。还有，日本人对自己的武器和作战能力非常自负，他们一定会认为用三到四人对付我们一人，应该是绰绰有余了。再加上，他们以为我们在明处，他们在暗处，可以打我们一个措手不及。"沈致远深谋远虑地说。

"我们目前能够迅速集结的力量有多少？"沈致远问道。

"我这里三十人！""我这里二十五人！""我这里四十人！""我这里三十人！"……大家纷纷报数。

"好！我刚才粗粗算了下，我们能够马上集结的力量有二百人左右，我们挑选其中的精兵强将一百八十人，分成三组：第一组八十人由我带领，在破庙附近占据有利地形设伏；第二组五十人由徐副队长带领，在金华城通往破庙的必经山谷进行埋伏，对来破庙的敌人予以放行，专打殿后和撤退之敌；第三组五十人由杨副队长带领，在破庙以东一里地我们回根据地的路上断后。大家记住了，速战速决，鬼子能消灭多少就多少，切不可恋战，明白了吗？"沈致远边说边在地图上比画着，一副运筹帷幄的样子。

"是！"大家齐声回答道。

"好！现在大家分头行动，召集好人马原地待命！注意，保密仍然是需要的！"沈致远冷静地下达着命令。

游埠古街，金九妹孤身一人前来。

她按照唐振华留下的地址，沿着曲曲折折的石板路，在幽深隐蔽的小巷尽头，找到了那家古色古香的茶馆。这是一幢典型的徽派建筑，白墙黑瓦，高高的马头墙矗立着，朴素又大气。镌刻着"清幽茶馆"四个大字的牌匾，高悬在门墙入口处。

她进了门，跨过小桥流水，迎面就是茶室的大厅，一张张四方桌整齐地摆放着，椅子上三三两两地坐着几位茶客。

大厅正中，是一个小小的戏台，上面放着一张低矮的案几，案几的后面，一位鹤发童颜、仙风道骨的老先生安然地坐着，正口若悬河地说着书。只见他捋了一把雪白的山羊胡，环视了一圈：

"各位看官，今天我和大家说的是金兰会战中发生的一件大事。说之前我有个请求：希望大家出了这个门，就忘了这门里的事，不知大家可否答应？"

看到在座的纷纷点头同意，老先生这才抑扬顿挫地开始说道："今天我要说的故事，和日军第十五师团中将师团长酒井直次有关。话说这酒井可是中将军衔，是日军元老级的人物。他多次率领部队对我抗日根据地进行'扫荡'，推行'三光'政策，所到之处皆为焦土，犯下的罪行罄竹难书。各位看官，且听我慢慢道来。"也只有在这僻静的小巷，在这满眼都是熟客的环境下，他才敢说这个故事。

老先生环顾四周，接着说道："话说民国三十一年也就是1942年5月28日上午，酒井直次骑着高头大马，被一群日本兵前呼后拥着，耀武扬威地来到兰溪以北三里路的一个三岔路口。这时，他发现附近有一座小山包，心想这处山包是附近的制高点，正好可以登高察看地形，于是便策马扬鞭跑了过去。可未承想，就在这酒井直次准备爬上山坡时，只听'轰'的一声，冷不丁响起了爆炸声。大家猜怎么着？"

"怎么着？"大家伸长脖子齐声问道。

"国军在撤退时，如有神助般地估计到日军可能会利用这个制高点来察看地形，于是就在山坡上埋了地雷。酒井直次的坐骑不偏不倚踩中了地雷，一时间弹片和沙石腾空而起，这酒井直次被炸得人仰马翻，重重摔到地上。"

"炸得好！炸得好！"大家一起鼓掌，异口同声道。

"酒井直次的坐骑被当场炸死，他本人的左脚被炸碎，左腿皮肉绽裂，血流不止！日军一片混乱，高呼：'师团长被炸了！

师团长被炸了！'"老先生说得活灵活现，仿佛身临其境一般。

"话说也是这酒井直次命里该绝！之前，他已经让工兵一路排过雷，认为沿途定会安然无恙。在自以为危险被排除后，他把所有的军医都派遣到了前线。就是这一神操作，让他送了命。这不，等到军医大老远赶来，已经是回天无力。酒井直次终因失血过多，而一命呜呼了。"老先生说到最后，声音变得慷慨激昂。

茶客们也是个个精神振奋："死得好！死得好！"

"这应验了中国一句古话，正所谓：善有善报，恶有恶报，不是不报，时候未到。这酒井直次多年来在中国造的孽，终于在咱金华得到报应了！"老先生露出了开心的笑容。

金九妹正听得津津有味，突然感觉背后有人轻轻拍了拍她的肩膀。

她回头一看，正是唐振华。

"你怎么会来这里？"唐振华悄悄把她拉到一旁。

"我……这不是你留的地址吗？怎么，不欢迎啊？不欢迎本小姐告辞了！"说到底她还是怒气未消。

"这是哪里话！怎么会不欢迎呢？要不欢迎，我能把这儿的地址给你啊？我只是觉得有些意外而已！请移步说话！"

唐振华把她带到楼上，打开了角落尽头一个僻静房间的门，进去之后又把门关严实了。

金九妹看了下房间，不过是间普通得不能再普通的客房。

唐振华没有招呼金九妹坐下，而是径直走向一个木柜。

他打开柜门，在里面摸索了一会儿，摸到了一个按钮，轻轻按了一下。柜子缓缓移开，露出了后面的一间小密室。

唐振华拉着她进了密室。金九妹环顾四周，发现室内的陈设依然是简陋不堪：一张破旧的桌子，一盏油灯，一把竹椅，还有一张只够一个人睡的床。

"你怎么变得这么神神秘秘的？"她觉得十分费解。

"烽火乱世，小心点为好！"唐振华自然没法告诉她真相。

"你就住这儿？"她隐隐感到有些心酸，这唐振华也算是大户人家出身，还读过大学留过洋，现如今怎么过得这般简朴？

"不是挺好的吗？又清静又安全！除了茶馆的老板，我还没让其他人进来过呢！"唐振华拿起桌上的水壶，倒了一杯水递给了她。

"你不是上海来的大老板吗？怎么日子会过得如此不堪？"她想起了元魁说的。

"呵呵，哪儿的规矩大老板一定要一掷千金？对了，你到这里来，不会是来问东问西的吧？"唐振华多聪明的人啊，怎么会猜不到金九妹的目的？但他是绝对不会主动再提及的。

"你要的货买到了吗？"果然，她提问了。

唐振华摇了摇头，故意露出一副无奈的样子。

"这批货，你什么时候要？"金九妹接着问。

"越快越好！"

"这白酒的酿造，得有一个完整的流程……"

"得要多久？"

"光发酵就得四五天的时间，酿好的白酒还要经过窖藏，味道才能够醇厚……"

"如果不需要窖藏呢？"

"你确定？"

"嗯！"

要高度白酒,但又不需要窖藏提升口感?金九妹想起前阵子元魁用白酒给唐振华消毒的事情。难道他要白酒,也是同样的用途?

"如果是这样的话,给我十五天的时间应该就可以了!"她回答。

"那好,成交!七十五度以上的白酒,十五天后交货。"

"好!不管你什么用途,我只认钱。一手交钱,一手交货!"

没等唐振华答应,金九妹已走向门口。

唐振华看金九妹一副在商言商的样子,心里很不是滋味儿,叫了一声:"九妹……"

金九妹停住了脚步,转过身来,用她那双楚楚动人的眼睛看着他。

"九妹,这三年来你受苦了,对不起……"唐振华真想把一切都毫无保留地告诉她,但是他不能——最起码现在还不能。

可这话不说倒罢,一说反而勾起了金九妹的无尽伤心事!她的眼泪几欲夺眶而出:"我爹被日本人炸死了,孤立无援,要不是魁哥处处帮着我,我现在可能已经完全垮了!"

"九妹,对不起!以后我定会一五一十告诉你,给你一个交代的!"唐振华内心愧疚不已。

"这都不重要了!我们现在过得很好!"金九妹特意加重了"我们"两个字的语气,眼神中透着无尽的哀怨。

唐振华知道,此时他说再多的对不起,都无济于事,只有保持沉默,才是最佳的选择。

"你也不用再说对不起了,我们之间谁也不欠谁的!从今往后,你走你的阳关道,我过我的独木桥,我们大路朝天,各走一边！"金九妹说罢，便转身离去。此时她再也抑制不住，泪水顺着脸颊流淌了下来。

唐振华呆立在那里，心里却如翻江倒海，过了好一会儿方才回过神来。他出了密室来到窗边，轻轻地把窗户打开一条缝隙，看着她婀娜的背影消失在小巷尽头，心中惆怅不已……

第 23 章

傍晚时分，天色渐暗。

钱记酒坊附近的一个角落里，丁卯戴着一顶鸭舌帽，故意把帽檐压得很低。他的对面有一个人藏在阴影里，只隐隐约约地露出了一片衣角。

"有什么紧急情况？"丁卯问道。

"日本宪兵队今天出动了几十号人，浩浩荡荡往东面去了！"听声音，正是那日在钱记酒坊后门与丁卯交谈之人。

"哦？干什么去了知道吗？"丁卯问道。

"具体不清楚。我在猜，既然是往东面去的，会不会和共产党的游击队有关？"那人短暂思考后回答。

"应该没错！现在是来不及报信了，就看他们的造化了！"丁卯看了看东面方向。

"下一步该怎么办？"那人问道。

"以静制动，以不变应万变！第一，继续打探那批血清针的下落。第二，随时关注日军的动向。"丁卯回答。

"好！最近可不太平啊！"那人叹道。

"有日本人在一天，就不会有太平的一天！你可要注意安全啊！"丁卯提醒道。

"您放心好了！我有数的！"那人回答道。

说完，两人一前一后，装作没有任何交集的样子，分头离开了角落。

金华城东，一队日军披着落霞，悄悄地行进在城外的小路上。武田骑着一匹白马，走在部队的中间位置，不时地四处张望着。

为了避免被城里的地下党发现，武田采取了一些非常之策：为确保不走漏风声，出发前除了几个主要的军官知悉任务外，其他人都一无所知；为分散注意力，从驻地出发前将人员分成三批，出了城再集中；为缩小影响，尽可能避开闹市而选择较为僻静的小巷行军。

部队出了城，行进到一处山谷时，武田举手示意部队停止行进。

"桥本，你带几个人去打探一下，看看有没有埋伏！"多年的战斗经验，让武田始终保持着高度的警惕。

"是！"桥本回答。

"你们几个跟我来！"桥本下达命令。

傍晚的山林，暮霭升腾。鸟儿陆陆续续地回巢，在树梢上飞来飞去，叽叽喳喳地叫着，嬉戏着。

桥本带着人，小心翼翼向山谷走去，边走边留意两边——一切看上去是那么平静。

"报告少佐，经侦察，一切正常！"桥本回来报告道。

"好！我看这林中的鸟儿，似乎没有被惊扰的迹象！"武田点点头说。他当然不会知道，早在一个多小时前，徐天立就带了五十个人，神不知鬼不觉地埋伏在了山谷两侧的密林之中。

"你带二十个人，守住这个山谷断后，保持高度警戒！"武田对身边的石井中尉说道。

"嗨!"石井得令,带领士兵向山谷一侧跑去,不一会儿就消失在灌木丛中。

武田看着他们隐蔽到位,这才下令:"继续前进!"

一行人继续向目的地行进,不多久便来到了破庙。

"桥本,你带几个人去庙里搜查一下,看看有没有异常!"武田指挥道。

桥本带了人往破庙走去,走到门口命令道:"你们两个进去看看!"

两个日本兵面露惧色,硬着头皮,颤巍巍地向庙门走去。

经过多年的风吹日晒雨淋,小庙早已经破败不堪。两个日本兵走近虚掩着的庙门,把耳朵贴近仔细聆听着,里面寂静无声,又透过门上的破洞往里面张望,直到觉得没有异常,这才小心翼翼地去推门。

"嘎吱"一声,庙门被推开。两人端着枪,抖抖瑟瑟地走进庙里。庙的中间,是一尊不知名的菩萨坐像。由于太久无人问津,菩萨像已经残缺,色彩斑驳,还蒙着一层厚厚的灰尘。一张张破败的蜘蛛网横七竖八地从房梁上挂下来,越发显得苍凉和落寞。

两个日本人缩着脑袋、弓着身子转了一圈,发现并无异常,于是向桥本报告。桥本又亲自到里面去转了一圈,这才向武田复命:"报告少佐,现场侦察完毕,无异常!"

"好!带领三十人分散开来,在破庙四周设伏!村上,你带领二十人再向东进一里埋伏!共军来了先不要开火,放他们进来,我们来个瓮中捉鳖!"武田一副踌躇满志的样子。

"是!""是!"桥本、村上分别领命,各自带队行动。

武田哪里想得到，此时沈致远早已带着八十名游击队员设好埋伏，在暗处紧盯着他们。

武田看到村上走远了，这才躲进破庙附近的树丛埋伏。可过了没多久，东面村上去的方向，突然响起了密集的枪声。

武田暗自纳闷：自己不是让村上他们不要开火吗？怎么回事？

这边沈致远对战况却了如指掌：一定是刚才去东面的日军和杨本初带领的队伍交上火了。

沈致远拔出手枪大声喊道："兄弟们，给我狠狠打！"

一时间，破庙四周枪声大作！西面的山谷也响起了密集的枪声——原来徐天立那边也与断后的日军交上了火。

听到四面八方的枪声，日军猝不及防，狼狈不堪。

武田大惊失色，暗暗叫苦不迭："不好！中埋伏了！中埋伏了！"原以为自己在暗处，可未料到，自己现在不仅在明处，还像身处镁光灯下一般，被敌人看得一清二楚！

枪声不断响着，令武田沮丧的是：他根本不清楚敌人究竟有多少，来自何方，在哪里向他们开火。只看到士兵在跟前一个个倒下，没倒下的要么抱头鼠窜，要么匍匐在地，完全没了往日的威风。

"我们被包围了！撤退，赶紧撤退！"武田终于体会到了四面楚歌的滋味，开始歇斯底里地大叫道。尽管他极不情愿，但撤退无疑是当前最好的选择。

武田不知道，村上的处境还要糟糕得多！此时他们已经陷入了包围圈，就像一个个活靶子，完全暴露在游击队的射程之内！武田所辖的人马一旦撤退，村上的队伍势必难逃被"包饺子"的命运。

可武田连自身都难保,满脑子只想着自己如何全身而退,哪里还有精力去顾及村上的安危?

武田带领剩余人马,如同退潮一般,溃不成军。这边沈致远也不再追击,下令部队向东围剿村上带领的日军。随着包围圈的不断缩小,村上所辖部队只有两条路可以选择:要么被击毙,要么乖乖举手投降。

"举起手来!缴枪不杀!我们共产党的部队是优待俘虏的!"杨本初用枪对准一名军官模样的日本人,大声喝道。为了能让对方听懂,他还特意用生硬的日语把前面八个字重复了一遍。

这日本军官不是别人,正是带队的村上。

此时的村上,已经被团团包围,陷入极度绝望的境地。他隐约听懂了杨本初在对他吼什么,下意识地环顾了四周,发现自己的人马,有的已经被击毙,变成了一具具尸体;有的跪在地上,托着枪双手举过头顶;还有的受了伤在地上翻滚着,发出阵阵痛苦的哀号。

村上深深叹了口气,知道自己已经在劫难逃。此时的他如果能举手投降,兴许还能保住一条性命。但受日本军国主义荼毒太深的他,就算是作困兽之斗,也绝不会接受投降的结局。

他猛然抬起手,举起手枪,瞄向杨本初。杨本初哪容他撒野,几声响亮的枪声响起,村上头部、身体多处中弹,应声倒地,两腿不停地抖动着,不一会儿便不再动弹了。

杨本初上前进行检查。他先用脚踢开了掉落在一旁的手枪,又解下了他的佩刀,以免发生不测,随后再进行搜查。在搜查到上衣口袋时,他发现了一张照片。

那是一张一家五口的全家福。一对头发业已斑白的老年夫妇身着和服坐在中间，一名一身戎装、英姿勃发的男子和一个身着和服、容貌端庄的女人站在身后，他们中间还站着一个约莫八九岁的男孩。那男孩的脸上，挂着天真烂漫的微笑，看上去很是聪慧，也十分惹人喜爱。

杨本初看了看照片，确认照片上穿军服的男子和被击毙的是同一个人。他轻轻摇了摇头，将照片放回了那人口袋，心里暗骂道：该死的日本军国主义，就因为你们造的孽，让多少原本和和美美的中日家庭支离破碎，让多少父母经受白发人送黑发人的锥心之痛，又让多少夫妻经历生离死别的痛苦煎熬，让多少孩子失去父母的千般宠爱！

这边武田和桥本带领的部队，好不容易逃过了沈致远所辖部队的密集火力，在经过山谷的途中，又受到徐天立部队的阻击，丢盔弃甲，损失惨重。幸好先前用于断后的石井部队逃得够快，保存了一定实力，听见枪声后回头来接应武田，才使他能侥幸逃脱。但纵是如此，武田在撤退途中还是被一枪击中臀部，极度狼狈地逃离了战场。

战斗虽然耗时不长，却战果颇丰。游击队以零牺牲、仅轻伤两人的代价，赢得了击伤、击毙日军二十余人，缴获枪支三十余支、手雷四十余个、子弹三百余发的骄人战绩。

第二天早晨，宪兵队在桥本的带领下，带着一大拨人马，开着几辆大卡车前来收尸。他们明显是被吓破了胆，先是仓皇四顾，确认没有危险之后，才战战兢兢地将尸体抬上担架，又盖上白布，运回了宪兵队。

武田因此役指挥失误被上级问责，从少佐降为上尉，但允许他戴罪立功，仍为金华日本宪兵队的最高长官。

而此时的金记酒坊内，是一幅热火朝天的酿酒场景。

有了唐振华的大额订单，金记酒坊也就有了继续开工的条件。酒坊内，伙计们正挥汗如雨，不辞辛苦地酿造着白酒。

地上的垫子上，堆满了酿酒的原材料和酒曲。

元魁指挥伙计们用碾子把原材料碾碎，方便蒸透，再在里面加入稻壳，用适量的水拌透，放置一个时辰左右，使材料吸足水。

随后，又将原材料放入蒸笼用大火蒸一个时辰以上，直到没有夹生为止。随后，把它们从蒸锅里取出铺开放凉，凉至二十度左右的时候，再将新料配上25%的酒曲和50%的水，用力搅拌均匀。

"将它们盛在酒缸中放入酒窖，发酵四到五天。酒窖的温度保持在二十度左右的恒温，最有利于发酵！"元魁对伙计们说。

"如果发酵的温度达到三十六七度，就可以结束发酵啦。"金九妹补充道。

"对一般人而言，需要用温度计测量才能知道有没有发酵结束，但是对我们能干的九妹来说，只要趴在酒缸上听听就可以知道了！"元魁看着金九妹，目光中带着爱慕。

"魁哥你这嘴可是越来越会说话了！"金九妹脸上露出了盈盈的笑意。

她悄悄把元魁拉到一边："魁哥，发酵完成，接下来就是蒸馏了。唐振华要七十五度以上的，你要把蒸馏的量控制好，不能把浓度稀释太多。"

"知道啦！咱们金记酒坊做生意，向来是讲究信誉的，宁可高于七十五度，也不能低于七十五度，哪怕低一度半度也不可以。"元魁回答道。

"嗯！"金九妹赞许地朝他点点头。

金华抗日根据地游击队驻地，一派喜气洋洋的景象。

沈致远带着队伍满载着战利品，走在凯旋的路上。

他雄赳赳气昂昂地走在最前头，徐天立、杨本初紧跟其后，后面有许多同志，身上都挎着两支枪，其中一支便是从敌人手中缴获的战利品。尽管一宿没睡，但大家依然精神抖擞，意气风发。

没参加战斗的其他人得知消息，早就聚在一起，夹道欢迎英雄们归来，还饶有兴致地打听着战斗的情况。大家欢天喜地，毕竟好久没有享受过如此酣畅淋漓的胜利了。

对于沈致远而言，取得胜利固然高兴，但更让他高兴的还是除掉了内奸，这可比消灭十几二十个敌人、缴获几十支枪重要得多！

可沈致远还有一个心愿：找到那批血清针，让根据地的军民免受瘟疫之苦！经过这次锄奸行动，他对唐振华是越来越有信心了。

唐振华又一次来到了那棵龙爪樟下。他已经从茶楼酒肆听闻了抗日游击队大捷的消息。振奋人心的消息总是传得很快，没多久的工夫，就已经传遍了金华城的大街小巷。

唐振华估计，沈致远应该是得到了他的消息，采纳了他的建议。但他必须确认，才能继续下一步行动。

他走近树洞，伸手在里面摸索着，找到了一个小纸卷。他打开纸卷，上面写着一行小字：隐患消除，家中平安。

唐振华露出了微笑，但随即眉头又紧锁起来。

虽然根据地内奸已除，但血清针仍下落不明。想着鼠疫还在根据地肆虐，他心如刀绞。

"得赶紧将它找到才行!"唐振华暗下决心。

其实,得知血清针必须保存在二十五度以下的时候,他就已经有了方向,但是要确定具体位置,还缺乏线索。

想到这里,唐振华心急如焚。

第24章

金华日本宪兵队武田春树的卧室。

武田穿着一身蓝色竖条纹的睡衣趴在床上。破庙那一战,要不是断后的石井小队奋力相救,恐怕就不是屁股上挨一枪那么简单了。他无论如何也想不到,一向可靠的眼线,竟给自己传递了虚假的情报,让自己遭受如此巨大的损失。

他以往传递的情报,还是很有价值的,也让武田屡次尝到了甜头。可为什么这次的情报,就好像是量身定做的陷阱一样,让他摔了一个大跟头?

"难道……是他有意为之?看起来不像……"武田低头思索着。根据他对赵钟为的了解,这种可能性微乎其微。那么,就只剩下一个可能性:他暴露了!而游击队正是利用这点,将计就计引诱自己上当。

"看来,这条线索是废了……得另辟蹊径了!"武田心里琢磨着。

"报告少佐!"桥本在门口叫道。

"进来!"武田对桥本说道,"我已经被降职了,以后得叫上尉!"

"叫习惯了!再说,您还是宪兵队的最高长官啊!"桥本还是一脸阿谀奉承。

"你有什么事？"武田明显心绪不佳。

"是这样，村上等人的遗体已全部入殓完毕，需要火化，让他们魂归故里。您看这火化仪式，是不是由您来主持？"桥本问道。

"你看我这样适合主持吗？就委托你代为主持吧！"武田一边趴着，一边留意着桥本的表情。

"这恐怕不合适吧？还是请少佐亲自主持吧！"桥本回答得滴水不漏。

"那好吧！他们都是为国捐躯，死得其所！"武田回答。

"等下，你出去带个军医过来，我有事情要向他了解！"桥本正想转身离开。

不一会儿，桥本带着一名日本军医前来报到。

"大夫，我向您咨询个事儿。"别看武田平时飞扬跋扈，但对医生还是很尊重的。

"少佐，您别客气！有事请吩咐！"军医看着趴在床上狼狈不堪的武田，想笑但又怕被责罚，只有强忍着。

"你可知道，可以治愈鼠疫的血清针，在存储方面有什么要求？"武田想既然游击队那边的内线靠不住了，那只有从这里入手了。

"这样的针剂，一般是需要冷藏保存的。"医生回答道。

"如果没有条件呢？"武田接着问道。

"如果没有条件，在常温下要保存在二十五度以下，而且一般不能超过一个月！"

"二十五度以下？"武田若有所思……

"谢谢医生,您先出去!桥本你留一下。"武田沉思片刻之后说道。

"桥本上尉,我以前对内线过于依赖了!现在,我们要把主动权牢牢掌握在自己手里。你加派人手,在酒坊巷巷口设卡,检查过往车辆,特别要注意检查马车,防止血清针外运。还有,排查酒坊巷附近的客栈,看看最近有没有可疑人员入住。"武田接着说道。

"您难道对血清针的藏匿地点有目标了?"桥本问道。

"你只要按照我的指令,好好盯着就是了!"武田说道。

浙赣会战的正面战场上,战斗仍在激烈地进行着。

日寇共集结了十四万余人,向我方发起猛烈进攻。国军第三战区集结了二十六万兵力,迎战来犯日寇。战争进入白热化阶段,战场上炮火连天,硝烟弥漫。敌我双方展开拉锯战甚至肉搏战,战斗十分惨烈。

各大中城市的街头巷尾,抗日救亡运动也随之风起云涌。各地纷纷集会游行声援抗日救亡运动,民众也慷慨解囊、捐款捐物,支援抗战一线。

而在金华城这样的沦陷区,有识之士和爱国青年们也没有闲着。他们昼伏夜出,偷偷张贴抗日标语。有时候一觉醒来,满大街都是抗日标语,让日军极为恼火。但除了加强巡逻并及时清除之外,也没有其他更好的办法。

有时候,他们也会选择在日军势力较为薄弱的时间和地点,冒着危险进行集会和演讲。此时,他们得时刻提防日军的动向,费尽心思躲避抓捕。而热闹的酒坊巷,人潮拥挤,且道路四通八达,自然就成为他们行动的好场所。

酒坊巷的小广场上，旗杆上悬挂着的来福的头颅，早被元魁在某个漆黑夜晚偷偷砍断绳索放了下来，并连夜和他的妻女合葬在了一起。虽然元魁不敢将他的名字刻在墓碑上，但好歹也算让他仅存的这点遗骨入土为安了。

才过了没几天，这件事好像已经被人淡忘，人们又继续着各自的生活。"亲戚或余悲，他人亦已歌。死去何所道，托体同山阿。"这或许是对大多数人逝去的人生最好的写照吧。但有些人，却始终没有忘记。那些抗日志士特意选择此地作为活动地点，以激发民众的抗日斗志。

"同胞们！日本鬼子侵占我国土，杀害我同胞！大家难道忘了不久前发生在这里的血案了吗？"一个学生模样的男生走到广场中央，在烈日下振臂高呼。几个同样是学生模样的人，迅速聚拢在他身边——他们应该是有意分头前来的。

广场附近人群的目光，瞬间集中到了他们几个身上。

"大家赶紧行动起来！用自己的行动，扛起抗日救亡的大旗！"另一个人在边上呼应着。还有几个人把传单发给了围观的群众。

"同胞们，众志成城，让我们团结起来，共同驱逐日寇，收复我们的大好河山！"先前的那位男生高呼道。

围观的人群群情激愤，有人高呼起来："打倒日本帝国主义！""日本鬼子滚出中国去！"

一阵急促的汽笛声响起，一名学生从巷口气喘吁吁地跑来："快跑！鬼子宪兵队来了！"

众人四处逃散，几名学生也分头散去。不久，一队日本兵在桥本的带领下，疾步而来，可偌大的广场已是空无一人。

"分头去追，看见可疑人等，抓回宪兵队！胆敢拒捕的就地正法，杀一儆百，以儆效尤！"桥本恶狠狠地说道。

日军立刻分成几组朝不同方向追去，桥本自己也带着章涵义和几个人追踪一路。

他们几个追着追着，来到了金记酒坊门前。桥本突然想起了什么，带着队就进了店。

元魁迎了上来："太君！今天怎么有空闲过来？要喝什么酒吃什么菜尽管吩咐，小店请客！"

章涵义赶紧在一旁翻译。

"想搞贿赂？是不是干了坏事心虚了？"桥本眼珠滴溜溜乱转。

"岂敢岂敢！上次太君来，匆匆忙忙没来得及品尝小店自酿的美酒，这次我是诚心相邀！"元魁连忙赔笑。

"我问你，有没有见过几个学生模样的人进来？"桥本板着脸问道。

"学生？来我们酒坊的都是上了年纪的，学生怎么会来我们这里？真没有！"元魁一副不慌不忙的样子。

桥本紧盯着元魁的脸："你可知道，欺骗皇军的后果？"

"太君！小人所言句句属实，要是欺瞒太君，随你们处置！"元魁把身子弓得更低了。

"你们几个，进去搜一搜！"桥本对几个日本兵说道。

"上尉，这可是我们金华最好的一家酒坊了，既然来了，无论如何也得小酌一杯。几个小毛孩，就不劳皇军大驾了，由小的代劳吧！"章涵义在一旁说道。

桥本看了看章涵义，点了点头："你这小子倒也懂事！那就拜托你辛苦一下吧！"

"你上最好的酒、最好的菜，招呼几位太君吃好喝好！"章涵义转头对元魁说道，随后拔出手枪往内院走去。

元魁点点头，赶忙领着桥本几个坐下，又立即吩咐伙计好酒好菜伺候着。

桥本看到好酒好菜，脸上乐开了花，迫不及待地大快朵颐起来。他们一边大碗喝着酒，大口吃着菜，一边对元魁竖起了大拇指："你的，良心的大大的好！"

元魁笑着在边上躬身而立，还时不时地朝内院瞅上几眼。

过了没多久，章涵义从里面出来，径直来到桥本身边，附在桥本耳边轻声汇报道："报告上尉，并未发现异常！"

"好！来来来……你也坐下，一同喝酒吃菜！"桥本已经有些微醺。

元魁赶紧招呼章涵义坐下。一群人围坐着，再无顾虑地胡吃海喝起来。酒过三巡，桌前已经是杯盘交错，一片狼藉。几个日本兵都喝得醉醺醺的，唯有章涵义还保持着几分清醒。

"上尉，时候不早了，该回了吧？万一被武田少佐知道了，说不定要……"章涵义小心翼翼提醒着。

"啪！"桥本一记响亮的耳光，直接甩在了章涵义的脸上，他的脸上立即出现了一座"五指山"。

"你是什么东西？敢拿武田来压我？再敢在老子面前多嘴多舌，信不信老子割了你的舌头？"桥本瞪着酒后布满血丝的眼睛怒骂道。

"桥本君……您醉了！"章涵义捂着脸一肚子的委屈。

"老子没醉！你再敢多一句嘴！老子毙了你！你不过就是皇

军养的一条狗而已！"桥本说着就去摸腰间的手枪。

"桥本上尉，请息怒！"章涵义连忙起身道歉，之后便不再言语。

他们几个一直喝到掌灯时分，这才打着饱嗝，腆着鼓鼓囊囊的肚子起身。

"你的，良心的，大大的好！良民的，呦西！"桥本向元魁伸出了大拇指，几个人互相搀扶着东倒西歪地往门口走去。

章涵义看了眼元魁，也跟着走了出去。

"呸！这帮白吃白喝的畜牲！"元魁等他们走远，狠狠地啐了一口。

"哎呦，元大掌柜这变脸也是够快的啊！"金九妹笑嘻嘻地站在元魁身后。

"九妹，这……我这不是没办法吗！"元魁露出了尴尬的表情。

"我开玩笑的啦！今天要不是你，我们可能就有大麻烦了！那两个学生……"九妹轻声说道。

"嘘！"元魁赶紧示意金九妹噤声。金九妹此刻也意识到了什么，赶紧闭上了嘴。

"我们先把铺子收拾了再说！"元魁轻声说道。

两人收拾停当，关了店门，这才来到后院。

"九妹，刚才那几个日本兵进来的时候，你知道我有多紧张吗？所以不得不把他们当爷一般伺候着！"

"魁哥，九妹心里明白的！刚才那个翻译官进去搜查，我也紧张得要命。我还来不及把那几个学生藏好，只能暂时让他们躲在阁楼。"

"那个翻译官没上去吗?"元魁奇怪地问道。

"上去过的,但不一会儿就下来了。"九妹回答。

"那赶紧上去看看吧!"元魁赶忙说道。

两人到了阁楼,轻轻敲了敲房门:"是我们,别紧张!"

两个人从黑暗的角落里闪了出来,看起来一脸的惊恐,显然是被吓得不轻。

"刚才有没有人进来检查过?"九妹问道。

"有个人来过,我们两个大气都没敢出!"正是广场上演讲的学生。

"那他没有发现你们?"元魁好奇地问道。

"我们听到脚步声越来越近,心都到嗓子眼了,心想这下完蛋了!可万万没想到,他一转身就出去了!"另一个学生回答道。

"今天真是太幸运了!你们以后要注意了!"元魁想起来还是后怕不已。

"你们为什么要冒着生命危险帮我们?"一个学生问道。

"我们都是同胞啊!你们不是说'国家兴亡,匹夫有责'吗?况且,我的父亲,就是死于日寇之手!"金九妹悻悻地说。

这边章涵义先是将几个日本兵送回了宪兵队,然后回了自己的家。

"今天怎么回来这么迟?吃了没?"他的太太迎了出来。

"吃过了!"章涵义回答道。

"你的脸是怎么回事?被谁打了?"太太注意到了他脸上的手指印。

"没事,就是不小心被一只疯狗挠了下!儿子呢?"以往他回家的时候,儿子都会兴高采烈地迎出来,可今天却没看见,他不禁有些意外。

"他今天心情不好！已经洗洗睡了。"太太回答。

"怎么心情不好？早上我走的时候不是还好好的？"章涵义有些意外。

"你还说呢，还不都是因为你啊！"太太用责怪的口吻说道。

"啊？！"

"他想去找人玩，人家不仅不愿意和他玩，还骂他'小汉奸''狗崽子'，你说他会高兴吗？今天回来的时候，还眼泪汪汪的呢！"太太一脸的不高兴。

"你以为我愿意啊？我这也是没办法啊！不是得养家糊口吗！"章涵义无可奈何地说道。

"要不我们离开金华，逃到内地去吧？"太太说道。

"大半个中国都在日本人手里，往哪里逃啊？过阵子再说吧。"章涵义低声说着，走进了儿子的房间。

他在床边站了一会儿，静静地看着那张稚气未脱的脸庞，随后轻手轻脚地帮他拉了拉被单，转身悄悄离开了房间。

第 25 章

午后的酒坊巷,叫卖声、讨价还价声此起彼伏。

钱多多不知什么时候又从家里溜了出来,牵着心爱的"小黄"在街上好奇地张望着。

几个日本兵耀武扬威地走来。他们每个人手里,还各自拿着一包从路过店铺抢来的金华火腿,一边走一边啃着,还不停地咂巴着嘴。

街上的行人看见他们,都纷纷避让,唯恐惹祸上身。可钱多多并不懂这个,他还是牵着小狗毫无顾忌地朝他们走去。

"小黄"闻到了火腿的香味,对着日本兵"汪汪"叫了两声。

日本兵见了,来了兴致,也对着"小黄"叫了两声,还故意蹲下身子,拿着火腿朝它晃了晃。

"小黄"看见吃的,顿时来了劲,突然挣脱了束缚,朝他们冲了过去,朝着火腿一口咬了下去,不料却咬到了日本兵的手指。

日本兵受了伤,恼羞成怒,拔出刺刀对着"小黄"捅去。"小黄"腹部中刀,倒在地上鲜血直流,发出凄惨的呜咽声,痛苦地抽搐着。

钱多多见状,不停地喊着"小黄"的名字,捏着小拳头朝日本兵愤怒地扑了上去。日本兵抬起脚,一脚踹在钱多多的胸口。

钱多多被踹得飞出好远，又重重地摔在地上，当场吐出几口鲜血，昏死过去。

旁边路过的人群看到这副惨样，纷纷停住了脚步朝这边张望着，却没人敢上前帮忙。

钱记酒坊内，钱大有正躺在藤椅上，手里轻轻摇着一把折扇，嘴里吞云吐雾，一副惬意的样子。自从承揽了日本人的生意后，酒坊的生意一路飙升，已经坐上了酒坊巷的头把交椅，他不禁暗自庆幸起当初的选择来。

此时，丁卯跌跌撞撞跑进来，上气不接下气地说道："掌柜的，掌柜的，不好了！公子……公子……出事了！"

钱大有如五雷轰顶，连忙起身跟跟跄跄地就往街上跑去。

当他看见钱多多躺在地上浑身是血时，不禁老泪纵横。他趴在儿子身边，哭喊着费了好大劲和日本兵比画，他们这才让他抱起钱多多赶往福田医院。

福田医院抢救室门口，钱大有不停地来回踱步，烟蒂丢了一地。钱多多的母亲也就是钱大有的三姨太，已经哭得和泪人似的："多多啊！你一定要好好的啊！你要是有个三长两短，可让你娘怎么活啊？"

钱大有此时也是老泪纵横，只好搂住她的肩膀安慰道："孩子他妈，别着急啊，这不还在抢救吗！"

"都怪你，都怪你！我就出去买了点东西，你就把儿子管丢了！让你一天到晚只想着赚钱！"她狠狠地一下又一下捶着钱大有。

"都怪我！都怪我！"钱大有不停地认错。

"要是儿子没了，你赚那么多钱有个屁用啊！呜呜呜……"她越说越激动。

钱大有听她这么说,也是禁不住不停落泪。

过了会儿,抢救室的门打开了,一名医生走了出来。钱多多躺在冰冷的抢救台上,身上已经盖上了白布,嘴角还隐隐有殷红的血迹渗出来。

钱大有有种不祥的预感,急忙朝医生冲过去:"医生,医生,怎么样?"

医生看着钱大有,无奈地摇了摇头:"对不起,我们已经尽力了!请节哀顺变!"

钱大有顿时呆若木鸡。

钱多多的母亲"扑通"一声跪在了医生面前,抱着他的大腿哭喊道:"医生,求求你再想想办法,救救他,救救他吧,他才八岁啊!"

"对不起,人死不能复生,我们确实无能为力了!"医生无奈地摇了摇头,轻轻地挣脱离去。

钱多多的母亲一下子瘫倒在地,晕厥了过去。

"孩子他妈!孩子他妈!"钱大有强忍着悲痛,将她扶起来搂在怀里,按住了她的人中穴。

"孩子他妈,你醒醒!快醒醒!"钱大有一阵手忙脚乱。

"呜……钱大有,你这个天杀的,你赔我儿子!"她喘了口气醒来,捶胸顿足道。

"是我没看好他!孩子他妈,你打我吧!"钱大有提起她的手掌,狠狠地劈了自己两个巴掌。

"呜呜……我的命好苦啊……"她禁不住号啕大哭起来。

墓地的休憩亭内,柳媚听到这里,眼泪不禁流了下来。

"这孩子才多大啊,正是天真烂漫的年纪,就这样不幸凋零了。且不说是小鬼子自己去逗狗的,就算是在街上无缘无故被咬,也不能就此迁怒于主人吧?"

"他们以征服者的姿态自居,在他们眼里,中国人的性命连猪狗都不如!"唐涛说道。

"对了涛哥,这福田医院,是不是现在的金华市中心医院?"

"不错,你知道的还挺多。福田医院始建于1910年,距今已有一百多年的历史了,是由金华福音医院和省立金华医院合并而来,2012年挂牌浙江大学金华医院,后更名为金华市中心医院。目前,已经发展成为一所三甲医院。"

"历史还真是悠久啊!"柳媚感叹道。

金记酒坊,唐振华于傍晚时分悄然而至。

他们领着唐振华进入酒窖,里面已经囤了多桶蒸馏出来的白酒。

"振华,欢迎验货!"金九妹指了指酒桶对他说道。

"你们金记酒坊的信誉,我信得过。"他说道。

"那是!我给你检验下酒的纯度!"元魁说着,用酒提盛出一杯酒来,划了一根火柴,蓝色的火苗腾起,白酒瞬间被点燃。

"怎么样?"元魁得意地问道。

"好!"唐振华满意地点头。

"对于酒的浓度,九妹还特意关照过,只许高,不许低!"元魁补充道。

"谢谢!"唐振华向两人作了一个揖,心照不宣地从兜里摸出一条"小黄鱼",递给了元魁。

元魁急忙接过，掂了掂分量，又在空中抛了几下，顿时喜笑颜开。

金九妹不露声色地向元魁伸出了手，元魁"嘿嘿"笑了两声，知趣地递给了她："咱家九妹当家！"

金九妹将它收好，问道："什么时候交货，送到哪里？"

"能不能分成几批送货？"唐振华试探性问道。

"本来是没有这个规矩的，但是这次我们可以破个例。"元魁哪会不知道金九妹的心思，这次哪怕分成十批也得送啊。

"就按元魁说的办。"金九妹显然对元魁的回答很满意。

"那好，我把具体地点告诉你们。"唐振华说着便拿出笔和纸，在一张纸上写下了地址，递给了元魁。元魁一看，正是游埠的一处码头，看来唐振华是准备通过水路运出去。

唐振华环顾了一下酒窖，没头没脑地说了一句："你们这酒窖，可真够大的啊！"

"你又不是第一天知道！"元魁笑着说。

"这么大的酒窖，里面藏的都是酒吗？"唐振华问。

"这酒窖除了藏酒，还能藏啥？"金九妹反问了他一句。

"哦，我就是随便问问！两位，告辞了！"在这酒坊巷待得越久，风险也就越大，唐振华怕连累了他们。

桥本和章涵义带着几个日本兵冲进了悦来客栈。

客栈老板急忙从前台出来，战战兢兢地说："太君，本店可没做对不起皇军的事情啊！"

"你先别紧张，皇军就是想了解下，最近店里有没有发现可疑人员？"章涵义问道。

"可疑人员？"老板不太明白。

"就是和一般的旅客不一样的。"章涵义问道。

"你给我好好想，想得好了我就放你一马，如果想得不好……哼哼，我保证你见不到明天的太阳！"桥本冷笑一声，把手按在军刀刀柄上，作势要抽刀。

"这个，让我想想……是这样的，不久前有一个人来住店，交了半个月的房租，但是后来就没见他住过。前几天，他回来退房了！你们说奇怪不奇怪？"

"他来自哪里？是来干什么的？又去了哪里？"桥本问道。

"听他自己说是上海的商人，来采购东西，具体就不太清楚了。我把知道的都告诉你们了！"他明显已经绞尽脑汁了。

"把旅客登记册拿出来！"桥本命令道。

"在这儿，太君！就是这个人！"伙计拿出登记册并指着其中一行给桥本看。

"你看看！"桥本递给章涵义。

章涵义接过登记册一看，字体飘逸潇洒，又遒劲有力，显然有一定书法功底。

"根据这名字，肯定是查不出东西来的！"章涵义皱着眉头说。

"你怎么知道？"桥本的脸上露出了不满。

"你看这个名字，姓吴名明，谐音'无名'，明显是化名嘛。"章涵义指着名字说。

"看来这个人有问题！你说，如果是商人，买大批商品最有可能去哪里？"桥本问章涵义。

"应该是游埠吧，那里是商品集散地。"章涵义考虑了一会儿说。

"今天算你老实，暂且饶你不死。那人长什么样？你要好好配合皇军，要不然有你的好看！"桥本恐吓道。

"是是是！"老板已经是抖如筛糠。

"你赶紧去找个画师来，按照伙计说的画像，我们拿着画像去游埠找。"桥本对章涵义说道。

金华宪兵队武田办公室。

经过几天的医治，武田的伤口已经结痂，不再需要卧床休息。可他喜欢的书法，却再没有心情练了。练习书法本就讲究心境，而经历了那场险些搭上性命的败仗之后，纵使他再有定力，也无法静下心来潜心研习书法了。

"报告少佐，钱记酒坊掌柜钱大有求见！"章涵义在门口报告道。

"让他进来！"武田说道。

"少佐！您可要为小人做主啊！"钱大有哭哭啼啼地进来。

"钱掌柜，何事如此悲伤啊？"武田面无表情地问。

钱大有把儿子遇难的事原原本本地说了一遍，说到伤心处，声泪俱下，肝肠寸断。

武田连头也没抬一下，一直等钱大有讲完，才淡淡地说："过会儿我让桥本把那士兵叫过来，好好训斥一通，给你出出气！"

"少佐，杀人偿命，他无缘无故杀害无辜，请您为我死去的儿子主持公道！"钱大有一听只是训斥了之，心中悲愤难平，一改往日的畏畏缩缩。

"你可不要得理不饶人！我相信那位士兵也只是一时失手，绝非有意为之。人死不能复生，节哀吧！"武田态度冷漠。

"少佐……"钱大有还想据理力争。

"钱掌柜,我奉劝你一句!你要继续尽心尽力为皇军效力,如果敢怀二心,别怪我们不客气!"武田脸色铁青。

钱大有知道多说无益,只能拖着沉重的双腿,愤然离开。

因为钱多多的去世,钱记酒坊进入暂时歇业状态。

钱多多的遗像,被挂在后堂墙壁的正中央,一副黑纱左右两边垂落。因为走得太突然,找不到合适的照片来当遗像,只好请画师绘制了一幅。

钱大有面无表情地站在遗像前,耷拉着脑袋,还时不时地喃喃自语着。沉重的打击令他一夜白头,与之前的意气风发相比,简直是判若两人。

街坊邻居都前来吊唁,说着安慰的话,报以同情的目光,他只是麻木地点点头。

金九妹和元魁一身黑衣,胸前别着小白花,前来吊唁。她是酒坊协会的会长,会员家有丧事,她理应前来探望。

钱大有见他们进来,急忙从里面迎了出来,由于精神恍惚,又过于劳累,一个踉跄竟险些跌倒,幸好元魁行动敏捷,一把上前将其搀扶住。

钱大有看着金九妹,一脸的羞愧:"九妹,钱叔错了!大错特错了!"

说罢,便老泪纵横。

金九妹从元魁手中拿过一个锦盒,双手呈上:"钱叔,这是我特意为您挑的上好的长白山野山参,您好好补补,先把身子调理好。"

钱大有接过锦盒,交给一旁的丁卯。他感激地朝金九妹点点头,又咬牙切齿地说道:"狗日的日本鬼子!我对天发誓,哪怕是拼上我这把老骨头,也要让他们血债血偿!"

由于太过激动,他剧烈地咳嗽起来。元魁赶紧上前,轻轻地拍拍他的后背,又在他背上撸了几下。

"钱叔,君子报仇,十年不晚!这笔血债先记着,到时再连本带利要回来不迟。现在协会里宋、李两位前辈年事已高,基本不过问会里的事务。您可要千万保重身体啊,九妹还仰仗您多多相助呢!"金九妹关切地说。

"九妹,有什么吩咐尽管开口!我一定义不容辞!"钱大有拍着胸脯保证道。

"养好身体再说!"九妹安慰他道。

第 26 章

游埠古镇,桥本和章涵义带着一队人马四处打探。

"老实交代,你们见过这个人吗?"桥本拿着一张素描画问一个店家。

画上的男人,眉清目秀,相貌俊朗,双目炯炯有神,乍看和唐振华还真有几分相似。

店家摇摇头。

"你的,欺骗皇军的,死啦死啦的!"桥本用半生不熟的汉语威胁道。

"太君,小的真没见过!"店家慌忙说道。

桥本突然抽出腰间的尉官刀,双手紧握刀把,高高举起,狠狠地向一张椅子劈了下去。只听"咔嚓"一声,椅子被劈成了两半。

店家赶紧跪下:"太君饶命!太君饶命!"

桥本把素描画放在店家眼前:"再问你一遍,到底有没有见过这个人?"

店家盯着画像看了一会儿:"报告太君,这个人,有点像那个上海来的客商!"

桥本的眼睛放出了精光:"快说,这个人住在哪里?"

"小的真的不知道，只知道他最近经常来这里转悠。"

"我看不给你吃点苦头，你不会开口！"桥本狠狠地朝他胸口踹了一脚，将他硬生生踹倒在地。

"你信不信，我一刀捅了你！"桥本将刀架在了他的脖子上，锋利的刀锋紧贴着他的颈部，只要稍一用力，就可以割断动脉。

店家吓得瑟瑟发抖："太君饶命！太君饶命！让我想想！那个人，他好像经常在清幽茶馆出现。"

"你小子就是犯贱，敬酒不吃吃罚酒！"桥本说着，刀锋突然往上一抬，再一拉，竟将那店家的一只耳朵削了下来。

"哎哟！"那店家惨叫一声，连忙用手捂住耳朵，鲜血顺着指缝流淌了下来。

"这就是在皇军面前不老实的结果！"桥本将刀在店家身上擦了几下，放回了刀鞘。

"今天算你运气好，暂且饶你一命！快给老子带路！"

店家哪里还敢怠慢，连忙一只手捂着耳朵，另一只手捡起被割下来的耳朵，忍着剧痛领桥本他们前去。

一群人很快就来到了清幽茶馆。

桥本对身边的几个日本兵说道："你看好大门，一个人都别让他们跑了！"

随后，他直接一脚踹开了茶馆的门，带着日本兵闯了进去。茶馆里的人见来了这么多的日本兵，立即作鸟兽散，但是跑到门口，却被几个日本兵的刺刀拦住了。

桥本拿出画像，将在座的人一一比对完毕，没有发现目标。于是他拔出手枪，对章涵义说道："让他们老板滚出来！"

章涵义大声叫道："谁是老板？赶紧出来！"

一个人一溜小跑过来，对着桥本和章涵义鞠了一个躬："我就是这里的老板！请问皇军，有什么吩咐？"

"你有没有见过这个人？给老子乖乖说实话！别耍花招！要不然我让你的脑袋开花！"桥本拿出画像，用手枪指着老板的脑袋问道。

老板吓得直发抖，他看了看画像，挠了挠头皮："是有点像……这个人就住在二楼的房间，你们要找他吗？"

桥本大喜过望："少废话！赶紧带我们去！"

老板有意放慢脚步："你们找他什么事啊？"

桥本嫌他走得不够快，在他屁股上踢了一脚："别给我磨磨蹭蹭，给老子快点！"

老板差点被踢翻在地，连忙说道："是是是！"

一行人来到了走廊尽头的那间房门口，老板正要上前敲门，却被桥本一脚踢开："滚一边去！"

桥本做了个手势，示意手下听他的口令。等日本兵准备就绪，他一挥手，其中一个士兵猛然踢开房门，一班人像饿狼一般扑了进去。

房里空无一人，窗门洞开……

桥本迅速在房间里转了一圈，又俯身检查了床底下，没发现人。他把目光停留在窗框上：上面有一个新鲜的脚印！桥本探头往外一看，只见一根绳子笔直垂了下去。

"他跳窗跑了，赶紧下楼沿着那条小路，分头去追！"桥本指着窗外说道。

一行人飞快地下了楼，绕到后面的小路，分头进行追捕。

老板眼见他们走远，这才又回到二楼房间。

他在柜子角落的一个暗盒里摸索着，找到了按钮，打开了暗门。

只见唐振华立在门口，见是他才收起了枪："鬼子走了？我还以为被发现了呢！"

"嗯,走了！可吓死我了,还好我这里有这间以防万一的密室,要不然可惨了。我刚才不是暗暗通知你了吗,你怎么还没逃走？"老板惊魂未定。

"我在房间里听到你在一楼拉动的摇铃，就知道有紧急状况，但是想逃已经来不及了。我也是急中生智，故意把窗户打开，放了根绳子下去，还特意在窗框上踩了个脚印。"唐振华镇定地说。

"他们一定会以为你跳窗逃跑了！这样，这儿反而成了最安全的地方！"

"但这里我也不能久留了！兄弟，大恩不言谢，我先行告辞了！"

"不用客气！你才是我的救命恩人呢！四年前我不慎落水，要不是兄弟你出手相救，哪里有我的今天？"

"房间里的东西你这几天都不要碰，防止日本人杀回马枪。日本人如果问你，你只要一口咬住不知道我的底细。我走的时候只会带走密室里的东西，至于其他的，你过几天帮我悄悄处理掉吧。"唐振华叮嘱道。

老板点点头提醒道："日本人有你的画像，还颇有几分相似，你要注意安全！"

唐振华迅速回密室里拿了东西，告别老板，在码头叫了一艘摇橹船，直接沿水路离开了游埠。

这边桥本带着士兵追出了几里地，却未发现任何人的踪迹，懊恼至极，只得无可奈何地打道回府。

浙东抗日根据地临时指挥所内。

沈致远背着双手来回踱步，心神不宁。

他掐指一算，从血清针藏匿在酒坊巷的那天算起，距今已经有将近二十天时间了。再过几天，血清针也要失效了。想到这里，他的心情更加烦躁了。

"队长，上次我们救下来的那个'台湾医院'的人的行李，是否要处理掉？"小王进来问道。

"检查过没有，里面是否有有价值的东西？"沈致远问道。

"看过了，都是些日常用品，没什么特别的东西！"

"那就处理掉吧！"

"是！"小王转身想要离去。

"等等！你拿来让我再看看！"

小王一溜烟小跑出去，不一会儿气喘吁吁地跑了回来，将包袱放在了椅子上。沈致远上前解开包袱，把里面的东西一件件拿出来放在了桌上。

包袱里的东西，看上去的确没什么特别，大多是衣服、鞋子和日用品。但当他看到其中一件东西时，目光停住了。

那是一个小纸袋，表面有油渍渗了出来。沈致远打开一看，里面装着几个酥饼。

沈致远拿起纸袋，仔细地端详着，纸袋上的几个字引起了他的注意："阿婆酥饼"。

"小王，你看这几个字，是不是酥饼店的名称？"沈致远指着字问道。

"应该是！许多店铺，都会把自己店铺的名号印在纸袋上。"

小王回答。

沈致远灵机一动：牺牲的那个"台湾医院"的同志，应该是在藏匿了血清针之后，又在附近的阿婆酥饼店买了一袋酥饼，作为撤退路上的充饥食粮。而撤退是在仓促之下进行的，所以血清针的藏匿地点距离这家店应该不会太远。如果真是这样的话，寻找的范围会缩小许多。

"得把这个情况赶紧告诉唐振华！"他心想。

第 27 章

经历了丧子之痛后,钱大有万念俱灰,对酒坊的生意,也没那么热衷了。他想起武田曾经问过他:酒坊巷是否有不寻常的事情发生?他寻思着既然武田这么问,那就意味着应该是有抗日分子在酒坊巷一带活动。现在他要给儿子报仇,还有什么比找到他们更好的办法呢?

原先在他的心中,想的就是怎么赚钱,现在他心里想的,都是怎么给儿子报仇。武田的一番话,让他想借武田之手为儿子报仇的愿望化为泡影。他原本指望国军能神勇一些,多杀些日本鬼子,但是国军的节节败退,让他对他们也丧失了信心。他从街头巷尾、茶坊酒肆人们的窃窃私语中,听说共产党的抗日游击队在浙中山区坚持抗日的消息,不禁对这支神秘的队伍有了极大兴趣。

于是,他开始留意起进出酒坊巷的人来。

那日,他去附近的药铺为钱多多的母亲抓药。多多的去世,令她伤心过度,竟一病不起。

钱大有走进药铺,一个正在与掌柜交谈的人,引起了他的注意。

只见那人身着深蓝色粗布长衫,头戴一顶草帽,帽檐压得很低,像是故意遮住脸。从侧面看去,只能看到他两腮浓密的络腮胡和上翘的八字须。

只听那人问道:"掌柜的,老母多日来咳嗽不止,咳中带血,可有清热解毒之药?"

他声若洪钟,吐字清晰,声音比他的外形要年轻许多。

掌柜回答道:"这位客官,不瞒您说,这兵荒马乱的,这类药物已断货多日了。"

只见那人从怀里拿出几块银圆,递给了掌柜:"掌柜的,这些药材我等着急用!这是定金,麻烦您帮我留意一下,如果有货就替我留着,有多少要多少!"

掌柜的接过银圆,用两根手指轻轻地捏在银圆中间,吹了一口气,又将它放在耳边,听着银圆共振发出的声音,顿时喜笑颜开:"好的,先生请放心!我怎么联系你?"

"过些日子,我会再来取药!"那人压低草帽,转身离开。

钱大有疑窦顿生:此人看似故意遮掩着面部,衣着简朴但出手阔绰,这样的世道,一般人是很少如此缴纳定金的。

他毕竟是酒坊巷的大佬,见过的世面多,不禁联想到最近听说的共产党根据地鼠疫肆虐、急需解毒药物的消息。直觉告诉他:此人一定不简单!

那人出了店铺,在一条条胡同里左拐右拐,偶尔还蹲下身来佯装系鞋带,却装作不经意间回头,警觉地查看着身后的状况。当他转过一个僻静的胡同拐角时,突然蹿出来一个蒙面人,猛地将一把明晃晃的匕首顶在他的脖子上。

冰凉锋利的匕首,只消微微用力,即可刺穿他的颈部动脉致其送命。那人依然面不改色,镇定地对蒙面人说道:"朋友,我与你素昧平生,现下时局动荡不安,生活不易,你如果只是要劫财,放下匕首我双手奉上,没必要搞得你死我活!"

蒙面人轻声喝道:"我不为你财而来!你到底什么来历?"

那人淡然回答道:"我只是一介商人,平日里做点小本生意,赚点小钱维持生计。请问这位兄弟,您是哪条道上的?"

蒙面人冷笑一声说道:"你忽悠谁呢?如果只是家有病人,要那么多药物干吗?光定金就付了那么多,你是钱多呢,还是人傻?"

"呵呵,连药铺内的谈话都被你偷听到了?我不过是家中有人染病,想来抓点药而已。"那人冷笑一声,冷不丁一个侧身,匕首顺着他的脖子滑了开去。

他趁机一把擒住蒙面人的手腕,一招擒拿将他手臂和手腕的关节拿住,顺势将他摁在了墙上。

那人将蒙面人的手腕往上一拗,蒙面人吃痛,忍不住"哎哟"一声,手上的匕首拿捏不住掉落在地上。

蒙面人忍痛道:"这位兄弟,有事好商量!"

那人一把摘下他的面罩,不禁哑然失笑:"原来是钱记酒坊的钱掌柜啊,您怎么当起江洋大盗来了?"

这蒙面人正是钱大有,他在药铺看那人形迹可疑,便一直尾随其后,并伺机试探。

钱大有直起身来抱拳道:"您怎么会认识我?"

那人微微一笑:"大名鼎鼎的钱掌柜,在这酒坊巷有几人不知几人不晓?"

钱大有见他不愿透露身份,又感觉到他并无恶意,便发出邀请:"此地不便说话,可否光临寒舍一叙?"

那人爽快答应道:"恭敬不如从命!谨听钱掌柜吩咐!"

昏暗的灯光下,两人相对而坐。桌上沏着一壶上好的普洱。

钱大有给对方倒了一杯,双手奉上:"这位兄弟,请用茶!"

那人接过闻了闻:"好茶啊好茶!只可惜国难当头,实在是无暇也无心品茶啊!"

钱大有面露愧色:"钱某目光短浅,让兄弟见笑了!"

"钱掌柜家庭所遭变故,我已有所耳闻。在下深表遗憾,望节哀顺变!"

"谢谢兄弟!我与日本人有不共戴天之仇!不知您到底是何人,能否告知一二?"钱大有总觉得好像在哪儿见过他,但又想不起来。

"您且不用管我是谁!我就提醒您一句:报仇可一定得讲策略,切莫做无谓的牺牲!"那人甚为关切地说。

钱掌柜点点头:"谢谢提醒!您稍等!"走到柜子边,在里面摸索了一阵,从暗格中取出了三支步枪,还有几条金灿灿的"小黄鱼",放在了八仙桌上。

"这位兄弟,我钱某十岁死了爹娘,十三岁开始当学徒,二十岁自己开酒坊当掌柜,也算有些见识,不傻!您是干什么的,我虽不是非常明白,但好歹也能猜出几分。这是我的一点心意,也算是对你们的资助,请您收下!"

那人正欲推辞,却被钱大有打断。

钱大有把东西往他面前一推:"钱某与日本人交往过密,财迷心窍,如今小儿无辜惨死于日寇刀下,实属报应!这些东西你带走,也算是我为抗日尽了一份绵薄之力。"

那人把东西推了回去:"钱掌柜是性情中人,今后如有需要,我定会来找你!告辞!"

说罢向钱大有抱拳，便向门口走去。钱大有见他丝毫不为金钱所动，更加敬重。

"兄弟，我有个愿望，不知道能不能实现？"钱大有在身后叫道。

"但说无妨！"

"我能不能加入你们，和你们一起并肩战斗？我知道这有些唐突，却是我真实的想法！"钱大有无限真诚。

"这可不容易！需得经过一系列严峻的考验才行！而且一旦加入了，要无条件服从命令听指挥，不仅要放弃你优渥的生活，还有可能要放弃你所拥有的一切，甚至是牺牲自己的生命！这你也愿意吗？"

"只要能打鬼子，怎么样我都愿意！"钱大有态度坚决。

"那好，我会向上级汇报的。"

"有用得着在下的，尽管吩咐！"钱大有目送他离开。

那人转过身来，朝他点了点头，随后转身离开。

"原来是他！他不就是前些年经常出入金记酒坊找金九妹的那个小伙子吗？怪不得看着这么眼熟呢！"钱大有脑中灵光一闪，豁然开朗。

钱大有没有认错，那人的确是唐振华。

唐振华从游埠虎口脱险之后，几乎是马不停蹄地回到了金华城。他得趁前去抓捕自己的日本人还没回过神来的时候，找地方潜伏下来。

他先是在一个小码头下了船，找了一个僻静之所，做了些外貌上的伪装，给自己粘上了络腮胡和八字须，然后在离酒坊巷不远处找了一家客栈作为安身之所。

他想到根据地缺医少药，于是在附近药店转转，不承想遇见了钱大有。好在他知道钱大有的遭遇，知道他不至于出卖自己。

这钱大有自从遇上了唐振华之后，便觉得人生有了目标，生活也有了盼头，情绪也不再低落。钱记酒坊也像是按下了重启键，重新呈现出一派热火朝天的景象。这让那些原本以为他会就此沉沦的人，多多少少有些意外。

对面的金记酒坊，同样也是一片火热的酿酒场景。

元魁和伙计们一个个光着膀子，大汗淋漓，各司其职地忙碌着。

金九妹在一旁心疼地看着元魁，时不时地走过来给元魁擦擦汗，递递水。

"魁哥，你啥时候能变成名副其实的掌柜，让九妹名正言顺变成老板娘啊？"一个伙计调侃道。

"大家都在卖力干活，就你话最多，罚你等下吃饭的时候少吃一个馒头！"金九妹嘟着嘴嗔怪道。

"别啊！老板娘不也挺好？老板娘都是掌实权的！"另一个伙计也插嘴道。

"你们再说下去，罚你们都不准吃中饭！"元魁笑盈盈地说。

"魁哥，我们这可都是说出了你的心里话呢，你怎么反倒罚起我们来了？"一位年长点的伙计笑着说。

"好了！大家少贫嘴了，过来喝点水擦把汗！歇会儿！"金九妹招呼道。

酒坊里洋溢着轻松愉快的氛围，金九妹的心里也乐开了花。元魁给她的，是踏实和安稳，是满满的安全感。她的心里早已经将他视为自己的依靠。

金华日本宪兵队武田办公室。

武田怒气冲冲,一脸的不高兴,他面前站着桥本和章涵义。

"桥本,你真是越来越出息了!这么重要的情报,你居然不向我汇报就擅自行动!"

"少佐!我是怕迟了,让那共党跑了!"桥本头也不敢抬。

"屁话!难道现在你就抓住他了?你这个成事不足败事有余的蠢货!"武田见他顶嘴,愈发气不打一处来。

"我错了我错了,请少佐责罚!"桥本左右开弓地开始掌掴自己。

"我虽然被降了职,但也还是宪兵队的负责人吧?你还有一点把我放在眼里吗?"武田越想越气。

"在下不敢!在我心中,少佐永远是我的上级!"桥本巴掌打得更来劲了,脸上的掌印已经红彤彤地连成了一片。

"你说一套做一套!"武田还不解气。

"少佐,桥本上尉也是急着想把共党分子抓住,出发点是好的!"章涵义在一旁帮桥本美言。

"你还敢插嘴?你为什么也不报告?你也难辞其咎!"武田把怒气转到了章涵义身上。

"我错了!请少佐息怒!您枪伤尚未痊愈,不宜动怒!还望保重身体!"章涵义没想到会惹祸上身,吓得赶紧赔不是。

"好了,事已至此,哪怕把你们都毙了,也是无济于事!桥本,停手吧!"武田又好气又好笑。

桥本停住了手,将被自己打得通红的脸凑近武田,说道:"少佐,我们能不能在酒坊巷组织一次彻彻底底的搜捕行动?"

"说你是猪脑子,你还别不服气。你以为酒坊巷就巴掌大点的地儿,你轻轻松松就能搜得过来?连大致方位都没有,你怎么搜?"武田一听桥本这么说,心中的怒气又"噌"地一下子蹿了上来。

"是是是!少佐说得对,说得对!"桥本再一次低下了头。

"做事要多动脑子,别一天到晚净想着打打杀杀的。要智取。"

"是是,谨遵少佐教诲!"桥本点头哈腰。

"你们就给我紧紧盯着酒坊巷!记住,这针剂常温下只有一个月有效期,现在距离失效日期越来越近,过了有效期,哪怕他们找到,也是废物一堆!明白没有?"

"是!属下遵命!"桥本连连点头。

大佛寺后山,唐振华又一次来到了那棵龙爪樟下。

一个佝偻的身影,已先他一步来到了这里。那个儿子参军后音讯全无的老太太,依然坚守着那份若有若无的希望。她在树下点了香烛,双手合十,虔诚地祈祷着。

唐振华在一旁看着,实在不忍心打扰她。从他第一次来这里到现在,已经有二十多天时间了。此次前来,要说收获还是有的:根据地肃清了奸细,还给了日本人一个不小的教训,他也为根据地采购了一批急需的物资。但遗憾的是,此行最重要的任务仍未完成。

唐振华想到这里,不禁愁容满面。不管能否找到血清针,再过几天,他的任务就必须终结了。到底是无功而返,还是满载而归,就看这几天了。

"小伙子,是你啊?"老太太不知什么时候结束了祈福,回过头来看见了他。

"是我,老太太!见您这么专心,我就没敢上前打招呼!"

"小伙子，看你心情不太好，是不是有什么心事啊？"老太太问道。

"嗯，最近有些事不太顺利！谢谢老人家关心！"

"小伙子，要有信心，才会有希望！只要坚持，总会心想事成的！我就相信儿子一定会回来的！"老太太的目光突然变得无比坚毅，原本看上去瘦小的身躯，一下子充满了能量。

"谢谢老人家，我记住了！"唐振华肃然起敬。

老人家朝他挥手告别，迈着蹒跚的步履转身离去。

唐振华注视着她的背影，崇敬之情涌上心头，化成一种信念，一种激励着他前进的强大力量！一位年逾古稀的老人家，对未来尚且有如此积极乐观的心态，他又如何能消沉呢？

想到这里，他急忙上前，从树洞里摸出了一个纸卷。他展开纸卷，正是沈致远亲笔所写："阿婆酥饼店"附近酒坊。

"阿婆酥饼店？"这家店对于他而言再熟悉不过了。它就在钱记酒坊和金记酒坊边上，它的酥饼又香又脆，隔老远就能闻到它的香味，让人垂涎三尺。唐振华以前在杂志社上班的时候，没少光顾那里。

"难道……东西就藏在钱记或者金记酒坊？"他顿时有种柳暗花明的感觉。

唐振华把写好的纸卷放入树洞，里面是钱大有想加入组织的情况，他觉得有必要向组织汇报。

第 28 章

夜已深，酒坊巷已褪去白天的喧嚣，变得异常冷清，只有几只小狗不甘寂寞地叫上几声，给寂静的小巷添上几分烟火气息。

劳累了一天的元魁早已鼾声如雷，进入了甜美的梦乡。金九妹却依然辗转反侧。遭受了巨大的家庭变故，承受了亲人的离散之痛，所有的苦楚都在这夜深人静之时向她奔涌而来，失眠便成了家常便饭。

每当此时，一幕幕往事就会在她的脑海中交替出现……

父亲去世的一幕不断在她脑海闪回，硝烟散去时父亲满是鲜血的样子至今仍让她痛彻心扉。她没有忘记，父亲临终前嘴角流着鲜血，还断断续续地念的那首《题八咏楼》。她同样也不会忘记，失踪多年的唐振华身受重伤深夜造访，昏迷之中念叨的，也正是那首《题八咏楼》。

金九妹心里嘀咕着：唐振华为什么突然不辞而别？为什么又突然出现？又为什么会受伤？昏迷期间他为什么反复念着这首诗？为什么要买七十五度以上的高度白酒？

元魁还在不紧不慢地打着鼾，看来白天累得不轻。金九妹侧身为他盖好了被子。

她继续想：这是偶然的巧合，还是有着某种关联？有好几次，她都忍不住想向唐振华问个明白，但每次话到嘴边都忍住了。毕竟现在他们之间的关系，已经不比从前了。

她越想越觉得其中必有奥妙，而它也许就藏在八咏楼内。她决定第二天去八咏楼一探究竟，期待有所发现。

美丽的婺江之畔，八咏楼巍峨耸立。

金九妹沿着八咏楼转了一圈，并未发现有价值的东西，于是拾级而上。

她驻足向南眺望，只见湛蓝的天空中，如闲云野鹤般飘着几朵白云，与世无争，又狂放不羁。远处山峦苍翠挺拔，连绵不绝。近处，便是三江交汇的美景。只见那东阳江、武义江一南一北自东向西奔流而来，在五里滩附近汇聚成金华江（婺江），造就了"一江春水向西流"的独特景致。

金九妹沉迷在美景之中，全然没有注意到一个人已悄无声息地来到了她身后。

"千古风流八咏楼……"那人突然在她身后轻声吟道。

金九妹一转头，隐约见身后阴影处，有一个高大魁梧的身影站立着，看着有些熟悉。她微微一愣，脱口而出："江山留与后人愁……"

只听那人继续吟道："水通南国三千里……"

金九妹也继续接道："气压江城十四州。"

金九妹在明处，那人在暗处，虽光线暗淡，金九妹看不清对方的脸，但是从那人的身形和声音上，她已经得到了答案。

她转过身来，快步来到那人身前："我猜得没错，果然是你！"她面带惊喜地说。

站在她眼前的不是别人，正是唐振华！

原来，唐振华一早便去了金记酒坊找金九妹，从元魁处得知她来了这里，于是就跟了过来。到了八咏楼，他见到金九妹独自一人，便灵机一动，吟诵起那首诗来了。

唐振华一脸的惊喜："你是怎么知道这首诗的？"

金九妹道："这是我爹临死前，嘴里念叨的……"

"真没想到，我千辛万苦要找的人，竟然就是你爹！真是皇天不负有心人啊！"他欣喜万分。

她不解地问道："你能告诉我，这到底是怎么回事吗？"

唐振华露出惊诧的神情："你爹难道没和你说？"

金九妹眼圈微红："说什么？临终前，他只对我念了这首诗，其他根本没来得及说！"

唐振华警觉地四处张望了一下："浙赣战役爆发后，日寇为了速战速决，竟无耻地对根据地实行了惨绝人寰的细菌战！他们通过两种方式进行细菌传播，一是利用飞机低空投下一颗颗携带细菌的脏弹，二是投下一只只装着感染了细菌食物的包裹，造成瘟疫的流行……"

他的脑海中浮现出这样的场景：细菌弹落地处，无数携带细菌的红色跳蚤瞬间散开，四处逃窜；一个个饥饿的百姓蜂拥而上，哄抢从天而降的包裹，狼吞虎咽地吃着感染了细菌的食物。他们中有形容枯槁的老人，也有面黄肌瘦的孩子，当然也不乏年富力强的青壮年，都不幸地成为鼠疫的感染者，进而成为鼠疫的传播者。

"抗日战士不断染上鼠疫等传染病，每天都有不少人因得不到救治而死去，到处笼罩着死亡的阴影……"唐振华接着说道。

"真是太可恶了！可这与我父亲又有什么关联呢？"金九妹

迷惑不解。

唐振华低声说道："金华沦陷前，'台湾医院'在酒坊巷的某处存放了一批可以治疗鼠疫的血清针，组织上派我来寻找它们。"

"难道你真的是共……产……党？"她瞪大了眼睛。

"没错！三年前我就加入了共产党。因为纪律要求，没法和你说，只有不辞而别。这几年我备受煎熬，现在终于可以对你坦白了！"

"那你怎么知道，我父亲就是你要找的人？"

"藏匿这批针剂的人在牺牲前告诉了我们接头暗号，就是这首诗。可他还来不及说其他的，就不幸牺牲了！"

"那你为什么从来都不问我呢？"她怪道。

"这没头没脑的，我怎么开得了口？再说，你对我那么冷淡，我怎么敢问？"

"那你今天又怎么想到和我对暗号的？难道是误打误撞？"

"我最近才得到消息，针剂可能藏在'阿婆酥饼店'附近的酒坊。"

她打破砂锅问到底："那你买白酒干什么？"

"根据地缺医少药，七十五度以上白酒，能凑合着杀菌。"

她点了点头，所有的疑惑都迎刃而解了。"可是，这批血清针到底藏在哪里？"

"它需要保存在二十五度以下，根据我的分析，它应该藏在……"

"是酒窖！我终于明白了，为什么父亲临死的时候，要指着酒窖念出这首诗了！"她脱口而出。

"对，只有酒窖，才是最合适的存储地点！"她点点头，两人的判断不谋而合。

"整个酒坊巷，只有我们和钱记酒坊的酒窖建得最好，夏天温度也最低。爹生前与'台湾医院'交往甚密，难道它真的藏在我们酒窖里？可我怎么从未发现过？"她努力地回忆着。

他信心满满地说："既然你爹就是我要找的人，那么它肯定藏在那里！你爹把暗号告诉你，一定是希望你能替他完成使命！"

"我一定会尽力而为的！"她斩钉截铁地说。

"留给我们的时间不多了！事不宜迟，赶紧去你家吧！"他一刻也不想多耽搁。

"好！振华，你后悔过吗？"她突然问了一句。

"对你，我满怀愧疚。但为国为民，我义无反顾！"他坚定不移地说。

"你当初应该把真相告诉我！我一定会理解支持你的！"她说道。

"谢谢你的通情达理！但我有我的苦衷，那是我们的纪律，铁的纪律！好了，为安全起见，咱俩分头行动吧！"

金九妹回到金记酒坊，简要地对元魁说了情况。

元魁惊愕不已，他没想到唐振华居然加入了共产党，更想不到在自己熟悉得不能再熟悉的酒窖里，指不定还藏着宝贝。

少顷，唐振华闪身而入。

三人下到酒窖尽头，只见里面整齐地摆放着一排排酒坛。他们分头把酒窖找了一个遍，可除了酒还是酒。

金九妹摊摊手，耸耸肩："是不是我们的判断有误？"

元魁也跟着说："是啊！在这酒窖里，我可从来没见过其他东西。"

唐振华默不作声，低着头继续沿着墙角寻找。突然，他眼前一亮，情不自禁地"咦"了一声。

金九妹和元魁闻声凑了过去，三盏煤油灯将那片区域照得一清二楚。

只见最里面的墙角边叠放着的几坛黄酒，竟隐约有移动过的迹象。

金九妹俯身上前察看："这'女儿红'是我一出生爹就酿下的，说是要等我出嫁的时候再启封。这批酒一直放在这个旮旯里，都有二十多年了。但看上面的灰尘，似乎有移动过的痕迹！"

唐振华上前，小心翼翼地去移动这些酒坛，元魁也急忙上前帮忙。

移开之后，唐振华一条腿立定，用另一只脚拂去积尘，再蹲下身子，用手指关节轻轻地敲着地面。

"笃笃笃笃……"下面竟然发出了一声声空响！

唐振华两眼放光，声音都有些颤抖起来："这底下，应该是一间密室！"

三人仔细一看，这才发现地上盖着一块石板。这石板的颜色呈暗灰色，和地面青砖的颜色十分相似，加上覆盖着灰尘，上面又堆放着酒坛，所以不仔细看根本无法发现。

"振华，你刚受过伤，让我来吧！"元魁主动请缨。

唐振华拱手致谢，主动退后。

元魁上前用力移开石板。果然不出所料，下面露出了一个黑乎乎的洞口，在煤油灯的照射下，显得神秘莫测。

"果真有间密室！"金九妹欣喜地叫道。

三个人探着脑袋，挤在拥挤的洞口，都想第一时间看清楚里面有什么。在三盏油灯摇曳的灯光下，几口叠得整整齐齐的木箱清晰可见。

这木箱里到底是什么？是不是他们梦寐以求的血清针？

三人都想第一时间下到密室里，好打开木箱看个究竟。可无奈密室空间有限，不可能三人一同前往。

三人面面相觑，谁也不想主动退后一步。

眼看陷入僵局，还是唐振华开口了："寻找针剂是组织上给我的任务，让我进去看看行不？"

金九妹和元魁对望了一眼，这才心不甘情不愿地往后退了几步。

"感谢两位理解！"唐振华朝他们拱拱手，纵身一跃，直接跳进了密室。

密室空间不大，堆放了几只木箱之后，所剩空间已经不多，再加上挖掘的时候为了节约人力，只挖了一个成人那么高。唐振华身材高大，不能完全直立，只能微微弯着腰走到箱子前。

他双手放在木箱盖上，深深吸了一口气，轻轻掀开盖子。他微微踮起脚尖，伸长脖子一看，顿时露出了欣喜的表情！

箱子里是一排排针剂，它们像一个个训练有素的士兵，傲然站立着。

"是针剂吗？"外面的两人焦急地问道。

"应该是！我再确认下！"他小心翼翼拿起一支，凑到自己眼前，就着昏暗的煤油灯光，看着针剂上贴的标签。

"是血清针！"他兴奋地大叫起来！

"真是皇天不负有心人，终于让我找到你了……哎哟！"唐振华全然忘记了密室的高度，激动地跳了起来，头顶重重撞上了密室顶部。

"太好了!"上面的人也大喜过望。

"我被撞疼了,你们两个居然还大声叫好!"唐振华心情也极好,竟然开起了玩笑。

金九妹和元魁连忙伸手把他拉上来。

"我终于可以帮助父亲完成他的遗愿了!"金九妹激动得眼里泛着泪花。

"不要高兴得太早!这只是第一步。要把它安全运送到根据地,我们才算圆满完成任务。"唐振华冷静地说。他从兜里摸出一块怀表:"根据藏匿的时间来推算,我们必须在后天日出之前将它们运送到根据地,并立即组织注射才行!现在距离后天日出只有四十小时了!"

金九妹面露担忧之色:"金华城到处都是小鬼子的关卡,还有许多密探在四处游荡,得想个万全之策才是。"

"一定会有办法的!我等下先去给根据地传消息。"

"要完成这件事,就凭我们三人之力,能行吗?"金九妹还是有些担心。

唐振华紧锁眉头,低头沉思了一会儿:"元魁兄弟,你去趟钱记酒坊,请钱大有晚上八点过来一趟。"

"钱大有?!振华,你有没有搞错哦?"两人异口同声说道。

"没错,就是他!"唐振华确定地说。

"他……可是日本人的红人啊!可信吗?"金九妹更加诧异。

"人是会变的!要知道,现在他与日本人有不共戴天之仇!"唐振华说道。

"万一他向日本人告了密,我们不是满盘皆输了?"金九妹还是不放心,她之前对钱大有的印象太差了。

"最近我和他接触过一次,根据我的判断,他应该是可以信赖的人!我相信自己的判断!"唐振华信心满满。

"那好吧!听你的!"金九妹还有些将信将疑。

"事不宜迟,我先去联络点!以免夜长梦多!"唐振华拔腿就走。

"注意安全!小心身后'尾巴'!"金九妹清脆的声音飘过唐振华的耳际。

唐振华点点头,脚步却没有停留。

第 29 章

钱记酒坊的柜台，钱大有正在忙碌地招呼着客人。

儿子的离去，曾一度让他失去了生活的勇气。他也想过跟随儿子，离开这个悲惨的世界，但大仇未报，心里的这口恶气未出，他可不想带着这股怨气去见阎王老子。

他在等，等一个机会，一个可以让他报仇雪恨的机会。他把这个希望，寄托在唐振华身上。凭着多年的经验，他相信自己不会看错人，唐振华一定会来找他。

"钱掌柜，方便借一步说话吗？"元魁一只脚刚迈进钱记酒坊的门槛，就对钱大有说道。

"有什么事，不能在这里说？"钱大有不以为然地说。

"这里人多眼杂，不方便。"这时元魁已经走到钱大有的跟前，轻声说道。

"丁卯，你在这里看着点！"钱大有对一旁的丁卯说道，带着元魁就往内院走去。

丁卯朝钱大有点点头，目送着他们两人离开。

"什么事啊，这么神神秘秘的？"走到了一个僻静的角落，钱大有急忙问道。他预感到元魁此行一定是有不同寻常的事。

"九妹请您晚上八点到我们酒坊，有要事相商！"元魁对钱大有说道。

"她说了什么事没?"钱大有觉得有些莫名其妙。

"这个我不知道……我只负责带话!"

"这么神秘啊?"

"晚上不见不散啊!"元魁说完便告辞离开了。

钱大有愣了一会儿,才回过神来。不远处,丁卯不知什么时候躲在柱子后面,偷听着谈话,露出了狐疑的表情。

大佛寺后山,唐振华又一次来到那棵龙爪樟下。

他径直来到树下,熟练地在树洞中摸索着,摸到了一张纸条,打开一看,上面写着寥寥数语:同意考察其表现。

唐振华的脸上露出了笑容,组织支持他的想法,让他感到十分欣慰。对于钱大有加入革命队伍这件事,他还是有所顾虑的,主要是因为他尚未经组织考验,之前还和日本人交往过密,未免略显仓促。可令人意外的是,组织居然同意对他进行考察。

看来,组织是想通过这次任务,检验钱大有的革命意志和斗争精神。毕竟,对敌斗争的危险时刻,才是最佳的考验时机。

唐振华又把自己的纸卷放了进去,里面报告了找到针剂的情况,以及接货的具体时间地点,还有做好注射准备的提醒。

临走前,唐振华回头看了看那棵顽强生长的龙爪樟。经过千年的沧桑,它依然屹立于崖间,这股坚韧不拔的劲头,不正像极了我们中华民族不屈不挠的坚强意志吗?

他希望,这是他最后一次带着任务来到这棵树下,也是最后一次用到那个传递消息的树洞。下次,他希望自己能以普通游客的身份轻松前来,悠闲地欣赏这山间幽静的风景,深深地呼吸这林间清新的空气,尽情地享受大自然的美好。

晚上,元魁让伙计们早早关上店铺,离开了酒坊。钱大有提前一刻钟前来赴约。当他带着疑惑进来的时候,唐振华已早早地在屋里等候。钱大有看见他,不禁有些意外,但转念想起唐振华和金九妹的关系,也就释然了。

"钱掌柜,别来无恙啊!"唐振华微笑着上前打招呼,并伸出右手有力地和他握了握手。

"果然是你……"

"正是在下!我说过有事我会来找您的!鄙人唐振华,至于我的身份,凭钱掌柜的经验和阅历,应该已经猜得八九不离十了吧?哈哈哈……"唐振华发出了爽朗的笑声。

钱大有频频点头:"我就知道没看走眼!"

他掩饰不住内心的激动,以至于说话的声音都有些颤抖。

"说吧,有什么要紧的事情非要晚上找我过来商量?"钱大有问道。

"钱掌柜,有一点我得先和您说清楚。"唐振华非常认真地说道。

"振华兄弟,你有什么话就直说!"

"我们要做的事十分危险,可能要付出生命的代价!您现在退出还来得及!您若走出这个门,我们就当什么也没有发生过,您只要保守秘密就可以了。"唐振华说道。

"振华兄弟,你这是说的哪里话?把我当成什么人了?你太看不起我钱某人了!"钱大有急得满脸通红。

"钱掌柜,我不是这个意思,只是此事过于凶险,必须给您充分的提醒,让您有所准备。"唐振华拱了拱手。

"振华兄弟,你就放心吧!我钱某绝非贪生怕死之辈!我和日本人有着血海深仇,此仇不报,我誓不为人!"钱大有字字铿锵。

"那好！一旦参与了，可就没有退路了！"唐振华最后一次提醒道。

"别废话了，说吧！哪怕是肝脑涂地，我也在所不辞！"钱大有的表情异常平静。

唐振华这才将事情的前因后果给他讲了一遍。

钱大有听了不禁啧啧称奇："真没想到，金掌柜竟然也是个抗日分子啊！没想到这血清针就藏在金记酒坊的地窖里！真是天佑我金华！"

"当务之急，就是得把它们送到根据地去！"金九妹在一旁插话道。

"我还以为是要真刀真枪地干一仗呢！原来不过是去送一批货而已啊！"钱大有有些不以为意。

"钱掌柜，千万别大意！现在日本人已经盯上了这批货，一定会百般阻挠。此次行动的危险性，丝毫不亚于和鬼子真刀真枪地干！"

"振华兄弟，有什么任务，你尽管吩咐吧！"钱大有摩拳擦掌。

唐振华取出一张古子城的地图铺在桌子上，上面标注了大街小巷和建筑，酒坊巷的部分已经用红笔圈了起来，有许多位置还被画上了小叉叉。

就着昏暗的灯光，唐振华在地图上指指点点，一会儿画一条直线，一会儿画一个圈，其他人则在一旁出着主意。

"本次任务，说到底有两个关键点，一是如何设计线路躲过敌人的哨卡，二是如何摆脱敌人的盯梢。"唐振华指出了关键。

"魁哥，你经常进出送货，对酒坊巷的街巷了如指掌。图上的叉叉,是我根据这阵子的观察,标注的日本人的哨卡。你说说,如何才能绕过这些关卡?"唐振华满怀期待地看着元魁。

"日本人以为这样就可以卡住过往的车辆,但是,酒坊巷内还有一条小路可以绕开它们。"元魁不愧是"地头蛇"。

"这条小路别说日本人,就是当地知道的人也不多。但是……"钱大有不无担忧地说。

"有什么问题吗?"唐振华问道。

"它的末端比较狭窄,马车无法通过。"元魁回答。

"元魁兄弟说得没错!"钱大有说道。

"就通过这条小路走!"唐振华一锤定音。

"这……这批针剂要运出去,一定要用马车。可马车没办法通过怎么办呢?"金九妹一筹莫展。

"我们能不能先用马车运到通道这端,再在那端安排另一辆马车,通过这个通道把血清针转运出去?"唐振华灵机一动。

"这个办法能躲过日本人的卡点,好是好!但这几箱东西有多重?能不能搬得动?就算搬得动,能不能在短时间内完成两辆马车间的转移?"钱大有不放心地问道。

"箱子不是特别大,应该问题不大,我们这三个男人中任何一个人,最多十分钟的工夫,就可以完成转移。"元魁说道。

"那我们就按照这个方案吧!大家看怎么样?"唐振华征求大家意见。

"同意!"其他三人也一致同意。

"那好,具体人员分工后面再商议。"唐振华一锤定音。

"第二个关键,也就是如何甩开日本人的'尾巴'。这该怎么解决?"唐振华抛出了第二个问题。

"日本人怎么会盯这么紧？"金九妹似乎不太相信。

"我们根据地有内奸……"

"啊？！"大家都发出了惊呼。

"大家别紧张！我们给鬼子设了圈套，不仅铲除了内奸，还借机狠狠地教训了他们一顿。"唐振华不禁意气风发起来。

"怪不得呢！是听说前些日子日本鬼子吃了个大败仗，连宪兵队的头头都被打中了屁股呢！"钱大有想着武田的狼狈相，不由得笑出了声来。自打儿子去世后，他已经好久没这么开心地笑过了。

"振华，那场战斗你参加了吗？"金九妹问唐振华。

"很遗憾，当时我已经在城里了。"

"振华兄弟，鬼子中的圈套是不是和你有关？"元魁问道。

"我不过就是利用鬼子的贪婪，将计就计而已！"唐振华把事情的经过简述了一遍。

"这么说，你虽然没有参加战斗，但也立了大功一件！真了不起！"金九妹一脸仰慕。

"仗是游击队打的，要论功行赏，他们才是真正的有功之人。"唐振华摆摆手。

"运筹帷幄之中，决胜千里之外！振华兄弟真是年轻有为！"钱大有竖起了大拇指。

"言归正传，这第二个问题怎么解决？"唐振华问道。

"是不是可以在金华城的西面，搞出点动静来，吸引敌人的注意力？"片刻沉寂后，元魁说道。

"想法是很好，但现在我们恐怕没那个精力了！"唐振华摇摇头。

"日本宪兵队的武田，对中国文化颇为痴迷，我和他也算有点交情。明天晚上我请他和宪兵队的军官过来听戏，分散他们的注意力！你们看如何？"钱大有说道。

"不行，你这是把自己置身于险境！一旦日本人起了疑心，你就难以脱身了！"唐振华表示反对。

"我同意振华的意见！太冒险了！"金九妹附议。

"都什么时候了，你们还前怕狼、后怕虎的？"钱大有坚持道。

"还可以想想别的法子！"唐振华还是不赞成。

"干大事怎么可能四平八稳？我这把老骨头也帮不上其他忙，就让我去吧！"钱大有涨红了脸。

唐振华暗想：这钱大有为了完成任务丝毫不顾个人安危，这样的人，是绝对有资格成为并肩战斗的同志的！

他想起沈致远给他留的话，暗暗下定了决心……

"你就答应我的请求吧！"钱大有恳求道。

"好吧！但要注意安全，一定要全身而退！"唐振华点点头说。

"钱掌柜你再安排人，赶着马车从你家酒坊出发，进一步分散敌人的力量！"唐振华一边说着，一边用笔在地图上画着。

"没问题！"钱大有答应道。

金九妹怔怔地看着唐振华，不知不觉分了神：三年不见，他心思更加缜密，处世更加干练，浑身散发着成熟男人的魅力。

元魁在一旁留意到了九妹的异常神情，情不自禁地摇了摇头。

"元魁，你和九妹负责最重要的任务，就是运送血清针，具体行动线路是这样的……"唐振华仔细地画着线路，每画一步就抬头看看他们，生怕他们不明白。

"还有,要准备两辆马车,一辆负责从金记酒坊运血清针到通往外面的那条小路,另一辆提前等在小路的另一头等待接应,千万不能出差错!"唐振华关照道。

"我呢,负责吸引敌人的注意,掩护你们安全转移!"唐振华明确了自己的任务。

"我有不同意见!"元魁突然冒出这么一句。

大家的目光都齐刷刷地看向了元魁。

"你有什么意见?"唐振华问道。

"运送血清针的活儿,还是由你和九妹来做比较好!负责引开敌人的活我来干!"

众人这才明白,敢情元魁是争着把危险的事往自己身上揽啊!

"引开敌人是比较危险的,你对敌作战的经验几乎为零。我是想让你和九妹一同运送血清针去根据地,你们留在金华也不再安全。钱掌柜您也要让家里人暂避风头,以免日本人恼羞成怒。"唐振华考虑得十分周到。

"谢谢提醒!"钱大有朝唐振华拱了拱手。

"我经常在金华城和酒坊巷一带送货,对城里的大小街巷十分了解,这吸引日本鬼子注意力的事情,你们说我和振华兄弟谁更合适?"元魁问大家。

唐振华默不作声,他实在找不出反驳的理由。他提出让元魁和九妹一同去运送血清针,目的是想让他们安全撤离。却没想到,元魁居然会提出反对意见。

钱大有和金九妹相互对望了一下,也没有搭话。

"振华兄弟,你对敌作战经验丰富,不是更该去运送血清针吗?再说负责和根据地那边联络的也是你。"元魁又加了一句。

"振华兄弟，我觉得元魁说得……不无道理！"钱大有憋不住开口了。

"就是嘛！"元魁见有人支持自己，咧开嘴笑了。

唐振华不得不改口："那好吧！既然魁哥坚持，我尊重你的意见！我和九妹负责运送针剂，魁哥负责掩护。"

"这还差不多！"元魁开心地笑了。

"魁哥，此行凶险，一定要注意安全！"唐振华不厌其烦地唠叨着。

"你放心吧！我和小日本捉迷藏，他们奈何不了我的！"元魁对自己很有信心。

"好！大家分头准备！明天晚上九点准时行动！只许成功，不许失败！"唐振华发起最后的动员。

"是！"三人齐声回答。

"钱掌柜，稍等……"唐振华叫住准备离开的钱大有。

"还有什么吩咐？"

"钱掌柜，还记得上次我们见面，你提出的请求吗？"

"当然记得，我想加入你们的组织！但你说要经受考验，要经组织同意。"

"我特意向上级做了汇报，组织同意对你进行考察！"

"真的？太好了！"钱大有一脸的兴奋。

"没错！这么严肃的事情，还会有假？等你通过考验，你将正式成为我们的同志！"唐振华神情庄重。

说完，唐振华紧紧地握住钱大有的手："希望你早日通过考验，尽早加入革命队伍！"

"请放心！我钱大有绝不辜负组织对我的信任和期望！"钱

大有激动不已,双手不停地颤动着。

煤油灯的火苗蹿了几下,释放出更加明亮的光芒。

元魁挠了挠后脑勺,一副欲言又止的样子。

唐振华问道:"魁哥,你有什么话要说?"

元魁不好意思地憨笑着说:"振华兄,钱掌柜都快是'同志'了,我们羡慕着呢!我们什么时候也能成为'同志'?"

唐振华忍俊不禁:"魁哥,我这不是还来不及向上级报告嘛。等完成了这次任务,我一定第一时间向组织请示,我想组织也一定会同意的!"

元魁大喜过望:"真的?"

唐振华点点头:"千真万确!"

第 30 章

钱大有迈出金记酒坊大门的时候，已经是深夜。他的脚步无比轻松，他为自己有了新的身份而自豪，也为自己能领到这样一个光荣的任务而骄傲。

他非常清楚，明天的任务对根据地而言至关重要，但对他个人而言却是异常凶险。许多人惧怕与狼为伍，可他却没有一点点恐惧。他心中的恐惧，早就被愤怒替代。

他一直在等这样的机会，而今天，他终于等到了。

钱大有抬头仰望天空，点点繁星汇成璀璨星河。他知道，自己的宝贝儿子一定是天空中最亮的那颗星，正默默地注视着自己。

"儿子，你等着！爹一定不会让你白死的！"钱大有心中默念。

钱大有回到家，丁卯早在门口等候多时了。

"掌柜的，回来了？"他轻声地招呼着。

"嗯！你还没休息啊？"钱大有觉得有些意外，这平日里一向睡得比较早的丁卯，今天是怎么了？

"这不，掌柜的迟迟未归，我心里不放心嘛！"

"哦！那正好，我刚好有事情要你去做。"钱大有说道。

"请吩咐！"丁卯躬身肃立。

"这第一件事,你明天一早去'茗香茶楼'包个场,再去请李家班过来给我们演一出金华戏。就演《薛仁贵征东》吧,我要请武田少佐来看戏。"钱大有说道。

丁卯一阵吃惊,心想:这掌柜的是不是因为儿子去世伤心得糊涂了?前阵子还恨日本人恨得牙痒痒的,怎么今天又想到请日本人来看戏了?

"这……小少爷才刚去世不久,就请戏班子……再说还是《薛仁贵征东》,这日本人不就在东面吗?"丁卯不无担心地说。

"东面不是还有高丽吗?这薛仁贵征东,征的可是高丽!况且,我这是为了给儿子做头七……"说起儿子,钱大有潸然泪下。

"好好好,掌柜的您别难过,我照办就是了!"丁卯有些后悔失言。

"明天一早以我的名义,送个请帖给武田,邀请他和宪兵队的军官们前来看戏。"钱大有抹了一把老泪说道。

"是!"丁卯答应着。

"这第二件,明天晚上九点,你找个人备辆马车,装几箱酒……"钱大有接着说道。

"啊?!这三更半夜的往哪儿送啊?要不我安排下白天去送?"丁卯搞不明白了。

"不是要送货,你只要让人驾着马车在金华城里转悠就可以了……"

"这……"丁卯又一阵迷糊:这掌柜的是怎么了?怎么如此反常?

"这不是头七吗?我送几箱酒,孝敬孝敬冥间来的鬼差们,让他们一路上对宝贝儿子关照些,总可以吧?你只管照办就是了,休得多问!"钱大有见他没有应答,便提高了嗓门。

"明白了!掌柜的放心,我会办妥的!"丁卯虽然满腹狐疑,但还是答应了下来。

"还有,明天早点打烊,和伙计们说下,这段时间不太平,歇业几日,恢复营业时间另行通知。"钱大有说完就朝里走去,只留下一脸蒙的丁卯。

钱大有回到房间,夫人还为他留着灯。见他进门,便披上衣服起身。

"怎么这么迟?"她关切地问道。

"嗯,有点事情!"钱大有边脱外套边回答。

"什么事啊,这么急?"夫人问道。

"也没什么要紧的事!对了,最近不太平,家里又出了这么大的事,多多他娘心情不好,身体也垮了。你这个做大娘的,就带着她和家里人去乡下住几天吧,也好散散心。"钱大有故意说得轻描淡写,又不露声色,是怕对方担心。

"在这里不是挺好的?干吗要去乡下?"她不明白。

"让你去就去,哪来这么多话?"钱大有提高了嗓门。

"好吧,我去就是了!那你呢?你不一起去?"夫人见他一脸愠色,小心翼翼地问道。

"你一个妇道人家懂啥?我要是走了,酒坊咋办?"钱大有白了她一眼。

"哦!那老爷您自己可千万要注意安全啊!您可是我们家的顶梁柱啊!"她回答道。

"女人家就是啰唆!你们明天悄悄地走,就带些换洗衣服和金银细软在身上,其他就不要拿了,尽量别引人注目!要不然人家以为家里发生什么事了呢,明白没?"钱大有关照道。

"知道了!"夫人点点头。

金记酒坊后院的小阁楼里,唐振华洗漱停当,正准备上床休息,突然响起了几声"笃笃笃"的敲门声。

"是谁?"

"是我,振华兄弟!"是元魁的声音。

"是魁哥啊,赶紧进来!"

"没打扰你休息吧?"

"没事,反正我也睡不着,你来了咱哥俩正好聊聊天!"

元魁进了门,唐振华请他在椅子上坐下,给他倒了杯茶。

"我也睡不着啊!毕竟,明天的事是利国利民的大事,从小到大,我还没做过这么有意义的事呢!"元魁说道。

"嗯!有了这批针剂,咱们根据地的鼠疫患者就有救了!"

"振华兄弟,有件事,想拜托你,不知你可愿意?"元魁支支吾吾地说。

"魁哥,直说无妨!"

"万一我明天有个什么三长两短,能不能请你帮我照顾好九妹……"元魁恳求道。

"别说这么不吉利的话!魁哥,你必须平安回来,我们在根据地会合!"唐振华及时打断了他。

"我是说万一……还有,你送我的这个貔貅吊坠,能不能帮我保管好?"元魁说着,从脖子上小心翼翼地摘下了那个吊坠,递给了唐振华。

"魁哥,你……这是什么意思?哪有送出去的东西再拿回来的道理？我是不会给你保管的！"唐振华并没有伸手去接。

"振华，你不要急，听我说。我刚才之所以提出由我去分散鬼子的注意力，让你和九妹一起运送血清针，其实还有一个目的，就是希望你能照顾好她……"

"这事儿得你自己来！"唐振华打断了他。

"你经过这几年的摸爬滚打，估计也没少和鬼子打交道，这方面的经验比我丰富。所以我想，九妹与你在一起，肯定比与我在一起更加安全！"

"原来你主动请缨，真正的目的是为了九妹更加安全啊？"唐振华这才明白元魁的良苦用心。

元魁重重地点了点头："承蒙金掌柜收留，金家对我视如己出，这份恩情，我永世难忘。九妹和我一块儿长大，亲如兄妹。现在掌柜的不在了，我这个做兄长的，有责任也有义务照顾好她！"

唐振华听到元魁这么说，心里一阵感动："金掌柜如果地下有知，一定会含笑九泉的！"

"所以，请振华兄弟务必帮我这个忙，替我收着这个吊坠，代我好好照顾九妹！"元魁再次将吊坠双手奉上。

"那……好吧！我就先帮你收着，等我们胜利会合，我再完璧归赵！"唐振华没办法推辞，只有收下，将它挂在自己的脖子上。这吊坠虽然很轻，但他知道它的分量。它承载着元魁满满的信任和对九妹深深的关爱。

"答应我，无论如何，一定要拼尽全力护她周全！"元魁紧盯着唐振华的眼睛说道。

"我答应你！我发誓，哪怕牺牲我自己，也一定会拼死保她安然无恙的！"唐振华朝天竖起三根手指郑重承诺道。

"好，君子一诺千金！那就拜托你了！"元魁朝唐振华深深作了一个揖，就要转身离开。

"魁哥，你等等！"唐振华突然想起了什么。

元魁停住了脚步，转过了身："振华兄弟，答应的事情可不许反悔哦！"

"魁哥你想哪里去了？我有几样东西送给你！"唐振华想起了他从那两个日本暗探身上缴获的东西。

他从自己随身携带的箱子里，将那支手枪和两枚手雷取了出来，递给了元魁。

"魁哥，这支手枪和两枚手雷，给你明天执行任务的时候防身！"

元魁接过这些东西，在手上翻来覆去看了看，一脸的疑惑，显然是不懂怎么使用。

唐振华从他手中取回手枪，从打开枪栓开始，到装填子弹、瞄准和射击，耐心地反复教他，直到他全部学会为止。唐振华又拿起手雷，告诉元魁引信的位置，并将使用的过程完完整整给他演示了一遍。

"这个东西威力巨大，拉开引信之后，一定要及时投掷出去，避免伤及自身，记住了没有？"唐振华反复叮嘱道。

"你自己呢，有没有武器？"看得出来，元魁还是更加在意唐振华和金九妹的安危。

"你放心吧！我从根据地来，带着武器呢！"

元魁这才将东西收好，毅然转身离去。

"魁哥，你千万要保重自己！"唐振华看着他的背影，那宽阔的肩膀、健硕的身材，深深地印入了他的脑海，几十年后依然清晰……

钱记酒坊后门的幽暗小巷，一片静悄悄。

丁卯和那个神秘的黑影，又一次在黑暗中碰头，窃窃私语着。

"你是说，钱大有今天有些反常？怎么个反常法？"那个黑影问道。

"他和日本人有不共戴天之仇，为何莫名其妙地请日本人看戏？而且还挑在他儿子的头七？"丁卯疑惑不解。

"头七请戏班唱戏，也不是什么稀罕事儿！"那黑影说道。

"你知道演的是什么戏吗？"丁卯问道。

"什么戏？"

"是《薛仁贵征东》！你肯定想不到吧？"

"啊？！这不是含沙射影吗？的确是有些反常了！"

"我也这么对他说，可他却说：一个是高丽，一个是日本，本就是风马牛不相及的事情！"

"奇了怪了！这可不像钱掌柜平日里的风格！"

"的确！这钱掌柜平日里一直是谨小慎微的，对日本人更是唯唯诺诺，今天的确太怪了。"

"还有更加诡异的呢！"丁卯卖了个关子，故意没往下说。

"哦？说来听听！"那个黑影饶有兴趣地说。

"他还让我明天晚上九点安排一辆马车，拉着几箱老酒在金华城里转悠，说是用来孝敬押解他儿子亡灵的鬼差们！你说，是不是很诡异？"

"联系起来看，这不是诡异，而是事有蹊跷！"那个黑影说道。

"哦？什么蹊跷？"

"我觉得,这里面肯定有鬼!钱大有肯定在搞什么名堂!"

"什么名堂?你快说!"

"你想,他如果犒劳鬼差,干吗一定要选在晚上九点?"

"你的意思是,他想刻意掩饰些什么?"

"没错!他应该是在使障眼法。对了,他这几天去过什么地方,见过什么人没有?"黑影问道。

"他……晚上刚从对面金记酒坊回来!"

"难道这钱大有要掩饰的事情,和对面的金记酒坊有关?"那个黑影沉吟道。

"不太可能吧?这么多年来,两家酒坊一直互为竞争对手,素来不和,怎么会突然间走到一起?"丁卯觉得极不可能。

"没有什么是不可能的!你想,这金掌柜死于轰炸,而钱多多不幸惨死,皆是拜日本人所赐!他们有着共同的敌人,单从这点上来看,就没有什么不可能!"那个黑影仔细分析着,希望透过蛛丝马迹找到其中的关联。

"你的意思是,他们结盟了?是为了对付共同的敌人——日本人?"丁卯觉得对方说的有些道理,思路也开始清晰起来。

"我觉得,这还真不是没有可能!"

"这样的话,这钱大有故意发出运送老酒的马车,应该也是虚晃一枪?那他的用意是什么?难道是为金记酒坊打掩护?"丁卯问道。

"你还记得前些日子说的那件事吗?"那人反问道。

"血清针?难道钱大有真正要掩护的东西,是那批血清针?"丁卯一副恍然大悟的样子。

"除了它,我想不出还有什么能让他们如此煞费苦心的!"

那人用十分肯定的口吻说道。

"那我们得紧盯着他们啊!这批东西我们也同样需要!"丁卯说道。

"鹬蚌相争,渔翁得利。我们就做那渔翁吧!"那人轻声一笑。

第 31 章

元魁回到卧房，已是子夜时分。

他轻手轻脚，生怕惊扰了金九妹。可纵是如此，还是没能逃过她那灵敏的耳朵。

"这三更半夜的，你不好好睡觉，去哪儿了？"金九妹在床上仰起头，假装嗔怒道。

"哎呀，吓了我一跳。我还以为你睡着了呢。我只是去和振华聊了会儿天。"元魁边说边脱了外衣上床。

"聊了什么？"她显然很感兴趣。

"没聊什么啊，就是唠唠嗑！"元魁当然不会告诉她，聊的是关于她的话题。

"哼，你不说，我就不理你了！"金九妹一副假装生气的样子，黑暗中一张俏脸更加娇媚。

"真没有说什么，没骗你！"

"我看你现在是越来越出息了，敢对我藏着掖着了！看我怎么收拾你！"金九妹"咯咯"地娇笑着，并用两根纤细的手指轻轻拎住元魁的耳朵。

元魁转身，一把把金九妹搂在了怀里。这才发现，她身上竟只有一件薄如蝉翼的红色肚兜！

元魁的手掌接触到她光滑细腻的后背，呼吸顿时急促起来。金九妹此时也是面色绯红，娇羞得如同含苞待放的桃花。

元魁紧紧拥着九妹，用从未有过的温存对她说："九妹，你真美！魁哥能和你成为夫妻，真是我一生最大的幸运！"

九妹将滚烫的脸颊紧紧靠在他火热的胸膛上，在他耳边吹气如兰："魁哥，你不是一直想要九妹吗？今天，九妹就给你……"

她说着，便腾出一只手背到背后，准备解开小肚兜的系绳。元魁感受到她胸前的那片柔软，他毕竟是血气方刚的小伙子，哪里受到过这样的诱惑，情欲几近失控……

可就在她即将要扯开系绳的一刹那，纤手却被元魁强有力的大手一把握住。元魁抑制住快要按捺不住的冲动，用仅存的最后一点理智说道："九妹，不要！"

金九妹瞪大眼睛，迷惑不解地望着他："魁哥，你怎么了？你不是一直心心念念想要吗？"

元魁看着她黑暗中明亮清澈的眼睛，轻轻拍了拍她如凝脂般的香肩，带着淡淡的歉意说道："九妹，乖！以往魁哥都听你的，这回，你就听一次魁哥的！"

"魁哥……"她的眼神中满是埋怨。

"九妹，你听我说，明天晚上的任务十分艰巨，危险性极高，我们都生死未卜。九妹你如果真对魁哥有意，等我们明日凯旋，再行夫妻之实，好吗？"元魁恳求道。

"正是因为明天的任务危险，命运难料，所以九妹才想……"金九妹的眼眶开始湿润。

"九妹，振华一定会全力保你安全的！"

"其实，我是想和你在一起……"金九妹隐隐带着哭腔。

元魁不敢再看她殷切的目光，只得转过头去背对着她，不再言语。

金九妹见他这样，也赌气地转过身去朝内侧躺着。

元魁心想：九妹，千万别怪魁哥，魁哥这是真心为你好！

其实，此时的元魁心如明镜：金九妹对他只不过是出于感恩而以身相许罢了，她真正喜欢的人，是唐振华！

元魁竭力让自己保持冷静，等到他觉得已经完全能够控制住自己时才转过身。

他将手轻轻搭在金九妹的肩上，拍了拍她以示安慰。金九妹也不再执拗，将自己的身体朝他靠了靠。两人就这样相拥而眠，一直到第二天天明。

浙东抗日根据地的临时指挥所内，满屋子弥漫着烟草的气息。

沈致远的烟斗，已经续了好几回烟丝了。

"小王，小董回来没？"每隔一会儿，他都要焦急地问一遍。同样的问题，他已经问了好多遍了。

"报告队长，还没有呢！"小王从门口探出头来。他也在目不转睛地盯着通往村口的小路。

"这个小董！到底是怎么搞的！按他往日的速度，一个来回早就该到了！"沈致远埋怨道。

小王吐了吐舌头，伸长脖子朝小路张望着。他也不知道一向沉稳老练的沈致远今天到底是怎么了。在他的心目中，沈致远虽然雷厉风行，但却处事沉稳，很少见到他有如此沉不住气的时候。

其实，这也不能怪沈致远。这段时间，根据地的疫情呈蔓延之势，感染和死亡的人数也节节攀升，形势十分严峻。沈致远担心，非战斗减员会严重影响游击队的战斗力，也会影响根据地的稳定。

最要命的是，距离血清针的失效期限越来越近，而他寄予厚望的唐振华，却还是没有找到其下落，这又怎能不让他心急火燎呢？

沈致远烦躁地从椅子上站起身来，往门口走去。这屋里太闷了，他想出去呼吸一下山里新鲜的空气。

沈致远走到门口，有意无意地朝通往村口的道路张望着。突然，他远远地看见一个人影飞快地朝这边奔来，身形和小董十分相似。

沈致远看着他越来越近，果然是小董！

"小董，加油！"跟在沈致远身后的小王看见小董，扯着嗓子大声喊道。

小董听到喊声，远远地看见门口的沈致远，也兴奋地喊着："队长！我回来了！"

小董毕竟是小伙子，奔跑起来速度飞快，一转眼便到了沈致远的边上。

"怎么样？有消息没有？"沈致远不等小董站稳，就迫不及待地冲上前去问道。

"报告……队队队……长！有……消息！"小董衣衫尽湿，满头大汗，一边"呼哧呼哧"地喘着粗气，一边断断续续地回答道。

"快拿出来！"沈致远听到这个消息，兴奋之情溢于言表，恨不得直接去摸小董的口袋。

小董见沈致远这模样，也不好意思再拖延半秒，急忙拿出纸卷递给了沈致远。

沈致远急切地从小董手上接过纸卷，用最快的速度展开。只见上面写着：十日午夜前在三号码头接应。另：可提前做好注射准备。

沈致远看到这里，立刻眉开眼笑，狠狠地一拍自己的大腿，自言自语道："你这家伙，可真有你的！组织上真没看错你！"

小王和小董两人在边上，一看沈致远欣喜的表情，就知道有好消息了，也都开心地相视而笑。

"小王，马上通知杨本初、徐天立他们几个，过来开会！"沈致远转头对小王说道。

小王也是天生的"飞毛腿"，过了一刻钟的工夫，几个副队长都赶了过来。

"队长，这么着急喊我们几个过来，是不是又有什么漂亮仗要打啊？"杨本初还沉浸在前阵子那场胜仗之中。

"呵呵，哪来这么多漂亮仗啊？老杨，上次你击毙那个叫村上的，抢得头功一件，还嫌不过瘾啊？"沈致远笑着对杨本初说。

"只要有日本鬼子在，我们就永无宁日，就会有打不完的仗！"徐天立愤愤地说。

"天立说得对，我们的仗还有得打！言归正传，现在我们还有比打仗更重要的事要做！"沈致远说道。

"队长，有什么重要任务，交给我们吧！"几个副队长都主动请缨道。

"大家都别急，这次的任务非常重要，丝毫不亚于上次的战斗，但是不需要那么多人。"沈致远不紧不慢地说。

"真急死人了，你快点说成不？"杨本初一下子从凳子上跳了起来。

"老杨，就你这个急性子，再不保持耐心，本次任务就不要参加了！"沈致远故意这么说。

杨本初一听沈致远这么说，生怕接不到任务，当真就闭上了嘴，一声也不敢多吭。

沈致远这才微微一笑："这次的任务，是去接一批货！"

他边说边瞥了一眼杨本初，发现他撇了撇嘴，脸上露出了些许失望之色，一副不屑的样子。

"是什么货？"徐天立还是饶有兴趣的样子。

"你们可别小看这批货啊！这批货能否顺利到达，直接关系到根据地的安危……"沈致远边说边又瞥了眼杨本初。只见杨本初虽然装作不经意的样子，但已经没有了刚才的不屑，竖起了耳朵认真地听着，生怕错过了什么。

"到底是什么？"几个人都开始沉不住气起来。

"是关系到根据地能否战胜鼠疫的血清针！你们说，重要不重要？"沈致远终于将答案和盘托出。

"原来就是上次虚晃一枪，让日本人上当的血清针啊！上次你把我们都给骗了，这回不会又是计中计吧？"徐天立咧开嘴问道。

"哪来那么多的计中计啊？诸葛亮的空城计也只能唱一回！告诉你们，这回可是货真价实、如假包换的血清针！"唐振华笑着说。

"那就赶紧布置任务吧，都等不及了！"杨本初终于憋不住开口了。

唐振华拍了拍杨本初的肩膀："老杨，我还以为你看不上这个任务呢……"

"队长，革命工作不分高低贵贱，无非是分工不同而已！"

杨本初嬉皮笑脸地说道。

"老杨这觉悟,提高得可真是快啊!老杨,就请你带一支队伍,于今晚十点前,埋伏在三号码头附近,随时准备截击可能前来追捕的日伪军。"沈致远说道。

"那如果没有日本人来,不就白埋伏了?"显然,杨本初对此任务不太满意。

"也是哦!那为了不让你白跑一趟,就安排你在根据地留守待命,以备不时之需……"沈致远装出一副无可奈何的样子。

"别别别,我服从命令还不行吗!"杨本初赶紧求饶。为了参与行动,他是老脸也不顾了。

"老杨,你可千万别小瞧这埋伏啊!还记得我们上一场胜仗吗?不也就是靠着提前埋伏,才出其不意地给了日本人一记重创吗?"沈致远正色道。

"队长,是我错了!不该小看这项任务!"杨本初面露愧色。

"对这次寻找血清针的任务,日本人已有所察觉!他们应该也会有所行动,和我们发生正面冲突的可能性很大!大家千万不可掉以轻心,要随时做好战斗的准备!"沈致远还是不厌其烦地把形势分析透彻,让同伴们知晓利害关系。

"是!我精挑细选能跑会打的,领命就是!"杨本初这次回答得干脆利落。

"好!老徐,你负责把最好的武器都匀给老杨他们,就说是我的命令。你们几个副队长也不要舍不得,等任务完成后再还给你们。"沈致远生怕其他人有意见,特意把话说在前头。

"我们听队长的!"大家纷纷表态。

"好!老杨你记住,那里是日本人的地盘,所以一旦目标上船,立即撤退！一秒钟都不要耽搁！听明白没？"

"是！"杨本初答应道。

"老徐，你和我各带一条船在江上等候，一旦接到血清针，立即带上老杨他们撤离。"沈致远有条不紊地部署着。

"是！队长！"老徐领命。

"大家务必提前各就各位，确保接应到位。还有不明白的吗？"沈致远问道。

"都明白了！"大家异口同声地回答。

"好！小王，你进来一下！"沈致远叫了声在外面站岗的警卫员小王。

"报告队长！小王在！"小王听到叫声进来。

"你负责通知军医，做好注射准备！"沈致远的部署滴水不漏。

"是！"小王领命，转身出去通知了。

"对于本次任务，大家都清楚了吗？"沈致远再次进行确认。

"都明白了！"大家齐声回答。

"那好，各自分头准备！晚上七点准时出发！最后再提醒一句，虽然根据地内奸已除，但还是要做好保密工作，以免走漏了风声！大家可以先确定好执行任务的人员，至于任务的具体内容，等出发前再告知！"沈致远看来对根据地出内奸的前车之鉴还是心有余悸。

"队长说的极是，我们会注意的！"大家纷纷说道。

"好！根据地能否度过这次瘟疫，成败就在此一举了！"沈致远看着窗外，天空一片蔚蓝，外面已是阳光明媚。

第 32 章

金华日本宪兵队武田办公室。

武田用双肘撑着桌子，半个屁股坐在椅子上。虽然伤已好了大半，但是毕竟还没有好透，屁股上的伤口还承受不了整个身体的重量，只有采用这种尴尬的坐姿。

以往桌子上的那些个标配——颜真卿的《多宝塔碑》帖和笔墨纸砚，早已被他束之高阁，灰尘都已经积了厚厚的一层了。

桥本低着头，弯着腰，恭敬地站在他面前。

"酒坊巷那边，这几天有没有什么动静？"武田问道。

"没见明显异常……"桥本欲言又止。

"什么叫没见明显异常，那就是有异常喽？"武田眉头一皱，一副明察秋毫的样子。

"少佐，是这样……这钱记酒坊的钱大有，自从他的儿子死于皇军之手后，前段时间经常在酒坊巷一带转悠，我们觉得形迹有些可疑……"桥本一边观察着武田的脸色一边说道。

"有没有发现他和什么人接触过？"武田问道。

"这倒是没有！但我总担心，他会对皇军做出什么不利的举动来！"桥本吞吞吐吐地说。

"就钱大有那个尻包？他能折腾出什么名堂来？上次死了儿

子到我这里来哭哭啼啼,被我说了几句,屁都没多放一个,就乖乖地走人了!"武田一脸的不屑。

"少佐,宁可信其有,不可信其无!不可不防啊!"桥本小心翼翼地说道。

"现在最关键的,还是血清针!今明两天一过,这血清针就是废物一堆了。所以,对酒坊巷进进出出的车辆,必须一一进行检查,确保没有夹带才能放行。这才是关键中的关键,你明白?"武田对桥本说道。

"是!明白!"桥本一个立正。

"钱大有那边,也安排人手盯着点吧,反正也没剩下几天了!"武田说罢起身,躬身站立在天皇挂像前,像虔诚的信徒见到自己所信奉的神那样。

这时,门外一声"报告"响起。

"进来!"武田正做着日军一统锦绣中华的白日梦,突然间被打断,面露不悦之色。

"报告少佐,钱记酒坊的丁卯送来请柬。"章涵义进来,双手将请柬呈给武田,同时向桥本微微点头示意。

"钱记酒坊?也真是巧了,说曹操曹操到啊……"武田转身接过请柬。他打开请柬瞥了一眼,读出声来:"诚邀大日本帝国皇军金华宪兵队队长武田少佐阁下:今晚八时,茗香茶楼,共赏金华戏,敬请大驾光临。钱大有诚邀。"

桥本听了,急忙上前对武田说道:"少佐,这钱大有有些反常啊!他儿子才死了不久,哪来的心思看戏?他这个时候请您看戏,我看是没安什么好心吧!"

"桥本君,你是只知其一,不知其二啊!你只知道在中国家有喜事请戏班助兴的传统,殊不知在中国许多地方,还有办丧事也请戏班的传统!章翻译官,我说的对不对啊?"武田每每说起有关中国文化的话题,总免不了眉飞色舞,想方设法地卖弄一番。

"武田少佐所言极是!在咱们金华,的确也有这样的传统!"章涵义回答道。

"你看,我就说吧!桥本君,要想真正征服一个国家,光凭武力是远远不够的。特别是针对中国这样一个地大物博、人口众多的国家,要懂得他们的文化精髓,了解他们的风土人情,才能从根本上统治他们!当然,武力征服是第一步,目前来说,也是最有效的一步。"武田又开始了喋喋不休的说教。

桥本和章涵义只能在一旁装作非常虚心地聆听着,还得时不时地点头表示赞同。

武田显摆了一阵子,见他们两人心不在焉地应付着,觉得索然无味,这才停住了唠叨。

"桥本,这钱大有根本无需多虑!谅他一条小泥鳅,也折腾不出什么大浪来!但是,他选择这个时间请我看戏,多少有些事出蹊跷。要提防他们明修栈道,暗度陈仓!我们还是按照原计划,重点盯住进出酒坊巷的马车,千万不可掉以轻心,让他们蒙混过关!"

桥本频频点头,喜形于色地说道:"看起来,少佐您所说的螳螂,今晚要出场了!"

"为了不引起他们怀疑,今晚我会应邀赴约。桥本,你知道自己该干什么了吧?"武田笑着说道。

"是是!少佐高明!下官在背后静静潜伏,做螳螂身后的那只黄雀!"桥本兴高采烈地说。每每有杀戮,总是能激起桥本的肾上腺素，让他兴奋得不行。

"章翻译官，晚上你配合桥本行动。这是你效忠皇军、建功立业的大好时机！"武田转对章涵义说。

"多谢少佐栽培，小的一定全心全意效忠皇军！决不辜负少佐的信任！"章涵义一脸的诚恳。

酒坊巷的一间酒肆里。

丁卯和一个人坐在一张四方桌前。桌上放着一壶小酒，还有一盘花生米和一碟五香豆腐干作为下酒菜。

"丁兄，您找小弟过来，是不是又要给小弟打赏几个小钱花花啊？"说话之人，正是那日到金记酒坊滋事的中年男人。只见他将小酒壶高高拎起，略一倾斜，一缕黄酒便从壶嘴飞泻下来，稳稳地落进他的大嘴中。

"你呀，也老大不小了，一天到晚就知道瞎混，也不晓得成个家。"丁卯数落他道。

"瞧您说的！我又何尝不想成家立业呢？可这兵荒马乱的，我一没家底，二没手艺，吃了上顿不知道下顿的，又有哪个姑娘愿意嫁给我过苦日子哦！"那人哭丧着脸说道。

"这话也在理！人逢乱世，如同无根的浮萍，随波逐流。但我想，我们的苦日子总会有尽头的，我们的生活，也总有安定下来的那一天。"丁卯深有感触地说。

"丁兄，你今天叫我出来，应该不只是谈人生理想吧？"那人又一口酒下肚，抓了一把花生米扔进嘴里，"嘎嘣嘎嘣"地嚼了起来，嘴里的那颗金牙时隐时现。

"还真有件事儿要请你帮忙，但我估摸着可能会有点风险，不知道你愿意不愿意？"丁卯观察着他的脸色。

"只要有钱赚,我就干!"那人毫不犹豫地说。

"那好,其实也很简单。今晚九点,你雇一辆马车到我们钱记酒坊门口来……"丁卯说道。

"啊?三更半夜的,这是要做啥?送货吗?"那人一脸诧异。

"可以说是,也可以说不是。掌柜的说,运一箱酒在金华城里转悠,孝敬头七押解儿子灵魂的鬼差。"丁卯说道。

"哎哟妈哎,怎么这么瘆得慌!"那人面露惊恐之色。

"你干不?干的话双倍报酬!"丁卯深知对付这样的人,还是钱来得好使。

"这大晚上乌漆墨黑的,城里又都是日本人,弄不好把我小命都给丢了!"那人还是犹犹豫豫的样子。

"三倍工钱!干不干?"丁卯直接加码,同时拿出几块银圆在手中掂了掂。

"三倍?那我干!"正所谓重赏之下必有勇夫,那人终于下了决心。

"好!一言为定!晚上准时把马车赶到钱记酒坊大门口,千万别给我掉链子!"丁卯千叮咛万嘱咐。

"丁兄,您就放一百个心吧!我一定会落实好的!"那大叔伸手要钱。

丁卯把钱交到那大叔手上:"这是定金,余下的任务完成之后再付。还有,这件事自己知道就行了,别在外面呱呱!"

"您就放心吧!就算烂在肚里,我也不会对外吐露半个字!"那人信誓旦旦。

"晚上可能遇到日本鬼子,你知道该怎么说吧?"丁卯问道。

"明白啊,实话实说,就说给押解钱记酒坊去世少东家灵魂的鬼差孝敬酒啊！但是有一件事我要丑话说在前头的……"那人说道。

"你小子又想出什么幺蛾子，快说！"丁卯急着赶回去。

"要是酒被日本人截了，我可不负责任啊，不能算我的，成不？"

"那是当然，给鬼差嘛，那日本鬼子和鬼差，又有什么区别呢？"丁卯笑着说。

两人对视，哈哈大笑起来。

金记酒坊这边，元魁也没有闲着。

他准备好了接应马车，赶着它来到小路那端。

"兄弟，这辆马车能不能先停在您这儿？"他对路口那户人家的户主说。

"有啥不可以啊？"那户人家平日里也受过金记酒坊不少恩惠，因此毫不犹豫地应允了。

"还有件事，要烦请兄弟帮个忙！"元魁拱了拱手。

"您有什么事尽管吩咐！还客气啥！"那人见元魁这么客气，反而不好意思起来。

"到了晚上九点，能否请您将马车赶到小路口等着，我有一批货想通过这条通道往外运！"

"晚上九点？是什么货呀，偏要这么迟运！"那人颇为不解的样子。

"这您就别问了！您只要把车赶到路口就行，可以吗？"元魁恳求道。

"可以啊！这有什么不可以？"那人见元魁没有回答，也就不再多问。

元魁从兜里取出两块银圆递给那人："这件事就拜托您了！"

那人连连摇头，推辞道："元魁兄弟，您这也太见外了吧！这么多年来，金记酒坊也没少帮我们，现在能为你们做点事情，我高兴都来不及呢！您谈报酬，也太瞧不起我们了！"

元魁听他这么说，也就不再坚持，于是朝他拱手道："那就有劳兄弟了！晚上九点，千万别错过时间了！还有，到时候还请您帮着一起搬搬东西！"

"您就放一百个心吧！"对方说道。

"另外，还烦请您不要声张，我们家小姐不愿意此事被别人知道。"元魁最后关照道，对方点头答应。

随后，元魁又雇了一辆马车，趁着白天酒坊巷人多眼杂，赶进金记酒坊的后院，将车卸了下来，把马赶到马厩里，好吃好喝地伺候着。

时间在一分一秒地过去，准备工作也在有条不紊地进行着。

不知不觉中，夜幕开始降临，酒坊巷华灯初上。白天热闹的酒坊巷，喧嚣开始落幕，寂静之中透着凄冷。

此时的茗香茶楼，已是张灯结彩，灯火通明，茶楼的掌柜张富贵正在店内前前后后忙碌着。

这单生意，本来无论如何他都是不愿意接的。自从日本人占领金华之后，茶楼夜间便鲜有客人光顾，他的茶楼通常到了傍晚也就歇业了。况且，这次钱大有接待的又是一群日本人，更是让他非常不情愿。可钱掌柜和他是发小，两人从小在酒坊巷一起长大，最近他又遭遇了那么大的家庭变故，他实在不好意思拒绝他的请求。

钱大有提早一个多小时就来到了茶楼，他一身白色的长衫，配着一顶白礼帽，一改往日的气质，变得有些仙风道骨起来。

"富贵,今天难为你了!"他带着几分歉意说道。

"哪里话!咱们是什么关系,还用说这样的客套话?"张富贵上前,拍了拍钱大有的肩膀。

"富贵,今天的这台戏,会比较惊险……"钱大有欲言又止。

"我知道,但一定是场好戏!"张富贵故意加重了"好戏"两字的语气。

"富贵兄弟,钱某在此谢过了!等下如果有什么情况,你可以先行离去。这里交给我来处理,切记切记!"

张富贵点点头,自顾自忙活去了。

钱大有独自一人坐在椅子上,看着戏班人员来来往往地搬运着道具,默不作声地盘算着什么。

"大有兄弟,好久不见!"一声铿锵的招呼声从他身后响起。

钱大有转身,只见一名仪表堂堂的男子站在身后,正面带微笑看着他。

"李老板!这次有劳您了!"钱大有朝他拱手示意。这李老板正是戏班的大当家李明渊,也是钱大有的老相识。

"大有,前日才知悉您家中的变故,但因家事繁忙未能前来吊唁,还望见谅!"李明渊表示歉意。

"谢谢李老板!"钱大有每每想到儿子的惨死,心中的悲凉便涌上心头。

"今天这台金华戏《薛仁贵征东》,可是一台好戏啊!大有兄弟放心,我们一定会好好演,绝不会让您失望的!"李明渊意味深长地看着钱大有。

钱大有感激地朝他点了点头,李明渊紧紧地握了下钱大有的手,便去了后台。

第 33 章

时间很快到了八点,茗香茶楼一切准备就绪。

夜幕下,一辆黑色的甲壳虫轿车在几辆三轮摩托车的护卫下驶来。车队的边上,还有一队日本兵一路小跑,众星拱月般地簇拥着。

轿车行驶到茶楼门口缓缓停下。一队荷枪实弹的日本兵从三轮车上下来,和步行的日本兵会合,在石井的指挥下,一部分人留在门口警戒,另一部分人则进入茶楼检查。

过了一会儿,一个日本兵从茶楼里面出来,在石井的耳边低声耳语着。石井点点头,小跑几步到了车边,冲里面叽里呱啦说了几句。

过了会儿,几个日本兵分守在门口,分别面朝四个方向警戒着。一个日本兵上前打开车门,武田一身笔挺的戎装,从车后座探出头来。

此时,早已恭候多时的钱大有才得以上前笑脸相迎:"武田少佐,欢迎大驾光临!我这里已经是万事俱备,只欠东风了!"

武田半真半假地说道:"钱掌柜,您太客气了!您今天,该不会是给我摆一出'鸿门宴'吧?"

钱大有听了哈哈一笑,说道:"武田少佐,您可太幽默了!

这'鸿门宴',得有西楚霸王和汉王刘邦才行啊,我钱某不过就一个小生意人,满脑子只知道赚钱,哪来这雄才大略?倒是您武田少佐,是愿意当刘邦呢,还是项羽啊?"

钱大有自从儿子去世后,已是别无所求,一改原本诚惶诚恐的样子,变得不卑不亢。

"楚汉相争,那可是胜者为王败者寇!这西楚霸王,败就败在关键的时候当断不断,尽显妇人之仁,到最后穷途末路,不仅错失了江山,还落得个霸王别姬、乌江自刎的悲惨结局!我们皇军可不是西楚霸王,关键的时候,是绝不会手软的!"武田话里有话,眉宇间还带着一股杀气。

钱大有故意轻描淡写地说道:"少佐,您言重了!现在金华都已经是皇军的囊中之物了,而少佐您是皇军中的佼佼者,这次能来捧场,我高兴都来不及呢,又何来楚汉相争和鸿门宴之说呢?"

武田头一歪,似笑非笑道:"是吗?难道,你就没有因为令郎之死,而怨恨我们?"

钱大有装出十分诚恳的样子:"少佐,犬子不幸去世,我当然是伤心欲绝。但人死不能复生,再纠结于过去,又有何意义?况且,我以后要做生意,哪能没有少佐的支持?如果少佐能支持小的,那我以后还不是财源滚滚!有了钱,我以后再讨几个姨太太,还愁没有子嗣?您瞧,今天钱某请了全金华最好的'李家班'来助兴。这台好戏,我当然不能把武田少佐给忘了!您说够不够诚意啊?"

武田向钱大有竖起大拇指:"钱掌柜,很高兴你能如此明事理!你选择与皇军合作,绝对是正确的选择!你对皇军忠心,皇军一定会投桃报李的!"

"多谢少佐抬爱！这边请！"钱大有做了一个请的手势。

钱大有领武田来到大堂，请他在正对戏台的最佳座位入座，石井也在后排就座，其他几个人也按官职大小入座。

一旁的张富贵见状，赶紧吩咐跑堂给每人沏了杯上好的明前龙井茶，并附送上几小碟茶点。

钱大有见众人一一入座，询问道："少佐，您看是不是可以开始？"

武田点点头："听钱掌柜安排！"

钱大有朝张富贵使了个眼色。张富贵会意，便到舞台后面通知李明渊开戏。

一阵热闹非凡的吹拉弹唱声响起，戏台上金华戏的演出拉开了帷幕。随着一幕幕剧情的深入，各种绘着不同脸谱的角色在舞台上粉墨登场，不同的唱腔时而高亢、嘹亮、激昂，时而流丽、清柔、婉转，响彻整个茶楼。这绝对是一场精彩纷呈、令人眼花缭乱的视听盛宴。

武田看得津津有味，不时鼓掌叫好："这金华戏可真是地道！中国戏剧真是魅力无穷啊！钱掌柜，如果我没有记错的话，这李家班应该就是明末清初戏剧家李渔的后人吧？而这李渔，也是你们金华人吧？"

钱大有微微颔首道："没想到，武田少佐对中国文化乃至地方戏曲涉猎如此广泛，真是不简单啊！钱某佩服，佩服至极！"

武田"呵呵"一笑："钱掌柜，中国文化源远流长、博大精深，在下知道的不过是九牛一毛，又岂敢妄自吹嘘！这李渔的戏曲论著《闲情偶寄》，对戏曲文学和戏曲表演都进行了深入的阐述，对中国古代戏曲理论有较大的丰富和发展。要了解中国戏剧，不知李渔怎行？"

钱大有听武田这么说，对武田还真有些刮目相看。

"少佐，看起来，您对金华戏也是颇有研究啊？"钱大有想方设法拖延着时间。

"这个嘛……我也不过是略知一二而已！这金华戏，是流传在金华一带的多种戏曲的合称，是一种博采众长、独具特色的本地唱腔，可以说是中国戏曲的'活化石'！钱掌柜，不知我说得对不对？"

钱大有不由得向武田竖起大拇指："少佐真是高人啊！您说的这些，就算是金华本地人，也未必知道！"

晚上九点，一辆马车准时抵达钱记酒坊的后门，赶车的正是丁卯雇用的那个大叔。

管家丁卯早就在后门等候多时，见了他连声埋怨："你这兄弟，可真是准时得很啊！提早一分钟都没有啊！我还以为你掉链子了呢！"

"哪能呢？这可是三倍的工钱呢！做生意，还是要讲诚信的嘛！"大叔一本正经地说道。

"得了得了，少贫嘴了！赶紧帮着一起装货吧！"丁卯招呼道。

"东西还不少呢！这么多酒，都装上车啊？"那大叔看了看摊在门口的东西，都是丁卯提早让人堆放在后门口的。

两人开始装东西，丁卯一边装一边小声说道："快，快一点，小心轻放……"

不一会儿两人便合力装好了车。丁卯拍了拍大叔的肩膀，把装着银圆的钱袋递给了他。

"不是说好的，完成任务再付剩下的钱吗？"大叔接过钱袋，在手里掂量了两下，并没有揣进怀里。

"你自己找个地方藏藏好，最好不要带在身上，任务完成之后再取回来。"丁卯对他还是比较关心的。

大叔这才把钱袋揣进口袋。

丁卯又叮嘱道："记住，安全第一！保命最要紧！不得已时，酒可以不要。"

大叔答应着上车，高高扬起皮鞭。不一会儿马蹄声渐渐远去，马车渐渐消失在夜幕之中，最后只留下一片死寂。

丁卯目送马车离去之后，不久也消失在茫茫夜色之中。

金记酒坊的后门，元魁早已经把马车提前套好。

晚上九点差一刻钟的时候，元魁就开始指挥几个信得过的伙计往车上装货。他十分谨慎，时不时地环顾四周，小声低语："快，都别耽搁，给我动作利索一点……"

不一会儿的工夫装车完毕，元魁站在门前，深情地看着金记酒坊的大门，感慨万千……

当年如果没有金满堂的出现，自己的生命也许早就定格在二十多年前那个寒冷的冬天。在许多人眼里，元魁只不过是金掌柜收留的一个小流浪汉，但是他却早就把金记酒坊当成了自己的家。

当然，他永远也不会忘记自己当初对金满堂的那个承诺：哪怕遇到再坏的情况，遇到再难的事情，都不能再干坏事！

想到这里，元魁已是泪流满面。

金九妹站在门内，眼神中充满了不舍。经过这么多年，经历这么多事，她早已习惯了他的存在，他已经成为她生活中重要的组成部分。

她扑上前去，紧紧地拥抱着他，在他耳边轻声细语："魁哥，为了我，千万要保重自己！九妹等着你八抬大轿来迎娶！"

未及说完，已是潸然泪下……

元魁纵是七尺男儿，也不禁触景生情。他噙着热泪看着她，拼命点头应允："九妹，你放心，一定会的！"

其实，他的心里十分明白：此行凶险，两人这一别，不知道是否还能再见！

终于，元魁一咬牙，轻轻推开她的热烈拥抱，又拍了拍她的双肩，示意她保持坚强。随后，他毅然转身，头也不回地朝那辆马车飞奔而去。

"魁哥，记住你答应我的……"九妹哽咽着朝他轻轻喊道。

元魁没有说话，只是朝她挥了挥手，随即策马扬鞭，驾车离去，只留下金九妹在原地黯然神伤。

不远处，唐振华默默看着，不敢上前惊扰。

茗香茶楼的戏台上，金华戏已经是高潮迭起。

现实生活中威风凛凛的沙场点兵，蜿蜒曲折的列队行军，辽阔战场上的激烈厮杀等一幕幕场面，都被李明渊和他的伙伴们在一方舞台上演绎得淋漓尽致。

"妙啊妙！真可谓是'三五步走遍天下，七八人百万雄兵'，'咫尺地五湖四海，几更时万古千秋'！"武田一拍大腿，情不自禁地叫起好来！

"少佐说得没错！这就是戏剧的魅力之所在！"钱大有不愧为"金华戏"的票友，一下便知武田所说何意。

"钱掌柜所言极是！尽管这舞台上没有山峦挺拔，也没有河湖纵横，没有狂风暴雨，也没有烈日骄阳，但是演员却完全可以凭借生动的舞台表演，使观众产生身临其境的感觉。"武田仿佛找到了知音一般兴奋不已。

"少佐在戏剧方面之见地，着实令人佩服！钱某以茶代酒，敬您一杯！"钱大有端起茶碗。

武田也端起茶碗，和钱大有的茶碗轻轻一碰，两人掀开碗盖，各自品了一口。

"这茶……也是好茶啊！"武田赞不绝口。

"想不到，武田少佐对茶叶也如此有研究？"钱大有眼前一亮，感觉又找到了拖延时间的绝好话题。

"呵呵，这天下茶叶品种众多，实在是不敢妄议！"武田笑了笑。

"这茶叶，可是上好的西湖明前龙井！采摘自当年乾隆皇帝御笔亲封的'十八棵御茶'，选用的全是两叶一心的旗枪，少佐可真是识货之人！"

"说中国是地大物博，绝非虚言啊！"武田感叹道。

钱大有心想：正因为我们中国地大物博，才引来这么多豺狼虎豹的觊觎，都想将其收入囊中。可古往今来，又有哪个真正成功过？他们不是匆匆过客，就是跳梁小丑，最终都会在中国大地上消失得无影无踪！

钱大有想到这里，脸上露出了会心的微笑……

戏台上的《薛仁贵征东》，仍在热闹地上演。

武田看得手舞足蹈，不亦乐乎。可和他一同前来的许多日本军官，却看得云里雾里。毕竟，他们不懂中国文化，有的甚至连中国话都听不懂，更不要说听懂戏剧的台词了。表演给他们看，无异于对牛弹琴。他们中许多人迷惑不解，这"咿咿呀呀"在台上唱的，到底是什么意思？这台戏演的，又是什么？

可即便如此，他们也没有一个敢擅自离席的，甚至连厕所都不敢上。相反，许多人还跟着武田的节奏，亦步亦趋地热烈鼓掌，表现得异常积极。

这时，石井快步来到武田身边，俯身在他耳旁低语道："报告少佐，螳螂已经出现。"

武田摇摇手，示意他不要再说下去。

"按原计划进行！务必将他们一网打尽！"他看了一眼钱大有，露出了狡黠一笑。接着朝石井挥了挥手，示意他退下。

石井会意，转身急匆匆离开。

钱大有掏出怀表看了看，时间已经过了九点。他虽然听不懂他们叽里咕噜地在说什么，但看两人神秘兮兮的样子，已经猜出了大概。

"元魁、振华和九妹，就看你们的了……"他默默地为他们祈祷着。

"钱掌柜，这戏是越往下越精彩了啊！"武田话里有话地对钱大有说道。

"少佐，越往下越精彩，高潮迭起，精彩纷呈！"钱大有笑着说。

"过程再精彩，但最后结果只有一个，总是要见分晓的！"武田一副皮笑肉不笑的样子。

"对，再好的戏，总有谢幕的那一天！"钱大有意味深长地说了这么一句。

"到最后，一定是强者取得胜利。这是物竞天择、适者生存的自然法则。"武田用老鹰般的眼睛看着钱大有。

"少佐,中国人可不这么认为。"钱大有不以为然地说。

"哦?愿闻其详!"武田今天的心情出奇地好,自然也比以往耐心了许多。

钱大有接着说道:"中国有个成语,叫'仁者无敌',您应该听说过吧?"

"当然!不过我以为,'仁'是懦弱的表现。你看看西楚霸王妇人之仁,不就落得个战败身亡的结果吗?"武田鼻孔里出气,冷笑一声。

钱大有说道:"西楚霸王那根本不能算'仁'!他错就错在对形势的误判,或者说对自己的武力过于自信,因而产生了轻敌的思想。武田少佐,您应该听说过他坑杀二十万秦朝降军以及火烧阿房宫的事吧?您说,这样的项羽,又哪里称得上'仁'?"

武田听了,面露尴尬之色。

钱大有继续说道:"再反观那刘邦,攻入咸阳城后,遏制私欲,从善如流。不仅不滥杀无辜,还宽厚待人;不仅封闭皇宫、封存国库,还对百姓'约法三章',这才是真正的'仁'!正所谓,得道多助,失道寡助啊!"

此时,武田已经被驳得哑口无言,脸涨得如同猪肝一般。他正想发作,钱大有却不失时机地朝他拱手说道:"少佐请不要介意,这不过是钱某的一家之言,有说得不对之处,还望海涵!"

俗话说,伸手不打笑脸人。武田听钱大有这么说,不得不忍着自己的满腔怒火。

"来,我们继续看戏,别辜负了这'李家班'的精彩演出!"钱大有立即不失时机地给了武田一个台阶下。毕竟,这里时间拖得越久，对唐振华他们就越有利。

武田刚升起的怒火被浇灭，目光也重新聚焦于舞台。

那大叔赶着马车，穿过长长的酒坊巷，穿梭在金华的大街小巷。平日里他经常帮人在金华各地送货，因此对日本人在城内道路上的关卡，也是了然于胸。所以在路线选择时，他便刻意绕开了那些哨卡。

两边的店铺早已经打烊，住家也都熄了灯。四周一片漆黑，只有清冷的月光照在空旷处，偶尔也洒在马车上，投下一片阴影。马车移动，影子也跟随着移动。

从酒坊巷开始，一队躲在暗处的日本兵全副武装，弓着腰，端着步枪，悄悄跟在大叔的马车后面。他们依托着夜幕的掩护，蹑手蹑脚地尾随着。当他们暴露在月光下的时候，枪上的刺刀发出了明晃晃的光芒。

不一会儿，寂静的巷子又传来一阵马车碾压路面的声音。"嘚嘚嘚"，另一辆马车行驶而过。不远处的角落里，也有一队日本兵鬼鬼祟祟地尾随其后。

马车上，元魁神情自若，左顾右盼，他在仔细观察着前后左右的动静。他用手中的缰绳和马鞭，控制着马车行进的速度，时快时慢，时疾时缓，始终和身后的敌人保持着一定的距离。

第 34 章

茗香茶楼的戏台上，金华戏的演出，再次高潮迭起。

武田、钱大有看似沉迷戏中，实际上两人之间却是暗流涌动，间或还会微微侧脸，用眼睛的余光偷偷观察着对方的表情。

金记酒坊的后门，元魁出发一刻钟之后，紧闭的后门又"嘎吱"一声缓缓打开。金九妹先从里面探出头来，朝左右两边瞥了几眼，见没有什么状况，才朝院子里招了招手。

一个伙计挪开了门槛，唐振华轻手轻脚地牵出马车，大门缓缓关上。

月光下的金记酒坊，显得格外静谧。

金九妹回头看了一眼，心中有万般不舍。这是她赖以生存的家园，承载着她太多的记忆，有童年时的无忧无虑、长大后的喜怒哀乐，她一生的欢乐和悲伤，都系于此地。

"爹，女儿带您暂时离开此地。过不了多久，我们一定会回来的！这里属于我们，任何人都休想从我们手中夺走！"她看着捧在怀里的牌位轻声说道。

唐振华轻轻扬起马鞭，朝着酒坊巷中那条隐蔽的小路驶去。

小巷里寂静无声，静得只能够听到石板路上"嘚嘚嘚"的马蹄声，还有"嘎吱嘎吱"的车轱辘声。

唐振华、金九妹默不作声，神情凝重。他们知道，只要血清针没有安全到达根据地，一切就还是个未知数。

这条路，唐振华已经熟悉得不能再熟悉了。白天，他已经来探过好几次路了，该在第几个路口转弯，转弯处有什么标志，他早已熟记在心。

马车行进得非常顺利，除了路上碰到几只流浪狗之外，没有受到任何干扰。没过多久，马车便弯进了一个巷口，来到了那条可以通往外部区域的小路。

唐振华在靠巷口最近的地方停下马车，迅速拴好缰绳，便开始转移车上的木箱。木箱虽然有点分量，但好在这条小巷只有五六十米长，将这些箱子转移到位，对于唐振华来说也花不了多少时间。

金九妹在边上虽然很心急，但是也只能干着急，一点忙也帮不上。这些箱子对她来说，过于沉重了些，非她能力所及。况且，这箱子里的血清针也是易碎品，必须轻拿轻放，经不起她折腾。

唐振华以最快的速度将第一箱血清针搬到了小巷那端，他举目四望，发现周围空无一人，却已经有一辆马车停在巷口，马车的缰绳被拴在一棵树上。

唐振华心想：这元魁平时做事小心谨慎，怎么这次这么马虎？万一这马车被人赶走或者马被人牵走，那不是整个计划都泡汤了？他有所不知的是，不远处的窗户里，有一双眼睛正紧紧盯着他这边，这个人就是元魁托付之人。

那人见到他们，立马从家中跑了出来，和九妹打了个招呼，什么话也没说，就开始帮着一道搬运东西，让进度快了许多。

但他们没有察觉到的是：在不远处，还有一个黑影正躲在暗处,偷偷地注视着他们……

丁卯雇用的那个大叔,一路不紧不慢地赶着马车,在金华城的大街小巷四处转悠,走走停停,还精准地绕开了日本人的哨卡。他时而吹着口哨,时而来一段金华戏,时而将马车停靠在街边,下车撒上一泡尿,却完全没有出城的意思。

尾随在后的日本兵既怕将他跟丢,又怕被他发现,跟得尴尬至极,其中的纠结和郁闷,只有他们自己知道。但武田吩咐过,不可贸然行动,而是要尽可能地抓住接头双方,争取一网打尽。所以他们也不敢贸然上前实施抓捕,只能任由大叔四处游荡。

这边元魁也驾着马车,优哉游哉,如同闲庭信步般在大街小巷穿行着。他时走时停,时快时慢,同样也让身后的日本兵丈二和尚摸不着头脑。

让元魁觉得尤为可笑的是,当他停下来的时候,尾随的日军怕被他发现,也急忙停下来四散开来,寻找附近可以藏匿的地方隐蔽。而当自己继续往前走的时候,他们就迅速集结起来继续跟踪。他们一路躲躲藏藏,弄得精疲力尽,而且明明早已经被元魁发现,还自欺欺人地以为自己藏得很好。看上去反而元魁是一只猫,他们倒成了胆小的老鼠。

两队日本人其实心里都纳闷:这赶车的唱的都是哪一出戏啊?四处转悠,兜着圈子,既没有出城,也没有接头,着实令人费解。日本人本想着放长线钓大鱼,可这线是放得够长也够久了,怎么就是没见大鱼来咬钩呢?

月色中,唐振华他们用了没几分钟,便完成了血清针的转运,现在血清针已经四平八稳地被安放在了新的马车上,金九妹也早就在马车边等候着。

"好了,都装完了,我们走吧!"随着唐振华一声低沉的吆喝,唐振华和金九妹告别了帮忙的老乡,赶着马车穿街走巷,绕过关卡,一路畅通无阻地朝着婺江的方向行驶而去。

那个在巷口黑暗处窥看他们的黑影,也始终和他们保持着合适的距离,跟在他们的马车后面,紧追不舍……

茗香茶楼的舞台上,金华戏的演出热闹非凡,台下不时响起掌声和喝彩声。

武田有意无意地瞥了一眼钱大有,露出狡黠的微笑。

钱大有偶尔也看了下武田,有几次正好与武田对视,他镇定地朝武田笑了笑。

武田没话找话地说道:"钱掌柜,金华戏不愧是中国戏剧的瑰宝!今晚的演出很精彩,我觉得很满意。真是个美妙的夜晚!"

钱大有拱手示意:"谢谢武田少佐抬爱!能得到少佐的夸赞,钱某不胜荣幸。这个夜晚,绝对精彩!"

说到最后几句话的时候,钱大有加重了语气。

武田意味深长地说了一句:"钱掌柜,这戏,恐怕是快要谢幕了吧?"

钱大有话里有话:"马上,马上,请武田少佐少安毋躁。"

说罢,两人相互对视,一副心照不宣的样子,竟都不由自主地哈哈大笑起来。

戏台上,锣鼓喧天,演绎的正是白热化的战争场景。只见一片刀光剑影,正反两派短兵相接,各种打斗场面精彩纷呈,双方你来我往,打得难解难分。

"好好好!"台下的日本官兵虽然听不懂唱腔和唱词,但是对台上的武打动作却是兴趣盎然。

俗话说得好，台上一分钟，台下十年功。这台上"李家班"中许多人，练的可都是过硬的"童子功"，所以观赏性自然也是一流，因此得到这些日本人的交口称赞，也是意料之中的事情。

金华城内，那大叔依然驾着马车，不紧不慢地和日本兵兜着圈子。

可兜来转去，每次快要接近日本人出城哨卡的时候，他又突然往边上的路岔开，转向另一个方向而去。这转悠来转悠去，快一个时辰过去了，他在金华城的东西两个方向，都来回走上了一遭。

大叔掉转车头，这次没有再往回走，而是向北面驶去，看来是想把金华城的东南西北四个方向都跑个遍。尾随的日军虽然已经疲惫不堪，但出于对胜利的渴望，依旧不离不弃地跟在马车后面。

可是，随着马车的向前行驶，跟踪的那队日本兵的耐心，也逐渐被消磨殆尽，心中的怀疑也越来越深。

领头的日本军官觉得有些不太对劲，也渐渐感觉到这样下去不是个办法，于是不再偷偷摸摸跟在马车后面，而是上前将马车截停。

几个日本人端着手中的长枪，将大叔团团围住，生怕他逃之夭夭。

"你的，什么的干活？"一个略懂一些三脚猫中国话的日本兵恶狠狠地上前问道。

大叔见几个日本兵端着枪用刺刀指着自己，一个个凶神恶煞的样子，不禁有些害怕。他急忙举起双手，连滚带爬地下了车，朝着日本兵们大声叫道：

"皇军，别开枪，别开枪！报告皇军，我的，大大的良民！"

"你的，大半夜在城里，什么的干活？车上装的，又是什么东西？"那个日本兵问道。

"报告太君，这车上装的……是钱记酒坊的酒！"大叔颤巍巍地回答道。

这时，早有几个日本兵上前，去检查马车上装的东西。当他们打开酒坛的封装时，一股浓郁的酒香扑面而来。

"报告长官，是酒！"一个士兵向带头的军官报告道。

"什么？没有其他东西了吗？把剩下的几坛都打开，看看有没有其他东西！"那个军官失望之余，仍然没有死心。

几个日本兵又开始去开其他老酒。

大叔本来想上前阻拦，但一看日本兵这架势，知道不仅没有任何用处，说不定还会白白送了性命；又想起丁卯的叮嘱，于是举起双手恭立在一旁，不敢发出只言片语。

几个日本兵依次把酒坛都检查了个遍，有的甚至还把手伸进酒坛捞了几把，但是除了散发着醉人酒香的老酒之外，什么也没有……

日本兵顿时有种被戏弄的感觉。那个日本军官上前，一把揪住大叔的领口，"啪啪啪"地左右开弓连打了他好几个巴掌，把他的脸打得红一块紫一块，一边打还一边咬牙切齿地问道："东西呢？快说，东西在哪儿？"

"太君，小的不明白，你们……在找什么东西？"大叔捂着自己那张被打得生痛且红肿的脸，苦着脸问道。

"别装傻！你把东西藏哪儿了？快说，要不然杀了你！"那名军官拔出手枪，强迫大叔张开嘴，将枪管塞进他的嘴里。

"太君饶命,饶命!我真的不知道您在说什么!也不知道您要找什么!"大叔因为枪管塞在嘴里,用含糊不清的口齿一脸委屈地回答道。

日本军官又是两记响亮的耳光打在他脸上,立刻打得他眼冒金星,耳朵嗡嗡作响。

"给老子老实交代,是谁让你大晚上的运这些东西在街上转来转去的?"日本军官厉声问道。

"我说,我说!太……太……太……君,是钱记酒坊的管家让我运的!"大叔心想保命要紧,赶紧一五一十把事情的经过都说了。当讲到鬼差的时候,还费了很多口舌解释了半天,那个日本人总算勉强明白了七八分。

"鬼……差?是个什么东西?你带着我们玩了一个晚上,就给我们编了这么一个理由?"日本军官越想越气,忍不住在大叔的屁股上狠狠地踹了一脚,险些将他踹翻在地。

"太君,小的所言,句句属实,绝无半点虚言!如有半句假话,天打雷劈,不得好死,永世不得超生……"大叔的毒誓一个接着一个。

"你给我闭嘴!"日本军官又是一记响亮的耳光,甩在了大叔的脸上,大叔急忙捂住了嘴。

"长官,我们是不是赶紧去钱记酒坊,说不定还可以有什么收获呢!"一个日本兵眼珠滴溜一转,建议道。

"对!这个建议很好!我们赶紧去!你,前面给我们带路,如果敢耍什么花招,我一枪毙了你!听见没?"日本军官说道。

"是是!"大叔赶紧点头。同时心里想着:丁卯啊丁卯,对不起了,别怪我啊,我这也是为了自保,实在是没办法啊!但愿你们已经提前撤了。

大叔带着日本人直奔钱记酒坊而去。这回他可不敢兜圈子，毕竟这是性命攸关的事。没多久，一群人就来到了钱记酒坊。

月光下的钱记酒坊，显得格外冷清，黑漆漆的大门紧锁，四周寂静无声。

两个日本兵上前，用拳头狠狠地捶门，大门发出"砰砰砰"的巨响，可就是没有人应答，也没有人来开门。日本兵失去了耐心，开始用脚狠狠地踹门，一脚又一脚，门闩终于被踹断。他们推开门，如狼似虎地冲了进去。

他们摸着黑，所以不得不保持谨慎，只能结伴而行，不敢分头行动。当他们一脚高一脚低地一个个房间挨个搜过以后，结果却令他们大失所望：偌大一个宅子，桌椅板凳等家具倒是一应俱全，却是空无一人……

等他们回过神来，想再找大叔，将他带回去严加审讯的时候，才发现他早已经乘他们不备，偷偷地跑得无影无踪了！

这队日本兵们像斗败了的公鸡，一个个垂头丧气。本来还指望着辛苦点能抓条"大鱼"回去领赏，可未曾想到的是，辛苦了一个晚上，竟然是两手空空，一点收获也没有……

这边元魁也充分利用对大街小巷熟悉的优势，在金华城四处转悠，耐心地和日本鬼子周旋着。他时而光明正大地出现在主路上，时而又冷不丁地拐进小街巷内。马车时而提速，时而放缓节奏，让尾随其后的日本兵猝不及防，又不得不继续应付。

一个时辰下来，日本兵已经是气喘吁吁，汗如雨下。领头的日本军官也开始疑窦丛生，他的脑海快速闪过刚才经历的一幕幕情景：监视、盯梢、装车、起运、走走停停的马车，时而吹着口哨时而唱着金华戏的赶车人……

日本军官经过再三思考，终于发现他们被耍了，恨得咬牙切齿："八嘎！"

这时，他再也顾不上武田的计划和命令，一挥手，日本兵们加快脚步，朝元魁一拥而上。元魁一直在留心身后敌人的举动，看到日本人朝他这里飞奔过来，便高高扬起马鞭，抽在了马背上，马吃痛加快了脚步狂奔起来。

"嘚嘚嘚，嘚嘚嘚……"急促的马蹄声在街上响起，后面的日本兵紧追不舍。

可马车毕竟是马车，车上又装了东西，又是在街巷里行驶，多多少少会对行驶的速度产生一定影响。加上马蹄声急促，引得附近关卡的敌人也朝着这个方向围了过来。

终于，尾随的日军和几路守关卡的日伪军一拥而上，把元魁和马车的出路堵住，马儿腾起前腿，嘶鸣了一下，又落在原地。

日本军官肺都气炸了，他一挥手，一群人举着枪瞄准元魁和马车，慢慢地靠近。

"不想死的，举起手来，不许动！"一个伪军朝元魁叫道。

元魁早已将唐振华给他的手枪握在手里，不动声色地打开保险，趁着夜色，将双手反抱在脑后，将手枪压在手掌和后脑之间。

日本兵的注意力，都集中在马车上。几名日本兵端着步枪冲到马车前，用刺刀捅破木箱，用枪托一下一下砸着马车上的酒坛，随着"哐哐哐"一声声闷响，白酒洒了一车，又从车上流淌下来，一直流到日本兵的脚下。

一个日本兵把头探进马车，翻来覆去地寻找，希望能找到他们感兴趣的东西。可令他们失望的是，车上除了破碎的酒坛碎片、木板之外，什么也没有！

日本军官还不死心，他强忍住愤怒，脱下白手套，蹲下身子，用手指蘸了地上的酒，放到鼻子下闻了闻，摇摇头道："是酒，真是好酒啊！可惜，太可惜了！"

元魁突然仰天长啸："我们这酒坊巷里，最不缺的就是酒！我们想酿多少就多少！可惜的不是酒，而是你们的命！因为命是你们爹妈给的，只有一条！"

说罢，元魁迅速从脑后取出手枪，没等日本兵反应过来，就朝着那个日本军官连开三枪。那军官都还没弄明白怎么回事，就被子弹击中，如同死狗一般仰天倒地。其他日本兵听到枪响反应过来，连忙扣动扳机朝着元魁连连开枪。元魁多处中弹，满身鲜血，匍匐在地一动不动。

日本兵乱作一团，赶紧上前察看倒在地上的日本军官，发现他已气息全无，当场毙命！还有几个则跑过去检查元魁，他们将元魁的身体翻了过来，赫然看到他沾满鲜血的衣襟已经敞开，两颗手榴弹挂在他的腰间，正"哧哧"地冒着青烟。想必是元魁乘着日本人翻动他身体的瞬间，用尽最后的力气拉开了手雷的引信。

几个日本兵惊慌失措，一边大声惊呼"手雷！"一边本能地拔腿就跑。可是为时已晚，随着"轰"的一声巨响，现场顿时弹片横飞，离得近的两个鬼子被手雷当场炸死，稍远点的几个人被弹片击中，鲜血淋漓。爆炸的火花迸到地上，碰到流淌了一地的高度白酒，瞬间蹿起了蓝色的火苗，向四周迅速燃烧、蔓延……几个鬼子被火焰点燃，发出一阵鬼哭狼嚎，像小丑般地在地上跳着、翻滚着……

听到从远处传来的巨大爆炸声，赶着马车的金九妹、唐振华对视了一眼，又不约而同地看着远处冲天的火光。他们知道这意味着什么，泪水不知不觉夺眶而出……

唐振华慢慢举起右手，面朝火光的方向，用无比崇敬的心情，庄严地行了一个军礼。他的手臂在耳边停留了好久，他想用这样的方式，表达对元魁最高的崇敬之情！

金九妹也一声不吭地肃立在他身旁，脸上满是泪水……

第 35 章

茗香茶楼的戏台上，锣鼓喧天，金华戏迎来了最后的高潮，薛仁贵也即将迎来征东的大获全胜。

武田显然已经没有了一开始的淡定，因为他满怀期待的好消息，一直没有如期而至。

突然，一阵爆炸声从远处传来，没有一点思想准备的他吃了一惊，差一点从座位上跳了起来。

"怎么回事？赶紧去了解下！"武田立即对身后的石井低声说道。

"是！"石井转身离去。

"少佐，不必惊慌，一切尽在掌握之中，我们继续看戏！马上就是大结局了！"钱大有在一旁胸有成竹地微笑着。

武田故作镇定，挤出来一丝笑容："对，继续看戏！继续看戏！"

少顷，石井急匆匆地从外面跑了回来，踉踉跄跄地俯身在武田身边嘀咕道："报告，少……少……少佐，我们中……中计了，没……没有发现血……血清针！金记酒坊的人拉响了手雷，我们有一名军官和好几名士兵伤亡！还有，这钱大有家里已经空无一人……"

武田脸色大变,"噌"地一下子从座位上腾起,拔出手枪对着身边的钱大有,从嘴角挤出了一句话:"姓钱的,好一出'调虎离山,金蝉脱壳'的好戏!"

钱大有面不改色,仰天大笑:"武田,你太自以为是了!你以为自己很懂中国文化,其实你在中国卖弄中国文化,就好比班门弄斧一样可笑!"

"你这刁民,信不信我一枪崩了你?"武田恼羞成怒。

"我个人死不足惜!你的手上血债累累,也不在乎多我一个!你动手吧!"钱大有抬头挺胸,大义凛然地说。

"砰……"随着一声枪响,罪恶的子弹穿过钱大有的胸口。他猝然倒地,胸口瞬间被鲜血染红。

弥留之际,他觉得自己仿佛置身于一处开满鲜花的山谷中,那里草木苍翠,鸟语花香,一片安宁祥和的景象。钱多多手里拿着一束野花,追逐着一只黄狗,在花间的小径上自由自在地奔跑着。当他看见钱大有正笑眯眯地看着他的时候,便兴高采烈地跑向钱大有,嘴里还大声地喊着:"爹……爹……来和多多一起玩……"

钱大有惨白的脸上,露出了一丝满意的笑容。他朝着儿子来的方向招了招手,缓缓闭上了双眼,吐出了最后一口气。

武田看着倒在血泊之中的钱大有,心里在飞快地盘算着:虽然牺牲了几个部下,也没找到血清针,但是在本次行动中,好歹击毙了两名共党分子。到时候向上级报告,如果说打死的是共产党金华地下组织的骨干分子,那上级不仅不会责罚他,说不定还会对他进行嘉奖,弄不好还可以官复原职……

武田想到这里,原本紧锁的眉头逐渐舒展开来,露出了一丝微笑。他觉得自己实在是太聪明了，不禁得意扬扬起来……

"砰……"又是一声枪声骤然响起，在场的日本官兵们一阵惶恐。令他们万万没有想到的是，应声倒下的竟是武田！他仰面重重地摔倒在地上，额头被子弹打出了一个窟窿，鲜血从伤口汩汩地流了出来。他惊愕的表情还僵在脸上，好像根本不相信这是真的。

而这枪声，竟来自那戏台！

台下的日本兵齐齐地望向戏台，只见一个人从舞台上闪退，迅速沿着演员通道逃向了后台。看他的穿着打扮和身形，竟是那李家班的班主——李明渊！

见长官遇刺，日本兵瞬间无所适从，乱作一团。而当他们反应过来想集结起来冲向后台抓刺客的时候，茶馆内的灯光突然熄灭，场内一片漆黑。李明渊和李家班的演员们以及其他人等，早已经从茶楼的后门遁去，化整为零，消失在茫茫黑暗之中。

茶楼的老板张富贵和伙计们，也都乘着黑暗，利用熟悉茶楼地形的便利条件，逃之夭夭。等到重新接上电点亮灯的时候，整个茶楼只剩下面面相觑的日本兵。

墓地边的休憩亭，柳媚一脸的迷茫。

"这张富贵和李明渊，到底是咋回事啊？难道，他们两个也都是地下党？"柳媚有些听糊涂了。

"你只猜对了一半！这张富贵，不过就是钱大有的发小而已。他见钱大有遇难，又看见刺杀武田的李明渊他们有危险，情急之下熄了灯，帮助李明渊他们逃跑。"唐涛回答道。

"而这个李明渊，则是一个不折不扣的地下党。他以戏班为掩护,一边四处演戏,一边到处为组织收集情报。看到钱大有慷慨就义,他义愤填膺,这才贸然出手。"

"原来如此!我说呢,怎么这么巧!"柳媚这才明白个中原委。

"其实听到这里,我心情挺沉重的!一下子,就牺牲了俩!"她接着说。

"革命哪能没有牺牲啊!两人都是为了掩护血清针而慷慨赴死!他们舍生取义的精神,着实令人敬佩!"唐涛对两位前辈充满了敬意。

婺江江畔,金九妹、唐振华并没有因为元魁的牺牲而有片刻停歇,他们策马扬鞭,继续赶着马车一路疾驰。

"振华,我们胜利在望了!再过一个路口,拐个弯笔直走,就到三号码头了!"金九妹略微松了一口气。

"不到最后关头,绝不可掉以轻心!"唐振华面朝前方,神情专注。

突然,他停住了马车。因为他发现前方的道路上,横七竖八地放着几根又粗又长的毛竹。

唐振华眉头一皱,将马车停下。

"怎么办?"金九妹焦急地问道。

唐振华没有回答,举头向四处张望了下,没见一个人影。他隐隐觉得事有蹊跷,这些毛竹绝对不会平白无故出现在这里,很有可能是附近有埋伏。但这是马车通行的必经之路,所以他必须做出抉择:到底是冒着危险下车清理,还是掉转车头另谋他路?

"还有别的路可以通往三号码头吗?"他问道,毕竟金九妹是这里的"地头蛇"。

"没有了！这是唯一的路！"金九妹平时送货也常去码头，熟悉这里的情况，她摇摇头说道。

"那我们还有的选吗？"唐振华反问道。于是他不再犹豫，将缰绳交给金九妹，左顾右盼之后，便下车开始清理毛竹。

唐振华俯下身子，将一根根毛竹移到路边。就在他即将移完最后一根的时候，边上的灌木丛中突然响起一阵窸窸窣窣的声音。唐振华的注意力被吸引过去，他下意识地拔出腰间的手枪，枪口指向了那个方向。

正在他想着要不要走过去察看一下的时候，身后响起了生硬的汉语："不许动！举起手来！"

唐振华感到一个冷冰冰的东西正直直地抵在自己的后脑勺，凭他的经验，他知道那是一支枪管。唐振华心中一凉，马上担忧起金九妹的安危来。他转头一看，金九妹的身边站着一个日本兵，正用刺刀对准她。

这时，灌木丛后也三三两两地走出了五个人来，有三个日本兵，还有两个伪军。唐振华知道，这次想再逢凶化吉，恐怕是难上加难了……

身后的声音再次响起，依旧是非常生硬的中国话："你以为你们这招能够瞒天过海？太天真了！难道我们大日本皇军是吃素的？"

"桥本上尉，您果然是料事如神！您早料到他们一定不会从陆路出城，所以提前在这里设下埋伏！高，实在是高！"身后又一个声音响起，这次是标准的中国话。

"章翻译官，这次行动成功，你可是立了大功！这个设伏的地点，多亏你建议得好！"

说话的不是别人，正是日本宪兵队的桥本上尉。而另一个，就是翻译官章涵义。

"多谢桥本上尉栽培！"章涵义回答道。

"来啊，把他们都押回宪兵队去！"桥本指挥道。

对面的几个日本兵和伪军正欲上前，章涵义的声音再度响起："别动，你们都别动！桥本上尉，放下枪！"

章涵义调转枪口，直直地戳着桥本的太阳穴，他的声音铿锵有力，带着无比的威严。

"章翻译官，你这是……你疯了？脑子进水了？竟敢这样对长官说话？"桥本睁大双眼，露出不可思议的表情。

对面的日伪军不知道发生了什么情况，愣在原地，不知道该怎么办才好。

"我没有疯，是你们疯了！你们日本人疯了！日本不过是弹丸之地，你们怎敢狮子大开口，妄图鲸吞我堂堂大中华？"章涵义冷笑一声，用枪紧紧抵住桥本的脑袋，又一把下了他手中的枪，转手递给了唐振华。

"章涵义，你……到底是什么人？难道你是……你不为自己考虑，也得为你一家老小考虑。如果今天你敢背叛皇军，你的老婆孩子，都会成为你愚蠢行为的牺牲品！"桥本提高嗓门，怒不可遏地说道。

"桥本，让我告诉你我是什么人！我是个中国人，堂堂正正的中国人！我忍辱负重，背负汉奸的骂名，等的就是这天！至于我家里人嘛，这不需要你来操心，我今天就是有备而来的！"章涵义慷慨激昂地说。

"你们还愣着干吗？不要听他瞎扯淡！我们人多，他们只有两个人！赶紧上来，把他们拿下！"桥本朝着部下气急败坏地喊道。

对面人中有两个是日本兵，听到桥本的命令，立刻蠢蠢欲动起来。他们端着枪，一点点地往前挪动过来。但因为桥本被挟持，他们投鼠忌器，也不敢贸然开枪。

"砰——砰——砰——"几声枪声响起，对面的日本兵应声倒地，另两个伪军抱头鼠窜，一溜烟逃得无影无踪。

唐振华觉得奇怪，明明自己和章涵义都没有开枪，怎么对面倒下了好几个？这枪声，竟来自马车的方向！那里不是有日本兵在看着金九妹吗？就算是开枪，对准的也应该是他和章涵义才是啊！

此时，只有身后的章涵义明白，自己从来不是一个人在战斗，这是自己的战友在暗中支援自己！

唐振华朝马车方向望去，这才发现，不知什么时候，那名日本兵已经倒在了地上，旁边流了一大摊鲜血，应该是被人暗中抹了脖子。金九妹的边上，站着一个身材魁梧的人，黑暗中一时半会儿还认不出来是谁。

桥本知道自己大势已去，但还不死心，他还想做最后的挣扎，于是突然转身，想去夺身后章涵义的枪。章涵义往后退了一步，扣动扳机，枪声响起，桥本头部中弹，应声倒地。

"真是困兽犹斗！贼心不死！"章涵义看了一眼在地上抽搐的桥本，轻蔑地说道。

唐振华朝章涵义拱拱手："今天多亏您出手相助，在下有要事在身，先行告辞，大恩大德，来日再报！"

说罢，就向马车走去。

此时，一支手枪顶在唐振华的后脑勺，在月光下发出幽冷的光！

章涵义的声音在他身后响起："慢着！不许动！"

这时，马车边的人也朝他们走了过来，走到近处，唐振华才看清楚他的脸。

那人，竟然是钱记酒坊的管家——丁卯！

唐振华纹丝不动，冷静地对着丁卯说道："我如果没有猜错的话，你应该是国民党的吧？"

金九妹疑惑地看着丁卯说道："国民党？他不是钱记酒坊的丁管家吗？"

丁卯淡然地对唐振华说："你猜得没错！我叫李卫国，黄埔十期毕业，参加过'淞沪会战'，长期潜伏在钱记酒坊从事谍报工作。省政府迁至永康方岩后，我奉命秘密监视你们共产党的活动。丁卯，不过是我的化名罢了。"

唐振华轻笑一声："你们的情报工作，真是出神入化啊！唐某佩服佩服！"

唐振华又对着章涵义说道："这位章翻译官，想必也是国军潜伏在日本宪兵队的谍报人员吧？"

"你猜得没错！这段时间，涵义兄弟也一直在和我保持着紧密联络，无时无刻不在搜集掌握日军和你们的动向！"李卫国说道。

金九妹在一旁看着章涵义，若有所思。她沉默了一会儿，终于忍不住问道："章翻译官，上次你和刚才被击毙的日本军官，带着几个日本兵到我们酒坊去搜查的事，你还记得吗？"

章涵义笑着说:"当然记得!你家私藏了抗日学生,一旦被日本人发现,是要被杀头的!其实,我当时是故意主动提出去搜查的。"

金九妹恍然大悟,心中的疑问迎刃而解。她朝章涵义深深鞠了一个躬:"谢谢您,章翻译官!要不是您手下留情,那天我们和那两个学生就都惨了!"

章涵义回了一个礼,轻描淡写地说道:"只要是有良知的中国人,碰到这种情况都会像我一样做的!"

"两位,这是一个军人报效国家、誓死捍卫民族尊严的关键时刻,我们理应掉转枪口一致对外,你们这是要对自己人开枪吗?"唐振华知道,对方有两人,双拳难敌四手,自己硬拼肯定不是办法,只有对他们动之以情,晓之以理。

"李某十分钦佩唐兄的胆识与才华。虽然现在是国共合作时期,你我各为其主,只要唐兄留下这批血清针,李某绝不为难于你,否则……"

唐振华淡淡地说:"李先生,抗日根据地瘟疫横行,又面临缺医少药的境地,这批血清针对我们有多重要,你不会不明白吧?"

李卫国默不作声,一直举着枪。章涵义也在一旁用枪对着唐振华,以防他突然反击。

时间一分一秒地流逝,双方就这样一直僵持着!

几分钟后,李卫国慢慢地放下了手枪。

"你们走吧!"李卫国朝唐振华和金九妹挥挥手。

唐振华向两人抱拳,深深地作了一个揖,和金九妹赶着马车朝码头赶去。

"如此视死如归、有勇有谋之人,在我党也不多见,要是能为党国所用该有多好啊！"章涵义对李卫国说道。

"嗯！人各有志，不可强求！只是，但愿我们和他们，永远不要在战场上相见！"李卫国看着马车远去的背影，若有所思……

"振华，刚才我以为，今天我们在劫难逃了！"金九妹对唐振华说道。这时，她才感觉到自己的后背已经湿透。

"是呀！今天多亏了友军相助，要不然，我们恐怕真的就要命丧日本人之手了！"唐振华想起方才的情景，心有余悸。

"九妹，刚才的那一刻，你有后悔吗？"唐振华问金九妹。

"我不会后悔，我相信，元魁哥也一定不会后悔！"金九妹决绝地说。

"牺牲的人，本该是我！魁哥明知道吸引敌人注意力是十分危险的，但他还是义无反顾地选择了这项任务！"唐振华说道。

"振华，你也别这么想！刚才，你不也是九死一生？！"金九妹安慰他道。

"我能逢凶化吉，化险为夷，可他呢？"唐振华依然不能释怀。事实上，这样的心痛和内疚，伴随他一生，一直到他离开人世。

唐振华和金九妹驾着马车，直奔三号码头。

在临近码头的时候，两人又发现了前方有一处临时搭建的哨卡。哨卡的构造十分简单，只在路的两边各摆了一个"三角马"，上面横着几根毛竹，还绑了一些铁丝。

但令两人奇怪的是，哨卡却好像空无一人。

两人走近哨卡，借着月光才发现：路障后面，竟然横七竖八地躺着几具日军的尸体！

唐振华蹲下身子，挨个检查尸体。让他诧异的是，所有士兵的脖子都有一道血痕，他们都是同一个死法：被割喉而死！

唐振华和金九妹面面相觑。

月光下，婺江静静流淌，一艘船静静地停泊在码头，在不远处的江面上，还隐隐约约可见另一艘船的影子。

金九妹、唐振华赶着马车来到码头。唐振华环顾四周，学着猫头鹰叫了三声。停靠在码头的船里，也传来三声猫头鹰的叫声——这是唐振华出发前和沈致远约定的接头暗号。

随后，船舱里走出几个人来。唐振华看见领头的那个中年人，激动地叫出了声来："沈队长！您怎么亲自来了？"

沈致远来到他们面前，激动地握住唐振华的手："这么重要的任务，我怎么能不来？振华同志，辛苦了！"

唐振华郑重地向沈致远敬了一个礼："报告队长！'虞美人'行动任务圆满完成！特向您复命！"

沈致远说道："太好了，我们抗日根据地的战士和老百姓都有救了！振华同志，我代表组织，谢谢你！"

说完，他朝唐振华回敬了一个军礼。

"老杨，你们也可以出来了！"沈致远朝着码头两边的芦苇丛叫道。

话音刚落，芦苇丛中呼啦呼啦出来十几个弟兄。

领头的一个人冲着他们直喊道："队长，您可真沉得住气啊！我们憋在芦苇荡，脸都被蚊子咬花了！我在想，您是不是故意不让我们大家伙出来见见凯旋而归的英雄啊？"

沈致远笑着说："老杨，就你心急！要确保安全，我才能让你们现身啊！这不是让你们见了吗！"

随后，他指指老杨对唐振华说道："杨本初副大队长！"又指着唐振华对杨本初说道："你们想见的神秘大英雄，唐振华！"

这是沈致远第一次向自己的战友介绍唐振华，之前为了保密的需要，他对唐振华的身份，始终是讳莫如深的。

杨本初上前紧紧握住唐振华的手，激动地说："振华同志果然是英姿飒爽，后生可畏！后生可畏啊！欢迎凯旋而归！"

沈致远在一旁笑眯眯地调侃杨本初："老杨，你说我安排你们在码头埋伏，有没有用啊？"

杨本初不好意思地挠了挠头皮："有用，有用！太有用了！"

沈致远身后的徐天立笑着说："不知道是谁，分配任务的时候，还怕白来一趟呢！"

众人开心地哄堂大笑。

沈致远转头对唐振华说道："振华，你们得感谢杨本初他们，是他们提前悄悄拔掉了敌人的哨卡！"

唐振华其实也已经猜到了大概，连忙向杨本初致谢。

杨本初把手一挥："这点小事儿，和振华兄弟的功劳比，根本不足挂齿！兄弟们，还愣着干吗？赶紧把那车上的东西搬上船去！"

于是众人开始卸货、装船……

唐振华这才将身后的金九妹向沈致远作了介绍："沈队，这是金九妹，血清针就是藏在她家的酒窖，而她的父亲，遇难于日军空袭！她的未婚夫，牺牲于此次运送任务！"

沈致远肃然起敬，毕恭毕敬地向金九妹敬了一个礼，搞得金九妹不好意思起来。

月光洒在婺江上，两条帆船向着东方航行，白帆渐行渐远，逐渐消失在天际。

沈致远和唐振华一行人站在船头，迎接着黎明的来临。渐渐地,天边开始出现一片鱼肚白,没多久,一轮红日从东方蓬勃而出,驱散所有阴霾,照亮了整个八婺大地……

墓地边的休憩亭,唐涛和柳媚站起了身。

唐涛把思绪拉回到现实世界中来,对着柳媚说道:"这就是发生在我太奶奶、太爷爷、元魁、钱大有等人身上的故事。现在你该知道,为什么我太爷爷和太奶奶,对元魁会如此崇敬了吧?"

柳媚点点头,感叹道:"嗯!别说他们是亲身经历了这一切,就算是我间接听你讲述,也禁不住对他肃然起敬!想不到啊,八十年前的酒坊巷,居然还有这么悲壮的故事。我们要把这个故事讲给更多的人听,让更多的人铭记这段历史。"

唐涛说道:"这就是我给你讲这段故事的用意!前事不忘,后事之师。尽管硝烟已经散尽,但有些人、有些事,是永远不能被忘却的!"

唐涛接着说道:"实际上,这不过是历时三个月的'浙赣战役'中的沧海一粟罢了。日寇在这三个月的时间里,抢夺了我们大量的战略物资。可以说,他们基本完成了既定的战略目的,同时给中国第三战区的中国军民造成了极大的损失和浩劫。在这场惨烈的会战中,中国军队伤亡七万余人。但是,中国抗战军队也结合有利地形、规避自身不足,大量地运用了游击战和运动战给予敌寇一定打击,日寇伤亡三万六千余人,受到了重大损失。"

"所以说,这场战斗的结果,很难说孰胜孰负。但是,中国军民在这场战斗中表现出来的不畏强敌、不怕牺牲,同仇敌忾、患难与共的民族气节,却是我们中华民族一笔宝贵的精神财富!"柳媚接着唐涛的话说道。

"小媚,你说得太对了!你真的可以正式嫁入我们唐家做媳妇了!"唐振华笑着对她说。

柳媚开心地笑着,挥了挥手中的另外一束鲜花问道:"涛哥,让我来猜猜,这束鲜花是给谁准备的吧!"

唐涛看着柳媚回答:"好,看你够不够聪明,猜不猜得准!"

"这应该是献给钱大有前辈的,对吗?"柳媚问道。

唐涛轻轻拍了拍柳媚的俏脸,亲昵地拉起她的手,说道:"我的小媚可真是聪明!走,我们去他的墓地!"

后　记

建党百年之际，总想做点什么，思虑再三，最终决定创作一部以金华抗战为背景的小说，但一直找不到切入点。

直到有一天，我途经老家金华古子城，走进那条繁华落尽却依旧散发着浓郁历史气息的酒坊巷，那些散落其间的抗战印记，勾起了我对那段历史的浓厚兴趣，而《浙江潮》编辑部旧址，更像是一位饱经沧桑的老者，向人们诉说着那段艰难困苦的烽火岁月。

不经意间，我的思路豁然开朗起来。

于是，我开始查找资料、实地走访、采访知情人……有针对性地忙碌起来。经过一番恶补，"浙赣战役""细菌战""抗日游击队"等关键词不断在我脑海中浮现，八十年前那段尘封已久的历史逐渐清晰起来。我惊奇地发现，金华在抗日战争中竟有着如此重要的地位，金华人民为夺取抗战的最终胜利付出了巨大牺牲，做出了不可磨灭的贡献。

全面抗战爆发后，金华曾是浙江省国民政府党政军机关所在地，一度成为浙江抗战的主战场和指挥中枢，在浙江抗战史上留下了浓墨重彩的一笔。也正因为如此，它成了侵华日军疯狂进攻的目标。日寇铁蹄的践踏和蹂躏下，这片昔日宁静安详的土地，一时间战火燃烧，鼠疫肆虐，哀鸿遍野，沦为人间地狱，人民生活在水深火热之中。然而，身处逆境的金华人民并未就此屈服、沉沦，而是依然勇敢地站立着，不屈不挠地抗争着！

我想以我微不足道的笔触，去还原那段历史，讴歌那个年代最可歌、可泣、可爱的人们。因而，在我的这部小说中，有投笔从戎的白面书生，有深明大义的大家闺秀，有舍生取义的酒坊伙计，有忍辱负重、侠肝义胆的敌后英雄！他们朴实、善良，但在民族危难之际，大义凛然，挺身而出。他们虽是平凡的存在，却闪耀着人性的光辉，饱含着浓浓的家国情怀。他们，是民族的脊梁，也是无数金华人的真实写照。

忘记历史就意味着背叛。我们的先辈们，经历了那段不堪回首的岁月，在心中刻下了永远无法忘怀的伤痛。今天的我们，绝不能忘记那段屈辱的历史，要永远铭记那些在峥嵘岁月中不畏牺牲、顽强抗争的勇士。正是因为他们，我们才有美好的今天。他们，才是最值得我们纪念的人！

最后，衷心感谢邱华栋老师为本书作序，让《酒坊巷》的气息更香醇、更悠远。

古兰月

2022年4月